双葉文庫

ひかりの魔女

山本甲士

序

国道沿いをしばらく進んだ後、交差点を左に折れた。手押し車を押すばあちゃんは、迷っている様子がなく、地理はちゃんと覚えているようだった。

ホームセンターの少し手前で、左側にあるマンション駐車場から出ようとする白いバンと出くわした。バンは、歩道に注意を払わないで道路に出ようとしたようで、前を歩いていたばあちゃんにぶつかりそうになり、光一《こういち》は「あっ」と声を漏らした。

次の瞬間それが「えっ？」に変わった。

白いバンは、急ブレーキをかけて、スリップ音と共に、すんでのところで停止した。車体が一瞬沈んでから揺れるのが判った。運転席にいる若い男もつんのめり、シートベルトによって引き戻されていた。

ところが、ばあちゃんは、左手でバンを制するような姿勢を取りながら、いつの間にか二歩ほど後退して、光一とぶつかりそうなぐらい目の前に立っていた。手押し車は……バンの前を通り過ぎた先に倒れている。

何があった？

一

イヤホンからは、タイトルは忘れたが、レニー・クラヴィッツの曲が流れていた。駅ホームのベンチに座っていた真崎《まざき》光一が、足で軽くリズムを取りながら聴いていると、一人分置いて右隣に座っていた母ちゃんが、何か言ったようだった。

「へ?」光一はイヤホンを外して問い返した。

「ほら、貧乏揺すり」

母ちゃんは険しい顔で、あごで光一のひざをさした。

違うっての。しかし光一は面倒臭いのでいちいち言い返さず、スマホで時間を確認してから、ジャージのポケットにしまった。午後二時十分。あと二分で、ばあちゃんが乗っている特急が到着する。

ホーム内に人はまばらだった。天気がいいせいか、こうしてベンチに座っていると、妙なけだるさを感じる。ゴールデンウィークの後の脱力感も関係しているのかもしれない。

といっても、受験浪人の光一にとっての今年のゴールデンウィークは、だらだらと自室で問題集を解いているふりをしつつ、ノートパソコンでアダルトサイトを見たり、女子プロレスラー宮浦《みやうら》めぐみのブログに応援コメントを書き込んだり、ネットで彼女の画像や動画を探してコピーしたりという、元からけだるい日々だった。

母ちゃんが何か言いたそうな顔で見ている。低い鼻に分厚い唇。少し離れた両目。きっと前世は半魚人だな。

「何だよ」

「ジャージなんかで。もうちょっと、ましな格好、できたでしょうに」

半魚人は嫌味ったらしく口の片方の端を歪めた。

光一はシルバーグレー系ジャージの上下に、黒いスニーカーという格好だった。ジャージもスニーカーも特売品で、もう二年近く前から使っているが、一応は有名スポーツメーカーのものだ。

「別にいいだろ。ばあちゃんが階段降りるときとか、手助けしなきゃなんないかもしれねえんだから、身軽な格好の方がいいじゃんか」

光一は母ちゃんの姿を見やった。趣味の悪い柄物《がらもの》のサマーセーターに、はき古したジーンズ。脚が短いから、ジーンズの裾を折り返してる。おまけに、ジーンズなのにウエスト部分はゴム入りのやつだ。そういう服着てる奴が言うなっての。

最近、母ちゃんの言葉には苛立ちが混じるようになった。中三の妹、光来《みつき》が反抗的になってストレスが溜まっているせいだろう。光来は、中二の秋ぐらいから眉毛を剃ったり化粧をしたりするようになり、つき合う友達の種類も変わってきた。それをとがめる母ちゃんに対して光来は最初のうち、派手な口喧嘩で応じていたが、やがて「うっせー」「黙れ」「死ね」みたいな短い返事になり、最近ではそれが無視という対話拒絶モードになった。夕食よりも帰宅が遅いのが今では当たり前で、週末には友達のところに外泊したりもしている。温厚だが口下手で気が弱いところがある父ちゃんは、「まあ、もう少し様子を見とけばどうだ」みたいな、あまりかかわりたくないという態度を続けており、そのこともさらに母ちゃんを苛つかせているようだ。

間もなく到着することになっているはずの特急が二十分ほど遅れることを知らせるアナウンスが流れた。遅れる理由は言わなかった。

母ちゃんは「えーっ、何でー」と顔をしかめて、溜息をついた。「三時までに店に戻るって言ってあるんだけど、大丈夫かなあ」

母ちゃんは、大吉《だいきち》という名前の小さな総菜店でパート仕事をしている。オーナー兼店長の馬場下《ばばした》さんというおばさんは、光一が小学校低学年のときに同級生だった馬場下君の母ちゃんで、母ちゃんとはいわゆるママ友同士なのだが、光一と馬場下君とはその後ずっと疎遠だった。馬場下君がそこそこいい私立大学の工学部か何かに受かったという話を聞いた覚えがあるが、どうでもいいので詳しいことは忘れた。

光一は、わざと嫌味を込めて「なに。今日は店、忙しいの?」と聞いた。

「そういうわけじゃないけど、馬場下さん、予定が狂うと機嫌が悪くなる人だから」

四月の中旬頃、母ちゃんが出勤する父ちゃんを玄関で見送るときに、こんなことを言っていた。

——大吉の経営状態が悪いから馬場下さんはもう店をたたむかもしれない、そうなったらまた別のパートを探さないといけないけど、すぐにいいのが見つからないかもしれないし、家計がますます厳しくなるから、光一にはやっぱり国公立大学を目指すよう、はっきりと言っておいた方がいいんじゃないかしら。

光一はそれをトイレの中で聞いた。もちろん、たまたまだ。そのため、トイレから出るに出られなくなり、しばらく時間を潰して、母ちゃんが洗濯物を干しに外に出るのを待って、足音を忍ばせて階段を上がったのだった。

以来、その話が母ちゃんの口からいつ出るかと身構えていたのだが、今のところ言われていない。理由は、伯父の栄一郎《えいいちろう》さんが急死して、その栄一郎さんと同居していたばあちゃんをうちが引き取ることになったことと大きく関係しているのだろうと思っている。

ばあちゃんはもう八十五ぐらいで、不謹慎な表現ではあるが、そう長くはない。行く当てのない老女を引き取ってあげるんだから、家計の苦しさをそれとなく伝えたら、孫の学費を援助してくれるぐらいのことは、あってもいいはず——そんなところだろう。

もっとも、ばあちゃんがどれぐらいの財産を持っているか、光一は全く知らないのだが。

　ばあちゃんとは、数えるほどしか会ったことがない。何度かうちに泊まりに来たことはあるが、それも光一が中二ぐらいまでの話で、最後に直接会ったのはつい先日、家族みんなでゴールデンウィーク直前に、在来線と新幹線を乗り継いで栄一郎さんの葬儀に出向いたときだった。そのときばあちゃんは、喪主としていろいろやることがあったようで、あまり話をする機会がなかったのだが、背中もしゃんとしていて、耳も遠くないようで、少なくとも見た目は元気そうだった。

「ねえ。栄一郎さんと父ちゃんって、年がかなり離れてるんでしょ」

　そう聞いてみると、母ちゃんは「確か、十一違ってたんじゃないかしら。だから、あまり遊んでもらった覚えがないって言ってたよ、お父さん。でも兄弟仲はよかったはずよ。年が離れてる分、小遣いもらったり、勉強教えてもらったりしてたって」と答えた。

　栄一郎さんの死因は溺死だった。自宅近くの水路に幼児が沈んでいるのを見つけて、助けようとして溺れたのだという。栄一郎さんは若い頃にバイク事故を起こして、右腕が少ししか上がらず、どちら側か忘れたが片足も引きずるようにしていた。あまり深くない水路で溺れたのは、そういう事情もあった。

　そして栄一郎さんの死は、人命救助にはつながらなかった。沈んでいたのは本物の幼児ではなくて、子供のマネキンだったからだ。その後、近所に住む中学生の悪ガキ二人が、潰れた洋品店の車庫に放置されてあったマネキンを水路に放り込んだことが判明したのだが、もちろん栄一郎さんが死亡したこととの因果関係を問うことはできない。また、ネットで調べてみたところ、この騒動は地元では笑い話みたいな感じで語られているようであり、そのせいか、近親者とご近所の人たちだけによる葬儀は、あまり沈痛な雰囲気ではなく、そのうちに誰かが噴き出すんじゃないかという倒錯した緊張感があった。

そのとき光一は気づいた。栄一郎さんは若い頃に離婚しており、子供もおらず、ずっと独り身だった。ということは、遺産相続ってやつがあったはずだ。

「栄一郎さんの遺産って、ばあちゃんが相続したわけ？」

「そうよ」

「どれぐらい？」

「そんなこと、あんたが気にしなくてもいいの」母ちゃんは露骨に顔をしかめて片手を振ってから、「おばあちゃんに余計なこと聞いたりしないでよ」と釘を刺した。

はは あ、そこそこの相続があったわけだ。光一は、そのせいで、聞きにくかったことを口にしてみる気になった。

「俺さ、来年は一応、国公立に受かるつもりで勉強するけどさ」

「当たり前でしょう」

「もし失敗したとき、私立の大学って行けるのかな」

「あんたね、最初からそういうこと言ってたら、勉強に身が入らなくなってまた失敗することになるでしょうが。何が何でも国公立だって気持ちでやらないと駄目でしょ」

「判ってるって」

目の前を同年代ぐらいの若い女の子二人が通り過ぎたので、光一は「うっせえな」という続きの言葉を飲み込んだ。

しばらくしてから母ちゃんが「遺産なんて、ほとんどなかったわよ」と言った。

「何で」

「栄一郎さん、耕耘機《こううんき》とか作る会社で働いてたでしょ」

「知らないって、そんなの」

「二年前に退職して、元同僚の人たちと一緒に地元のお米を直販する会社を立ち上げたんだけど、軌道に乗らないまま潰れちゃってね、退職金とか自宅とか、ほとんど借金の返済で消えちゃったんだって」

「まじかー」

「あんたまさか、おばあちゃんのおカネで私立の大学に行けるなんて虫のいいことを思ってたんじゃないでしょうね」

「思ってないって。何言ってんだよ」

実は思っていた。

父ちゃんは上峰電工《かみみねでんこう》という地元の電気設備会社で資材管理課長という立場にあるが、あまり大きな会社ではなく、金額は知らないが給料もあまりよくないらしい。サービス残業が多くて、母ちゃんが何度か「残業手当を出さないなんて、完全に違法行為じゃないの」みたいなことをぼやいているのを聞いたことがある。なので光一は、これまでにまともな家族旅行をした覚えもないし、たまの外食もファミレスだし、父ちゃんはパジャマ代わりに、光一が高校生のときのグリーンの超ダサい体育用ジャージを使っている。家計が楽ではないことは、肌で感じている。

その上、ばあちゃんの面倒をみることになったのだから、事態は余計に大変になっている、ということか。やば。

「ばあちゃんて、身体の具合が悪いとか、ぼけてきてるとか、そういうのはないんだよね」

「今のところはね。本人も、何も構ってもらわなくても大丈夫だって言ってるし。でもベージュに近い年だから、ちょっと転んだだけで骨折して、そのまま寝たきりになったり、急にぼけたりするかもしれないから、家族みんなで気をつけとかないとね」

「何、ベージュって」

年を取ったらベージュの服ばっかり着るようになるのか？

「あんた、そんなことも知らないの」母ちゃんは、あきれ顔で溜息をついた。「お米のベイにコトブキで米寿でしょうが。米という漢字は、分解したら八十八って読めるでしょ」

母ちゃんは勝ち誇ったように言い、さらに六十が還暦、七十が古希といった、聞いてもいない説明を始めた。さらには、七十七を喜寿と称するのは、喜の文字を草書にすると七十七のように見えるからだとか、九十九歳を白寿というのは、百から一を引いたら白だからだ、といったことをべらべらとしゃべり、「受験生がそんなことも知らなくて大丈夫なの？」と思いっ切り上から目線で言った。

「センター試験にそんなの出ないいんじゃね？　それより、もしそういうことになったら、どうするわけよ」

「何が」

「だから、もしばあちゃんが骨折してそのまま寝たきりになったり、急にぼけてきたりしたらさ」

「もしもの話を今からしたってしょうがないでしょ。そうならないように、みんなで気をつけましょうって言ってるの」

「家ん中でつまずかないように、バリアフリーっての？　段差をなくすように改装するとか、手すりをあちこちにつけるとか、そういうことをするわけ？」

「そんな余裕、うちにあると思ってるの？　何かあれば、おばあちゃんの様子を見ながら考えるしかないじゃないの。でも多分、必要ないんじゃない？　家庭菜園とかやってたっていうし、病気や怪我で寝込んだっていう話も全然ないんだし」

要するにノープランってことじゃねえかよ。

「一つだけ心配なのは」と母ちゃんは続けた。「お年寄りって、ずっと元気だったのに、急に環境が変わるとぼけたりすることがあるのよね」

「引っ越しとか？」

「そうそう」

「じゃあ、思いっ切り、やばいじゃん」

「でもおばあちゃんの場合は、もともとこっちに住んでたわけだから、大丈夫よ、きっと」母ちゃんはそう言ってから「多分」と言い直した。

「え、ばあちゃんって、こっちの出身？」

「そうよ。おじいちゃんは早くに亡くなって、おばあちゃん、こっちで書道教室とか裁縫仕事とかをしながら、栄一郎さんとお父さんを女手一つで育てたのよ」

「へえ」

「あんた、何も知らないのね」

「だって、聞かされてないんだから、知らなくて当たり前だろ」

「栄一郎さん、就職してあっちの土地で結婚したんだけど、割と早く離婚したこととか、その後でバイク事故を起こしたことは知ってるわよね」

「ああ」

「その事故で栄一郎さん、身体がちょっと不自由になったから、おばあちゃんが身の回りの世話をするために、向こうに移ったわけ。で、そのまま四半世紀が経ったってこと」

「ばあちゃんが栄一郎さんのところに引っ越したときは、お父さんはもう就職してた？」

「そう。ちょうど結婚するちょっと前だったわね」

「母ちゃんと」

「当たり前でしょ、馬鹿」

ばあちゃんにとっては、こっちが故郷だったのか。でも、二十五年も離れていて、急に戻って来るとなると、やっぱり急激な環境の変化だろう。

ぼけるかも。ぼけたらどうなる？

父ちゃんは常に残業で、たいがい十時を過ぎないと帰って来ないし、休日出勤も多い。母ちゃんも週に六日、パートで朝から夕方まで不在。妹の光来も毎日のように帰りが遅い。

　ということは、どういうことだ。

「ねえ。もしかして、いざとなったら俺にばあちゃんのお守《も》りを押しつけようってことか」

「だーかーらーっ、おばあちゃんは今のところ元気で、構ってもらわなくていいって言ってるんだから。あんたは受験勉強をして、ときどき息抜きに、様子を見てあげたらそれでいいじゃないの。トイレとか入浴の手伝いをしろなんて言ってないでしょ。おばあちゃんは元気で、一人でトイレもお風呂も行けるの」

「でも、ぼけたらどうするんだよ」

「ぼけない、ぼけない」

「何を根拠に言ってんだよ」

「あんたの方こそ、ぼけるっていう根拠を示しなさいよっ」

　近くの自動販売機で飲料を買った若い男性サラリーマンが、噴き出しそうな顔でこちらを見てから顔を背けた。母ちゃんは、ばつが悪そうに咳払いをした。

　ジャージのポケットの中でスマホが鳴った。メールの着信だ。

　宅浪仲間の久間《ひさま》からだった。高校時代の同級生で、学力の水準が近いため、一緒によく図書室で勉強した仲だ。予備校に行かないで、通信講座を受けながら宅浪をすることにしたのも、久間から誘われてのことだった。

光一は、受信したメールの文面を呆然と見つめた。

――悪い。親父が宅浪は駄目だと言うので、やっぱり王立《おうりつ》予備校に行くわ。親が勝手に申し込んでて、授業料も払ったっていうので。真崎もどうかな。今からでも入れるって。

あの野郎。光一は一瞬、スマホを叩きつけたい衝動にかられた。

返信メールを打ち込んだ。

――ざけんなよ、にきびヅラ。てめえが宅浪やろうって誘っといて、何だそれは。二度とメール寄越すなボケ。

しかし送信できず、消した。ののしるような言葉を連ねたところで、事態が変わるわけではない。あいつの誘いに乗って決めたわけじゃない、誘われなくても宅浪するつもりだったのだ、あいつがどうしようと関係ない。そう自分に言い聞かせた。

結局、〔俺は宅浪でいく。〕とだけ打ち込んで送った。そっけない返事の方が、かえって怒りが伝わるような気がした。

直後、そんな事情を知らない母ちゃんが小声で言った。

「でもやっぱり、おばあちゃんが外に出るときは、ついて行ってあげてよね。転んだり事故に遭ったりしたら大変だから。道に迷うかもしれないし」

「えーっ、やっぱり俺に押しつけるわけじゃんか」

「何言ってるのよ」母ちゃんは、いかにもおばさん臭い感じで、平手で叩く仕草をした。「近所の散歩とか、せいぜいその程度のことでしょ。あんたがついててあげるのを近所の人たちが見たら、おばあちゃん思いのいい子だって評価が上がるし、あんただってちょうどいい感じの息抜きになるじゃないの」

「近所の評価って何だよ。ふざけんなよ」

「一日のうちの、ちょっとの時間だけなんだから文句言わないの。あんたのおばあちゃんでしょうが」

「そっちだって義理の母ちゃんだろうが」

「またそういう言い方をする。私が浪人生の立場だったら、せめてそれぐらいのことはして家族の役に立たないとって思うけどねー。大学にも行ってない、仕事もしてない、家事の手伝いもしてない、そのくせにご飯はしっかり食べるわ、おかずに文句は言うわ、どういうことよ、それ」

くそ、口では負ける。光一は小さく舌打ちした。

向かいのホームに目をやると、背中の曲がった老婆が、片方のひじを中年女性に持たれて、一緒に歩いていた。老婆は足腰が弱っているらしく、スローモーションみたいにゆっくりしか進まない。ひじをつかんでるおばさん、内心では苛々してるんじゃないか。ばあちゃんがあんなふうになったら、散歩のつき添いだけでも大仕事だぞ。でも、だからといって運動をしないでいたら、ますます身体が弱るだろうし。

「いざとなったら、専門の施設に入ってもらうことになるんだよね」

光一が言うと、母ちゃんは顔をしかめた。

「縁起でもないこと言わないの」

「現実的な話だろ。そういうことも想定して、いろいろと準備しといた方がいいんじゃないの？　知らないよ、急にそういうことになっても」

「まだそういうことになってないうちから、おばあちゃんに出てってもらう計画なんて、立てられるわけないでしょ」

「何でだよ。そういう施設って、前もって予約しとかないと、急には入れなかったりするんじゃねえのかよ」

「そういう問題じゃないわよ」

「どういう意味だよ」

そのとき、待っていた列車が間もなく到着するというアナウンスが流れた。母ちゃんは口にしかけた言葉をいったん止め、アナウンスが終わってから言った。

「あの家、おばあちゃんの名義なの。おばあちゃんの家ってこと」

「うそ」

「よそには言わないでよね。ご近所からは、お父さんの家だと思われてるんだから」

まーじかー。

母ちゃんの本音がこれで判った。

今さら、年老いた義母との同居なんてまっぴらだけど、機嫌を損ねるのはまずい。余命を元気で健康に暮らしてもらうことが第一。遺産を相続したければ。

何か、どろどろしてるー。

再びアナウンスがあり、間もなく列車が入ってくることを知らせた。光一はベンチから立ち上がって、前に出て列車がやって来る方向を眺めた。

カーブしている線路の先に、特急列車が見えてきた。

二

事前に母ちゃんが聞いていた車両の停止位置で待っていたが、降りて来た乗客の中に、ばあちゃんの姿はなかった。何か手違いでもあったのかと思ったが、ばあちゃんが一つ後方の車両から降りたことに気づいた。そちらから降りる方が、座席から近かったのだろう。

「まあ、あんな格好で」と母ちゃんが小声で言った。

ばあちゃんは、紺のもんぺみたいなパンツの上に、最初は白かったのだろうが長年使い込まれて、言葉では表現しにくい微妙な色合いの、割烹着だか、それっぽいエプロンだかを身につけていた。頭には白い手ぬぐい。確か、姉《あね》さんかぶりとか言われる、着物の女性が家事などをするときのかぶり方だ。

そうそう、ばあちゃんはいつもこういう格好をしていたのだと思い出した。先日会ったときは喪服姿だったので忘れていたが、これがばあちゃんの普段着なのだ。しかしこの格好で特急列車は目立っただろう。しかもその前には新幹線にも乗っている。

しかし、そのことよりも気になったのが、ばあちゃんの背中が少し曲がっていることだった。もともと小柄なのが、さらに小さく見える。

葬儀のときはもっと背中がしゃんとしていたと思ったのに。母ちゃんもそのことに気づいたのか、「あら、お義母さん、急に老け込んだみたいに見えるわね」と言った。

栄一郎さんが亡くなって、がっくりきた。その上に引っ越しが重なったら……ぼけるかも。まずいぞ、それは。

ばあちゃんは少しきょろきょろしてから光一たちに気づき、にこにこ顔になって片手を振った。なぜか荷物を持っていない。と思ったら、後ろで見知らぬ青年が転がしていた黒いキャリートランクを受け取り、二、三度頭を下げて礼を言ったようだった。青年は笑って片手を振り、再び列車に乗り込んだ。

近づいて、母ちゃんが「お義母さん、今の方は、お知り合いですか」と聞いた。

「ああ、奈津美《なつみ》さん、わざわざありがとね。光一さんも」ばあちゃんは笑顔でおじぎをしてから、「列車に乗るときに荷物を運ぶのを手伝ってくれた人でね、降りるときにも気を遣ってくれて。ホテルで料理人をやってて、もうすぐ結婚するんだって。でも実家がみかん農家で、お父さんの身体が弱ってきてるから、料理人を辞めて農家を継ぐか、それともホテルで料理人を続けるか、はたまた農家をやりながら地元で料理人の仕事を探すか、悩んでるんだって。お母さんは何年か前に亡くなったそうで――」

「お義母さん」と母ちゃんが遮るように言った。「無事に到着されて何よりです。本当は私たちの方からお迎えに上がるところだったのに、すみません」

「いやいや、そんなこと、いいのよ。年寄りったって、電車ぐらい一人で乗れるんだから。周りには親切にしてくれる人もいるし」

動き出した特急の、さきほどの乗降口の窓から、青年が手を振り、ばあちゃんが振り返した。列車が遠ざかってゆくと、ばあちゃんは急に背筋を伸ばして上半身をひねる動作を始めた。

「あれ、ばあちゃん、さっきは腰が曲がってるみたいに見えたけど」

光一がそう言うと、ばあちゃんはそれまでの笑顔とはやや異なった、にたっとする表情になった。

「荷物を運ぶとき、辛そうにしてると、親切な人が助けてくれるから」

年寄りが生きてゆく上での知恵？　まあ、親切にした側も気分がいいし、誰も損はしないわけだけど。

母ちゃんは、ちょっと困惑した表情だった。

トランクは光一が運び、ばあちゃんは手すりにつかまることもなく、すたすたと階段を下りた。しかも忍者みたいに足音がしない。足もとを見ると、紺の足袋《たび》に、昔の草鞋《わらじ》を模したような色合いの草履《ぞうり》をはいている。

何だか、アヒルみたいだな。階段を下りるばあちゃんの後ろ姿を見て、光一は思った。なぜか尻と脚が太くて、ぱんぱんに張っているように見える。もんぺみたいなパンツのせいでそう見えるのではない。肉がしっかりついているのが判る。贅肉だったら、もっとたるんだ感じになるし、ウエストがもっと太くなるだろう。でもばあちゃんのウエストは太くない。尻とももだけが太い。もともとそういう体形なのかもしれないが、家庭菜園などをやっていたというから、しゃがんだり立ったりを繰り返しているうちに鍛えられたのかもしれない。

だとしたら、やっぱり健康には問題ないってことだな。

でも、身体は健康でも、ぼけることってあるからなー。健康なのにぼけたりすると、近所を徘徊して家族の悪口を言って回ったり、他人ともめたりすることがあるっていうから、余計にたちが悪い。

駄目駄目。そういうことを考えると、本当にそうなるかもしれない。

改札を抜けたところで「このトランク、ばあちゃんの?」と聞いてみると、ばあちゃんは「栄一郎さんが使ってたんだよ」と言った。

駅のコインパーキングに停めてあるフィットに乗った。ハンドルを握るのは母ちゃんで、光一とばあちゃんは並んで後部席に座った。

少し進んで信号待ちになったところで、ばあちゃんが「光一さん、学校はいいの?」と言った。

「俺、大学落ちたんで、今は浪人中の身なんだ。言わなかったっけ」

「ああ、そうだったかね。光来さんは今、中学で勉強中なのね」

「はい」

「荷物は届いてたかしら」

「昨日、届きましたよ」と母ちゃんが答えた。「お義母さんがおっしゃったので、荷物は開けないでそのままにしてますけど、よかったでしょうか」

「はいはい、ありがとうね」

車が動き出すと、ばあちゃんは窓の外を右左と眺めて、「思ったほど変わってないわねえ」と言った。

「でも家の周辺は、農地が減って、建て売り住宅やアパートが増えましたよ」と母ちゃんが応じる。「あと、近くの国道沿いも、ホームセンターとか、ファミリーレストランとか、ドラッグストアなんかが、ずらっと並んでます」

「どこの地方も、そんな感じみたいよね。カタカナの、舌を嚙みそうな名前の施設ばっかり増えて、この年になるとなかなか覚えられなくて」

「でもお元気そうじゃありませんか。お義母さん、書道は今もやってらっしゃるんですか」

「もう長いこと、人には教えてないけど、一人で練習することならね。披露宴の案内状送るときの宛名書きを頼まれることがたまにあるから」

「ああ、なるほど。ああいうのは毛筆できれいに書かないといけませんからね。特殊技能を持ってらっしゃるのって、うらやましいです」

「奈津美さん、書道に興味がおありなら、言ってくださいね」

「はい、ありがとうございます」

うそをつけ。ばあちゃんからそんなもん習う気なんて、ハナからないくせに。

車は十五分ほどで自宅に到着した。ばあちゃんは玄関の前に立って、かつて住んでいた家を懐かしそうに見回してから、「じゃあ、上がらせていただきますね」と誰に対しての言葉か判らない感じでつぶやいた。トランクケースは光一が抱えている。

家は、あちこち改装したものの、半分ぐらいは日本家屋の風情を残しており、最近の建て売り住宅とは外観も間取りも違っている。さすがに土間はないが、小さな庭に面して縁側があり、敷地の周囲は目の高さまでの生け垣になっているため、小学校のときにはクラスメイトから「サザエさんちみたい」と言われた。築何年なのか知らないが、今のところ、傾いたり雨漏りがしたりといったこともなく、ちゃんと住むことはできている。

「お義母さんには、縁側がある方の和室を使っていただこうと思いまして、空けておきましたけど、よろしいでしょうか」

母ちゃんはそう言って玄関ドアを開けた。中に上がり、ばあちゃんの先に立って進んで、和室のふすまを開ける。最近まで父ちゃんの机や本棚、母ちゃんの衣装ケースなどが置かれていた物置代わりの場所だったが、今は片づけられて、四畳半敷きの畳の中央に、小さい座卓と、リクライニング式の座椅子が用意されてある。座卓の上には小型の薄型テレビ。テレビと座椅子は数日前に母ちゃんが家電量販店やホームセンターに注文して配送させたものだ。その他、ばあちゃんが向こうから送ってきた、年季が入った和箪笥が右側の壁際に置いてある。ばあちゃんの持ち物で大きなものはこの和箪笥と座卓ぐらいで、それ以外の荷物は数個のボール箱に収まって、押し入れの近くに積んである。

「あらら、テレビや座椅子まであるけど、使っていいのかしら」とばあちゃんが言った。

「はい、もちろん。他にも必要なものがあったら、おっしゃってくださいね」

母ちゃんの声は普段よりも少し高い。いわゆる、よそ行きの声だ。

正面に大きなアルミサッシ戸があり、カーテンを開けてあるので室内は明るい。窓の向こうは、洗濯物を干している狭い庭。

この部屋の隣にはもう一つ、六畳の和室があって、そこが両親の寝室になっている。母ちゃんは、衣装ケースなどをそちらに移したせいで狭くなったと、ぶつぶつ文句を言っていたが、もちろん今は、そんなことをおくびにも出しはしない。

「昔はガラス障子と木の板の雨戸だったのよね、ここ」とばあちゃんはアルミサッシ戸を指さして、後ろにいる光一を振り返った。

「へえ。時代劇みたいだね」

ばあちゃんは、サッシ戸に歩み寄ってクレセント錠を回し、戸を開けて外の空気を入れた。

「砂利を敷いてあるのね。昔は土のまんまで、庭の隅には柿の木があってね、栄一郎さんも要次郎《ようじろう》さんも、その木に登って柿を取ったものよ」

要次郎は父ちゃんの名前である。

「砂利にしておいた方が、不審者が入って来たときに足音がしていいんですよ」と母ちやんが言った。「ところでお義母さん、とりあえず、お茶でもいかがですか。それとも、おなかが減ってるなら、何か取りますけど。もし、疲れてらっしゃるのなら、お布団を――」

「いえいえ、構わなくていいのよ」ばあちゃんはにこにこ顔のまま、片手を振った。

「奈津美さん、またお仕事に戻らなきゃいけないんでしょ。自分のことは自分でするから、大丈夫よ。台所、勝手に使わせてもらってもいい？」

「ええ、それはもちろん遠慮なくお使いになってください」母ちゃんは作り笑いで応じてから、腕時計を見た。「それじゃ、申し訳ないんですけど、いったん仕事に戻らせていただきますね。何か困ったことがあったら光一に言ってくださいな」

「はいはい」

「じゃあ、すみません、ほんとに。仕事、今日は休みたかったんですけど」

「いいのよ」

母ちゃんは「光一、頼むわね」と言い残して、光一の返事を聞かないで、そそくさといなくなった。外から、母ちゃんが自転車に乗って出て行く物音が聞こえる。総菜店の大吉は、二キロほど北東の市営団地の近くにある。

「ばあちゃん、荷物開ける？」

光一が尋ねると、ばあちゃんはにこにこしながら頭を振った。

「自分のことは自分でやるから、気にしなくていいのよ。光一さんは勉強しなきゃいけないんでしょ」

「まあ、それはそうなんだけど」

「力仕事が必要なときはお願いするから。普段は家の中にいるの？」

「うん。勉強は基本的に、二階の部屋でやってるから」

「じゃあ、力を貸して欲しいときには声かけるわね」

「ばあちゃん、うちの階段、手すりがないからさ、一人で上り下りしない方がいいよ」

「そう？　はい、判りました。じゃあ、階段の下から、大きめの声で呼べばいい？」

「そうだね。あんまり大きい声でなくても大丈夫だから」

「じゃあ、もう気を遣わなくていいから、勉強に取りかかっていいわよ」

「うん……」光一は、階段の方に向かいかけてから足を止めた。「あ、ばあちゃん。外出するときは俺が一緒に行くようにするから、そのときも声かけてね」

「あら、どうして？」

ばあちゃんは少し戸惑った表情になった。

「外は交通ルールを守らない車や自転車が多いし、転んだりしたら危ないから。それに、最近は物騒だし。お年寄りを狙ったひったくりもときどきあるし、ヤクザが抗争で発砲したりもしてるし」

「発砲。街の中で鉄砲を撃つ人がいるの？」

余計なことを言ってしまったか。光一は軽く後悔したが、隠したって仕方がないと思い直した。ばあちゃんが勝手に外出しないようにするには、むしろこういうことは言っておいた方がいいのだ。

「地元の暴力団が二派に分裂して、ときどきドンパチやってるんだ。先週はサウナ店の駐車場でどっちかの関係者が撃たれて死んでるし、その前なんか病院の中で発砲してるし。そのときは弾が当たらなかったらしいけど。だから小学校とかは集団で登下校してるし、ヤクザの事務所とか家とか、防弾チョッキとか強化プラスチックの盾で武装したお巡りさんが警戒してるしね」

「そう。他人様に迷惑かけるのはよくないわね」

「だから、ばあちゃん、一人で外出はしないでよ。俺、母ちゃんからもきつく言われてるんだから、ばあちゃんが外に出るときは必ず一緒に行けって。そうじゃないと、小遣いとかもらえなくなるから」

「おやおや、そんなことまで」

「俺も、家ん中で勉強ばっかりしてるよりは、ときどき外の空気を吸いたいから、ちょうどいいんだ。だから約束してよ」

「はいはい、じゃあ、約束ね」ばあちゃんはにこにこしながらうなずいた。「外出するときには、光一さんについてもらいます。はい、げんまん」

ばあちゃんが小指を突き出してきた。幼稚園児じゃねえっての。光一は仕方なく指切りに応じた。ばあちゃんの指は少しかさついていた。

二階の部屋で問題集を開いたものの、なかなかエンジンがかからず、スマホで無料マンガを読んでいると、下から「光一さん、光一さん」と声がかかった。机の上にある小さな時計を見ると四時前。一時間ちょっとが経っていた。

階段を下りようとすると、ばあちゃんが顔を出して「お茶淹れたんだけど、飲む?」と聞いた。

いちいちそんなこと、しなくていいのに。

「うん、もらうよ」

「下で飲む?　それとも上に持って行く?」

「そうだね……下で飲むよ」

「じゃあ、テーブルに置いとくから」

「うん、ありがと」

マンガを中断して、階段を下りた。お茶は、リビングダイニングのテーブルに置いてあったが、ばあちゃんは部屋に戻ったようだった。

一口すすって、「おっ」とつい声が出た。

置いてある急須のふたを取る。中にあるのは煎茶のようだったが、妙に旨い。苦味と甘味のバランスがいい感じで、口の中がさっぱりする。

お茶がなくなるのを見計らったかのように、ばあちゃんがやって来て、「私が片づけるからいいわよ」と笑顔で言った。

ばあちゃんも、やることがあった方がぼけにくいだろうと思い、光一は「そう？　ありがとう。高級なお茶だったみたいだね」と応じた。

「お茶っ葉は、台所にあったやつよ。ほら、黒い缶に入ってる」

「レンジの横の、棚の上にあったやつ？」

「そうそう」

「ほんとに？　いつも飲んでるのに較べると、かなり美味しかったよ」

「あら、そう？」

「もしかして、淹れ方が違うのかな」

「普通に淹れましたよ。沸騰したのを少し冷ましたお湯で」

「それがお茶を淹れる温度なの？」

「煎茶の場合はね。沸いたお湯を一度、湯飲みに入れてから急須に入れると、ちょうどいい温度になるのよ」

母ちゃんは普段、煮えたぎっている湯をいきなり急須に注いでいる。ばあちゃんもそのことを察したのか、「別にこうじゃなきゃいけないってものでもないのよ。人それぞれのやり方があるだろうし」と言った。

「荷物とか大丈夫？　何か手伝うこととか、ない？」

「だいたい片づいたし、特には……」ばあちゃんはそう言ってから、笑ってそっと、両手を叩いた。「空になったダンボールは、どうしたらいいかしらね」

「ああ、ダンボールね。判った。資源ゴミに出すから、俺に任せて」

そう言って、ばあちゃんの部屋に取りに行くと、ダンボールは既にきれいに折りたたまれて、まとめてあった。押し入れから出したらしい布団が、和箪笥の近くにたたんで置いてある。

何だ、これじゃ出番ねえじゃんかよ。光一は、苦笑して、重ねられたダンボールを抱え上げた。室内を見渡すと、布団が出されたことと、壁に風景画のカレンダーがかかっていることと、ダンボール箱がなくなった以外に変化はないように見えた。衣類や道具などはすべて和箪笥の中や押し入れにしまわれたらしい。それにしても、小一時間のうちに、大きなダンボール箱五つぐらいの荷物をすべて出して、収納してしまうとは。少なくとも身体はよく動く、ということか。

ダンボールの束をカーポートの隅に置いて家の中に戻ると、急須や湯飲みを洗い終えたらしいばあちゃんが、部屋に入るところだった。

「ばあちゃん、長旅で疲れたろ。座椅子、斜めに倒せるようになってるけど、やり方とか判る？」

「ああ、あれはいい座椅子ね。さっき触って、動かし方は覚えたわ。お言葉に甘えて、しばらくの間、倒して休憩させてもらうわね」

ばあちゃんは、座椅子を三十度ぐらいに設定して座り、「これぐらいが気持ちよく休めそうね」と光一に笑いかけてから、一息ついて目を閉じた。光一は「ごゆっくり」と声をかけてから、静かにふすまを閉じた。

二階の自室に戻ってようやく問題集に取りかかったが、ばあちゃんの部屋のサッシ戸が開いたままではないかということが気になってきた。今日は割と暖かいが、あの格好で寝入ってしまって、外から入る風に当たっていると、年寄りにはよくないんじゃないか。サッシ戸を閉めるか、開いている部分を狭くするかした方がいいかもしれない。

光一は、階段を下りて、ばあちゃんの部屋のふすまをそっと引いた。声をかけると、眠っているところを邪魔してしまうかもしれないと思ったからだ。

何？　ばあちゃん、何やってんの。

そう口にしようとしたのだが、あまりに予想外で奇異なことをしているばあちゃんの後ろ姿を見てしまったため、言葉になって出なかった。

ばあちゃんは立っていた。普通に立っていたのではない。両足を肩幅ぐらいに開いて、内股気味で、股関節とひざを曲げて、中腰姿勢になっている。よく見ると、かかとが微妙に浮いているようだった。

そして両腕は、前へ倣え、をしているように前方に出ているが、まっすぐに伸びているのではなく、大きな球体を抱いているように、腕が曲がって、両手のひらは、下がり気味に開いていた。

ばあちゃんは、エプロンを脱いでいて、上下ともに紺色の、柔道着みたいな服だった。下に着ていたのがこれらしい。名称は忘れたが、修行をしているお坊さんとか、居酒屋の店員とかがよく身につけているやつだ。

ばあちゃんは、奇妙な姿勢のまま、じっとしていた。でもよく見ると、肩や腕が、微妙にぷるぷると震えているようだった。

光一は、困惑と不安が入り交じった気分を処理しきれないまま、そっとふすまを閉じた。そして、足音を殺して階段を上った。

三

ばあちゃんが妙な格好で立っていたことは、とりあえずは家族に知らせないでおくことにした。事情がよく判らないうちに母ちゃんらに伝えると、動揺が広がるかもしれないし、自分で謎をつきとめたいという好奇心も少しあった。

あの後、十分ほど経ってからもう一度、ばあちゃんの部屋のふすまをそっと開けてみたところ、まだばあちゃんは同じ姿勢を保っていた。どれぐらいの時間やるのか、毎日やっているのか、何のためにやっているのか。

手っ取り早く知るには、本人に聞けばいいのだろうが、もしそれが秘密の営みであったなら、本当のことは教えてくれないだろうし、かえって警戒されて真相が遠のく可能性がある。そう感じるぐらいに異様な立ち方だったし、あの後ろ姿からは、得体の知れない何かが発散されているというか、妖気が漂っているような感じだった。

午後五時半に、階段を上がって来る母ちゃんらしき足音があり、ドアが小さくノックされた。「何？」と応じると、母ちゃんがドアをそっと開けて、「おばあちゃん、休んでるかもしれないと思って、まだ声かけに行ってないんだけど、どんな感じ？」と聞いた。

「疲れてる様子もなく、荷物を自分で解いて整理してたよ。どこも具合が悪いところがないみたいで、ほっとしたよ」

「それは私も同感だわ」母ちゃんはうなずいた。「晩ご飯のこととか、何か言ってた？」

「いや、何も。そういえば、お茶を淹れてもらったよ。妙に旨かったんで、いいお茶っ葉を使ってるんだと思ったけど、台所にあるやつだった」

「じゃあ、気のせいなんでしょ」

「違うって。沸騰したての熱湯じゃなくて、それを少し冷ましたお湯を使うんだってさ。それが正しい煎茶の淹れ方だって」

母ちゃんの顔色が少し変わった。へん、ざまあみろ。

「知ってるわよ、それぐらい」母ちゃんは眉根を寄せながら言った。「あんたたちが早くくれ、みたいなことをすぐ言うから、熱いお湯を使うようになっちゃったのよ、うちは」

うそをつけ。子供かよ。

「それより」と母ちゃんは片手で邪魔なものを払うような仕草をした。「今夜は、おばあちゃんの歓迎会っていうことで外食するから。ジャージとか着て行かないでよ」

「外食って、どこ」

「らく庵ていうお寿司屋さん。ほら、公民館の近くにある」

「ああ……」

行ったことはないが、去年、光来の描いた絵がまぐれで市長賞だか何だかに選ばれた祝いで、出前を取ったところだ。あのときは、肝心の光来が夕食どきに帰宅せず、母ちゃんと派手な口喧嘩をしていた。

「あの店、二階にお座敷があって、割と手頃な値段のコースを注文できるんだって」

「あ、そう。父ちゃんも来るの？」

「仕事でちょっと無理みたいね。でも光来には携帯から連絡入れて、早く帰宅するように、しつこく釘刺しといたから」

「まだ帰って来てないよ」

光一がそう言った直後、光来が帰宅したらしい自転車のブレーキ音が聞こえた。窓から、ブレザーにスカートの制服を着た光来が、玄関の方に向かうのがちらっと見えた。化粧こそ控えめだが、茶色く染めた髪は肩よりも長く伸び、丈の短いスカートから細い脚が伸びている。女子プロレスラーの宮浦めぐみのようなむっちり体型が好みの光一にとって、針金細工みたいな体つきの光来は、気持ち悪さを覚えるのみだった。

母ちゃんに続いて光一も階段を下りた。靴を脱いで上がって来た光来に母ちゃんが「遅かったわね」と声をかけると、光来は冷めた表情で「ちゃんと夕食前に帰ったでしょ」と応じた。

「おばあちゃん来たから、あいさつして」

「判ってるよ、それぐらい」

光来はその場にカバンを乱暴に置き捨て、ばあちゃんの部屋に足を向けた。

「あ、ちょっと待って。おばあちゃん、寝てるかもしれないから」

母ちゃんはそう言って、光来よりも先に、ばあちゃんの部屋に向かい、少しだけふすまを開けてから、「お義母さん、光来が帰って来ました」と言いながらふすまを大きく開いた。

ばあちゃんは、老眼鏡をかけて、座卓の上に新聞を広げていた。

「居間にあったんで新聞、お借りしてました。勝手に持って来て、ごめんなさいね」

「いえいえ、お義母さん、お互い家族なんだから、それぐらいのこと、断らなくていいんですよ。ほら、光来」母ちゃんが先に中に入り、続いて光来が「おばーちゃーん。頭の手ぬぐい、かわいいー」と、両手を小さく振りながら入った。

こいつ、ふざけてやがる。光一は少しむっとなった。

光来は、ばあちゃんの隣にひざまずいて、「これからよろしくね」と言った。

ばあちゃんは足を伸ばして座卓に腰かけていたが、正座をして、ぺこりと頭を下げた。

「光来ちゃん、ご面倒かけますが、どうぞよろしくお願いしますね」

「こちらこそ。おばあちゃん、嫌なことがあったら何でも言ってねー。お母さんとかには言いにくいこととか、あると思うから」

ばあちゃんは、それには答えなかったが、にこにこしたまま、小さくうなずいた。

「お義母さん」と、母ちゃんが座卓の向こう側に回り込んで座った。「今夜、お義母さんの歓迎会をしたいので、近所にあるお寿司屋さんに行きましょうね。要次郎さんは仕事で遅くなるから来られないけど、四人で行きましょ」

「あらら、奈津美さん、申し訳ないんですけど私、電車にずっと揺られたせいか、何だか疲れてしまって。そういうときに食べ慣れてないものをいただくと、おなかの具合が悪くなってしまうんですよ。それに、この年なので、少ししか食べられないし。せっかくおっしゃっていただいたのに申し訳ないんですけど、多分、茶碗蒸し一つだけでおなかいっぱいになると思うの」

「あー、そう、ですか……」

母ちゃんは固まったようだった。

「よかったらみなさんだけでいらしたらどうかしら」

「いえいえ、お義母さん」母ちゃんはあわてて頭を振った。「お義母さんの歓迎会のつもりだったんですから、それは駄目ですよ、とんでもない」

光来が「おばあちゃんが食べられないって言ってるんだから、行くのはボツだね。おばあちゃんが食べたいっていうものを聞いて、それを作るか、取るかすればいいじゃん」と言った。言い方に棘があったが、光一もそうするしかないだろうと思った。

「私は、ご飯があれば、あとは冷蔵庫の中にあるものを少しいただいて、雑炊でも作りますから、それでいいですよ。他に食べたいものは特にないし」

「おばあちゃん、ケーキとか甘いものは？」と光来が聞いた。

「いえいえ、そういうものも、私のおなかには重たくてね。すぐにおなかを壊してしまうから」

「あー、そうなんだ」

「奈津美さん、せっかくおっしゃっていただいたのに、ごめんなさいね」ばあちゃんは母ちゃんに頭を下げた。「でも、食べられなくてたくさん残した上に、おなかを壊したりしたら、かえって迷惑をかけてしまうから」

「あー、いえ、私の方こそ、考えが至らなくてすみません」

母ちゃんも頭を下げたが、かなり不本意そうな表情である。

「それから奈津美さん、最初にいろいろとお許しをいただいておきたいんですけど」

「は？」

「奈津美さんは外でのお仕事もあるから、私できるだけ家の中のこと、お手伝いしたいの。勝手に掃除とか洗濯とか、やらせていただいてもいい？」

「でもお義母さん、はりきっていろいろとなさると、ほら……怪我をされたりすることもあるし」

「やってもらったらいいじゃん」光来が口をとがらせ気味に言った。「やることがなくなったら、おばあちゃんだって居づらいし、身体を動かしてる方が絶対に健康にもいいよ」

「それはまあ、そうだけど……」

「家族のお食事は、奈津美さんに続けてもらった方がいいわよね」と、ばあちゃんは続けた。「私が作る田舎臭いものは、光一さんも光来さんも口に合わないと思うから。カタカナの名前の料理、あんまりできないし。でも、お掃除か洗濯ぐらいはやらせていただける?」

「それは、やっていただけると私も助かりますけど」

母ちゃんが作る食事は、パート先の総菜店、大吉から持ち帰る残り物や、冷凍食品などの手抜き料理が多い。その上に掃除や洗濯もしないとなると、かなり楽になるはずだった。それでも渋っている態度を見せるのは、家の中での支配権を、ばあちゃんに奪われるんじゃないかと警戒してるからだろう。

よし、ここは、ばあちゃんの援護射撃だな。

「何かやってもらった方がいいよ」と光一は口をはさんだ。「洗濯物を干したり取り込んだりするのを頼んだらどう? 急に雨が降り出したときなんか、ばあちゃんがやってくれたら助かるじゃん」

「じゃあ、洗濯は私がやりますから、お義母さん、干すのと取り込むのを、お願いできます?」

「洗濯って、洗濯機回すだけじゃん」光来がそう言ったが、母ちゃんは無視した。

「はい、お安いご用です」ばあちゃんは笑顔でうなずいた。「洗い物なんかも、気づいたときにやってもいいかしら」

「いえ、洗い物は私がやりますから」

「って、食洗器じゃん」光来が皮肉たっぷりに言い、母ちゃんは今度は「あんた何もやってないくせに、偉そうに言うんじゃないわよ」と言い返した。

「じゃあ、お掃除はどうかしらね」

「そうですね……」

「うちにはルンバとかないしね」と光来。母ちゃんは無視した。

「じゃあ、掃除機は出し入れが大変かもしれないから、お義母さんは、気がついたところを拭いたりしていただけますか。でも、この子たちの部屋とかはしなくてもいいですよ」

「判りました。あと、お風呂の掃除も、気がついたらやらせていただきますね。では、そういうことで、よろしくお願い致します」

ばあちゃんがみんなに丁寧に頭を下げたので、光一らも同じ動作で応じた。光来が小さく噴き出したようだった。

その日の夕食は結局、ピザの宅配を頼むことになった。ばあちゃんは、自分専用の小さな土鍋を出して、干し椎茸や鰹節で出汁《だし》を取り、炊飯器に残っていたご飯と、冷蔵庫にあった小松菜、白ネギ、少量の鶏ミンチなどを使って、塩味のさらさらした感じの雑炊を作った。出汁に使った干し椎茸や鰹節は、「冷凍しておいて、佃煮にするから」と、密閉容器に入れた。

四人で同じテーブルを囲んだが、あまり会話は弾まず、ばあちゃんが風呂は最後に入ると言ったけれど、父ちゃんの帰りを待っていたら遅くなるから、ということで、好きなときに入って、とみんなで説得した。光来は食べ終えるとすぐにスマホをいじり始め、「友達んちで勉強することになったから」と言い出し、「十時までには帰りなさいよ、外泊は駄目よ」と母ちゃんが釘を刺しても返事をしないで出て行った。ばあちゃんはそのさまを、雑炊を少しずつ口に運びながら、にこにこして見ていた。ばあちゃんにとっては、コントの一場面のように映っているのかもしれない。

土鍋だと、中身が冷めにくいらしい。ばあちゃんが食べる雑炊は、最後の一口まで、レンゲから湯気が上がっていた。

父ちゃんが帰宅したのは午後十時半頃、光一がトイレで用を足し終えたときだった。玄関のドアが開いて、靴を脱ぐ気配があり、それに気づいた母ちゃんが、ダイニングのドアを開けてトイレの前を通り、出迎えるのが判った。光一は、狭い玄関付近の廊下で鉢合わせをするのは面倒臭いと感じて、二人がダイニングの方に入るまで、トイレの中でやり過ごすことにした。

「お帰り」

「ああ。母さんは？　もう休んでる時間かな」

「ええ、もう休まれてるわ」

「じゃあ、あいさつは明日の朝でいいな。光来は？」

「今日は一応、早く帰って来た。夕食後また出てったけど、さっき帰って来て、そろそろお風呂から上がる頃だと思う」

「あ、そう。母さんは、どうだった？　トラブルはなかった？」

父ちゃんは声を小さくした。

「別にトラブルっていうのはなかったけど……お義母さん、歓迎会をするから、らく庵に行きましょうって提案したら、生ものとか温かくないものを食べたらおなかの具合が悪くなるって言うから、結局行かなかったのよ。しかも、自分の食べ物は自分で作るからって、土鍋で雑炊みたいなのを作って、それだけ食べて、お風呂も短時間で済ませて、さっさと寝ちゃって。何だか、初日から、自分の好きなようにやらせてもらいますっていう嫌味な感じだったわよ」

光一は心の中で、あんたの言い方の方が嫌味たっぷりじゃんか、とつぶやいた。

「母さんも年なんだから、生ものや冷たいものを口にしないようにしてるのは、本当なんだろ。そんなこと気にしなくていいって。昔からマイペースの人なんだから」

父ちゃんはそう言って、大きく溜息をついた。

「どうしたの？　そういえば何だか顔色ちょっとよくないわね。仕事、大変だったの？」

「それなんだが……実は、経理課長の吉田《よしだ》さんから、他人に言うなって前置きされて教えてもらったんだが、うちの会社、どうも危ないらしいんだ」

「危ないって——」

父ちゃんが「しっ」と制し、「どういう意味よ」と母ちゃんが声を潜めた。

おいおい、息子がトイレにいるぞ。聞こえてるぞ。

咳払いでもして知らせるべきかどうか迷ったが、知りたい気持ちの方が上回り、光一は息を殺して続きを聞くことにした。

「まだはっきりしてないし、吉田さんの話もあいまいなところが多かったから、絶対にそうだっていうわけじゃないんだ。ただ、最近は大口の得意先からの受注も減ってきてることは確かで、資金繰りも厳しいようでね。社長や専務が資産を奥さんなどの名義に変更してるらしいって」

「どういう意味よ、それ」

「取締役は、会社の連帯保証人になってるから、いよいよのときは債権者から取り立てられるんだってさ」

「お父さん、もし会社が潰れるようなことにでもなったら」

「だからまだ確定したってわけじゃないから」

「でも危ないことは確かなのね」

「まあ……その可能性はあるようだ」

「どうすんのよ、本当にそんなことにでもなったら」

「どうするって言われ……」

そこで会話が急に止まった。そして、足音が近づいて来た。

やばい。トイレの窓明かりに気づかれたか。光一はあわてて、ジャージのポケットに手を突っ込み、スマホを取り出して、イヤホンを耳に突っ込んでからトイレを流した。画面を操作して、T・レックスの曲をかけた。

ドアを開けると、まだ玄関の方にいた母ちゃんと父ちゃんが、思い詰めたような顔でこちらを見ていた。

光一はイヤホンを外して、父ちゃんに「あ、お帰り」と、できるだけ平静を装って声をかけた。父ちゃんが「あ、ああ」と強張った顔でうなずく。

光一はさらに「何？　どうかしたの？」と面倒臭そうに聞いた。外したイヤホンからは、演奏のシャカシャカ音が漏れている。

息子には聞かれていなかったらしいと判断したらしく、母ちゃんは溜息をついて、

「トイレで音楽聴くことないでしょう」と言った。

「いいじゃん、別に」

「勉強しないで、スマホばっかりやってるの？」

「ちゃんとやってるってば。どいてよ、そこ」

両親が少し後ろに下がり、光一は洗面所に入った。

手を洗いながら、ふう、と大きく息を吐いた。

えらいこっちゃ。下手すると、国公立大学に行くカネさえなくなるんじゃね？

お陰でその日はなかなか寝つけなかった。

うちの家計は、もともと楽ではない。父ちゃんは真面目に働いてはいるが、それだけでは足りないから、母ちゃんもパート仕事をしている。しかも自分は受験に失敗して浪人。妹も学力的に、県立高校に行くのは難しい。ここで父ちゃんが失業したりしたら、たちまちのうちに困窮するのは間違いない。浪人なんかやってる余裕さえなくなる。

おまけに、ばあちゃんを引き取ることになったのだ。今のところ元気そうだし、食費もあまりかからなそうな感じで、家事も手伝うと言ってくれてはいるものの、家計の足しになる存在ではない。今は元気だといっても八十五歳、いつ身体の具合が悪くなるか

判ったものではない。油断していたら、環境の大きな変化が引き金になって、明日明後日にでも、ぼけ始めるかもしれないし、転んで骨折して寝たきりになる可能性もある。

進学を諦めて、仕事を探すという道も覚悟しとかなきゃいけないのか……。

ばあちゃんも、この家と土地以外には財産なんか、あまり持ってなさそうだ。しかも、万が一、ばあちゃんがへそを曲げて、みんな出て行ってくれと言い出しでもしたら、法律上は逆らえないのではないか。

光一は、日雇い仕事をしながらネットカフェに泊まり込んでいる自分の姿を想像した。そうなったら、風邪を引いて寝込んだり、仕事中に大怪我でもしたらもうアウト。光来は年齢をごまかしてキャバ嬢にでもなれば、何とかやっていけるだろうから、いよいよとなったら、頼るしかない。ところがその光来はさらにやせ細っていて、腕に注射の跡がいっぱいあって、へらへら笑ってる。刺青だらけの男と同棲してて、こいつもへらへら笑ってる。父ちゃんと母ちゃんは住み込みの仕事を見つけたらしいが、連絡が取れなくなった。一家離散。

光一は、頭をかきむしって妄想を振り払った。いくら何でもすぐにそうなるわけではない。受験に失敗して以降、考えがどうもネガティブになっている。

そもそも、ばあちゃんがみんなを家から追い出すわけがないではないか。

想像の出発点のところで間違ってる。

そのとき、光一の頭の中に、変な姿勢で立っているばあちゃんの姿が浮かんだ。

もしかしてあれは、怪しげな宗教の儀式か修行みたいなものではないか。

一時期、世間を騒がせたカルト教団も、怪しげなポーズで集団瞑想しているところがテレビなどで報じられていた。

ある日突然、ばあちゃんが言い出すのだ。

私の財産はすべて、教祖様に差し出すことにしました。さようなら。

ひええぇーっ。

四

翌日は曇っていたが、雨が降りそうな気配はなかった。

光一が目を覚ましたのは午前八時半頃で、母ちゃんが流しにある皿などを食洗器に突っ込んでいるところだった。既に父ちゃんは出勤し、光来も中学に行った時間である。

「朝食、出してあるから、温めて食べなさいよ」

母ちゃんから言われて「うん」と答える。浪人生活に入ってからは、この時間帯に起きて、一人で朝のワイドショー番組を見ながら朝食を取ることが多い。

ダイニングのテーブルを見ると、小皿にラップがかけてある。肉野菜炒めらしい。その他、やはりラップをかけたご飯と、納豆のパック、インスタント味噌汁の袋が入った椀。母ちゃんは以前はせっせと味噌汁を作っていたのだが、家族が残すことが多いせいで、いつの間にか、欲しい人はインスタントで勝手にどうぞ、というふうになった。

やかんの湯を沸かすためにガスコンロをひねりながら、「ばあちゃんは」と聞いてみた。

「洗濯物を干してもらってるとこ」

「へえ。元気で身体がよく動くこと。よかったじゃん」

「それはまあ、そうだけど、油断したら大変なことになるかもしれないから、あんた気をつけて見ておいてよね」

「家の中にそんなに危険な場所って、ないだろ」

「お風呂の掃除とかも頼んじゃったけど、タイルは滑りやすいし、浴槽の内側を掃除するときに頭から落ちるかもしれないじゃないの。やっぱりお風呂の掃除は頼まない方がよかったわねー」

「だったらそう言えばいいじゃん」

「私が起きて来たときには、もう終わってたのよ」

「まじで。でも、それなら、できるってことなんだから。何も起きてないのに心配ばっかりしたって、しょうがないじゃん」

言ってから、自分の心配性なところも母ちゃんから受け継いだのかもしれないなと思った。

「それ以外にも、ガスコンロの火を消さないで放っておくとかいう可能性もあるから、あんたが注意しといてね。あと、水道の水を出しっ放しにするとか」

「へいへい」面倒臭いので軽くうなずいておいた。「父ちゃんは、ばあちゃんと何か話してた？」

「朝のばたばたしてるときだから、ちょっとだけね。おばあちゃんが、あらたまった感じで、両手をついて、要次郎さん、これからよろしくお願いしますって、やってたわよ。お父さんは心得た感じで、同じように合わせてね。光来が、時代劇みたいだって、くすくす笑ってたよ」

光来が家の中で笑うというのは、珍しい気がする。

「ところで、おばあちゃんが昼ご飯、あんたの分も作るって言うかもしれないけど、食べる気がないんだったら、言い方には気をつけなさいよ」

「ああ。自分のことは自分でやるからって言えばいいんだろ」

「そうだけど、言い方よ、言い方」

「判ってるよ」

「でも、たまには食べてあげてよ」

「はいはい。ばあちゃん、朝も雑炊？」

「そうみたい」

「みたい？」

「だって、私が起きたときにはもうおばあちゃん、食べ終わって土鍋を洗ってるところだったから」

やっぱり、年寄りはカブトムシ並みに朝が早い。

母ちゃんは十時前にパート仕事に出かけた。光一は、この日も受験勉強に身が入らず、ごろごろしながらコミック雑誌をめくっていたところ、下から「光一さん、光一さん」と声がかかった。

部屋から出て「何？」と顔を出すと、ばあちゃんは、にこにこ顔で階段の下に立っていた。

「お勉強中ごめんなさいね」

「いや、気にしなくていいよ。四六時中、勉強してなきゃいけないわけじゃないんで」

「外出するときには知らせるようにって言われてたから」

「どこかに出かけるの？」

「今日と明日の間に、ちょっとした買い物をしたり、今も年賀状をくれる知り合いを訪ねて回って、あいさつをしたいんだけど、どうかしら。私一人でも大丈夫だと思うのよね」

「いやいや、それは駄目だよ。ばあちゃんが外出するときには、俺がついて行かなきゃ。この辺は車も多いし、ひったくりに遭わないとも限らないから」

道に迷うかもしれないし、という言葉は飲み込んだ。

「そう。じゃあ、大変申し訳ないけど、外出させていただいていい？」

「いいよ。喜んでご一緒させてもらうから、そんなにすまなそうに言わないでよ。今すぐ行くの？」

「できればね」

「じゃあ、ちょっとだけ待ってね」

光一は階段を下りて、洗面所で髪を整えた。さらにT字カミソリでひげを剃って、ローションを塗っているときに、ばあちゃんが鏡の背後に映り、「ガスの栓、電気、戸締まり、確認したわよ」と、にこにこ顔で言った。そのせいで、自分で見に行くわけにいかなくなった。

この日のばあちゃんの足もとは、足袋に草履ではなく、地下足袋だった。割烹着タイプのエプロンを上に着ていなかったら、まるで忍者である。地下足袋は、割とはき古されたもののようだったので、普段から使っているらしいと判る。そしてばあちゃんは、年輩女性がよく使っている、ベビーカーにちょっと似た、手押し車を玄関ポーチに用意していた。以前、信号待ちで交差点に立っているときに、この類の手押し車を使っていたよそのおばあさんが「これがあった方が足が前に出やすいし、転びにくいんだよ」と、孫らしき男の子に話しているのを聞いたことがある。

なるほど。こういうものを使って、安全に歩くわけか。車輪をロックすれば、休憩用の椅子にもなる。

ばあちゃんが行きたいと口にしたのは、一キロほど先にある、最寄りのホームセンター、グッジョブだった。

「私がいた頃にはまだそういう建物、なかったんだけどね。足が遅くて迷惑かけるけど、よろしくお願いね」

「だから、ばあちゃん。いちいち頭下げたりしないでって。俺、それぐらいのこと、何でもないんだから」

「はいはい。じゃあ、出発しましょう」

玄関ポーチは少し高低差があったが、ばあちゃんは難なく手押し車を下ろして、押し始めた。光一は、その後ろについた。

「ばあちゃん、ホームセンターで何を買うの？」

「炭を買いたいのよ」

「ええと……墨汁、でいいの？　それとも、硯でこする方のやつ？」

「その墨じゃなくて、燃やす方の炭」

「ああ……キャンプ用品のコーナーにあるやつね。そんなもの、どうするの？」

「私、七輪や釜を持って来てるから」

「シチリン？」

名称は聞いたことがあるが、頭に絵が浮かばなかった。

表情から察したらしく、ばあちゃんは、焼き物でできた炭火コンロみたいなもので、昔はどこの家庭でも使っていたのよ、と話した。

「へえ。本当にキャンプみたいだね。でもそれ、どこで使うの？」

「今朝、庭を見させてもらいましたけど、勝手口のところなら、煙が出てもご近所に迷惑はかからないかなと思うの」

光一は「ああー」とうなずいた。勝手口側なら、わが家の洗濯物を干している場所とは離れているし、二階ぐらいまでの高さがある植え込みや物置によって、外から見えにくい。そちら側は隣家との間に水路があって少し距離が離れているから、煙が流れるようなこともないだろう。

「ばあちゃん、もしかして、炭を燃やして釜でご飯を炊くの？」

「できればね。ずっとそうしてたし、どうせ暇だから」

何か、江戸時代からタイムスリップしてきた人みたいだな。でもこれからの時代、ますます節電が求められるっていうから、ばあちゃんみたいなライフスタイルは逆に時代を先取りしていることになるのかもしれない。

「でも、ばあちゃん、勝手口側は普段出入りしてないから、雑草が伸び放題になってたと思うよ」

「今朝、抜いておきましたから」

「えっ、まじで?」

抜かりはないってか。

ばあちゃんが歩くスピードは、普通の大人よりは遅かったが、見ていてまどろっこしく感じるほどではなく、足取りも軽い。普段からよく歩いているのだろう。

国道沿いをしばらく進んだ後、交差点を左に折れた。手押し車を押すばあちゃんは、迷っている様子がなく、地理はちゃんと覚えているようだった。

ホームセンターの少し手前で、左側にあるマンション駐車場から出ようとする白いバンと出くわした。バンは、歩道に注意を払わないで道路に出ようとしたようで、前を歩いていたばあちゃんにぶつかりそうになり、光一は「あっ」と声を漏らした。

次の瞬間それが「えっ?」に変わった。

白いバンは、急ブレーキをかけて、スリップ音と共に、すんでのところで停止した。車体が一瞬沈んでから揺れるのが判った。運転席にいる若い男もつんのめり、シートベルトによって引き戻されていた。

ところが、ばあちゃんは、左手でバンを制するような姿勢を取りながら、いつの間にか二歩ほど後退して、光一とぶつかりそうなぐらい目の前に立っていた。手押し車は……バンの前を通り過ぎた先に倒れている。

何があった？

ぶつかる、と感じた次の瞬間、ばあちゃんは左手でバンを制するようにしながら、さっと後退し、同時に手押し車が轢かれないように右手で突き飛ばした？

うそだ――。

運転席にいた、頭にカチューシャをつけたロン毛の若い男が、ぽかんとなってばあちゃんを見ていたが、気を取り直すように、そのまま左折して遠ざかって行った。

「ばあちゃん、気をつけないと危ないよ。交通ルールを守らない奴、そこらじゅうにいるから」

ばあちゃんは横顔を向けて「そうね。ご忠告ありがとうね」と言い、数メートル先に倒れている手押し車を起こしに向かった。

ねえ、もしかして、とっさに下がって、ぶつかるのを避けたの？

口から出かかった質問を光一は飲み込んだ。

そんなわけがない。ばあちゃんは実際はもっと後方にいたのだ。それで、急に出て来たバンに気づいて足を止めた。左手で制するような姿勢を取ったのは、手を上げて運転手に知らせようとしてのことで、右手で手押し車を突き飛ばしたのは、とっさのことでパニックになって無意味なことをしてしまったのだ。ばあちゃんと自分との距離が詰まったのは、ばあちゃんよりも自分の方が止まるのが遅かったからだろう。

それで説明がつく。ばあちゃんが素早く後退したと考える方が不合理だろう。


ホームセンターはまだ開店したばかりの時間のため、広い店内はがらんとしていた。

「いらっしゃいませ」と声をかけてきたレジにいる中年女性に、ばあちゃんは「東尾《ひがしお》さんはおられますか」と尋ねた。

「店長ですか」

「はい、そうだと思います」

「あの、何かお約束をされてますでしょうか」

「いいえ。あいさつに伺ったんです」

レジの女性は、ばあちゃんを少し不審そうに見てから、「しばらくお待ちください」と言い、従業員用の専用端末らしきものを操作した。今も年賀状のやり取りが続いている知り合いの一人が、東尾とかいう、ここの店長らしい。

レジの近くで待っているうちに、ばあちゃんが近くにあるＤＶＤコーナーの方に歩み寄った。安い値段で売られている、昔の名画シリーズだ。一緒に宅浪する約束を破ったあの久間の家にこのシリーズ作品が十数本あり、高校生のときにいくつか借りて観ているので、光一も多少のことは知っている。

「ばあちゃん、昔観た映画とか、ある?」

「私、映画はあまり観なかったんだけど……これはよく覚えてるわ」

ばあちゃんが指さしたのは『シェーン』だった。久間の家にはなかったが、高一の文化祭のときに、体育館で上映されたものを観て、ある程度の内容は覚えている。ふらりとやって来た腕利きのガンマンが、世話になった家族のために、悪党たちと戦う西部劇だ。ラストシーンで、男の子が「シェーン、カムバック」と叫ぶのだけれど、馬に乗って、遥かなる景色の中を遠ざかるシェーンは振り向かない。有名な場面だ。

「ああ、俺も観たよ。西部劇だよね。悪党を倒すっていう」

「おじいさんが西部劇が好きでね、映画館で観たんだけど、朝から夕方まで三回も連続でつき合わされたのよ。おなかが減って、お尻が痛くて」

「映画って、一回上映したら、お客さんを入れ替えるんじゃないの?」

「昔はそうでもなかったのよ」

ばあちゃんは、そのときのことを思い出したのか、片手を口に当てて短く笑った。

「へえ。じゃあ、デートで観たんだ」

「そりゃ私だって、若いときはあったから」

「だったら『シェーン』は青春の思い出の映画だね。よかったら買う？　買ったげようか？」

「いいわよ、そんな」ばあちゃんは笑いながら片手を振った。「私、映画の内容にはあんまり興味なかったから。でもお馬さんに乗ってる主人公がうらやましくてね。私の家は農家でね、子供の頃は農耕用の馬がいたのよ。たまにその馬に、親戚の男の子たちは乗せてもらえたのに、父親から、女は駄目だって言われて、悔しくて泣いたことを思い出しながら観たのよ。そのせいで、映画の話の方は、あんまり覚えてなくて」

「へえ。馬がいたの」

「ブンタという名前の茶色い馬でね。おとなしくてよく働いたのよ」

「働くって、何をするの？」

「土を掘り起こすときに引っ張らせたり、荷車を引かせたり。耕耘機とかトラックの代わりに働いてくれてたのよ」

「ふーん」

想像できなくはないが、家で馬という、でかい動物を飼っていた、というシチュエーションがどうも実感できない。

そのとき、「真崎先生っ」という大きな声が聞こえた。

奥の方から小走りでやって来たのは、四十前後ぐらいの太った男性だった。メガネをかけて、髪をきっちり七三に分けている。真面目でちょっとお人好しそうな人だった。

「真崎先生、ご無沙汰してます。栄一郎さんのこと、お悔やみ申し上げます」東尾店長は真剣な表情で両手を出し、ばあちゃんの片手を握りしめた。レジの女性店員がそのさまを、ちょっとびっくりした表情で見ていた。

何だ、この人。ばあちゃんとそんなに親しかったのか？

「東尾さん、わざわざ香典まで送っていただいて、ありがとうございます」ばあちゃんは手を握られたまま頭を下げてから、にこっと笑った。「しばらく見ない間に太りましたね。食欲旺盛なのは結構なことだけど、成人病とか、気をつけてね」

「はい、面目ありません。医者からも、このままだとよくないと言われてますので、最近、食事を減らして、店で扱っている健康器具を買って、いろいろと運動するようにしています。先生はお変わりなくお元気なようで、何よりです」

「他に取り柄はありませんからね」

「何をおっしゃいます。今の私がいるのは先生のお陰ですよ」東尾店長はそう言ってから、ばあちゃんの背後にいる光一に気づいたようだった。「こちらは……」

「光一さん、私の孫なの。一人で出かけるのは危ないと言って、ついて来てくれたのよ」

「おお、そうでしたか。立派なお孫さんをお持ちで。私、ここで店長をしております東尾と申します。真崎先生の一番の信者です」

光一は「あ、どうも」と応じた。ばあちゃんが「嫌だわ、信者だなんて」と言った。

「先生、これからは、要次郎さんご夫婦と一緒にお住まいになられることに？」

ばあちゃんはうなずいた。

「ええ、孫はこの子と、もう一人女の子がいるの。楽しくやらせていただいてるわ」

「そうですか、じゃあ寂しくありませんね。ところで先生、書道教室をまたおやりになる、というようなことは……」

「いえいえ、もう八十五の、いつお迎えが来るか判らない身だから」

「ああ、そうですか」東尾店長は実に残念そうな顔をした。「もしおやりになるのなら、うちの娘を是非、と思ってたんですがねー」

「申し訳ないけど、それはちょっとね。ところで奥様はお元気？」

「はい、元気でやっております。近いうちにごあいさつに伺わせますので」

「そんなことはしなくていいわよ、さっきも言ったように、今は息子夫婦のところで厄介になってる身なんだから。よろしく伝えておいてくださいな」

「はい、判りました。先生のお元気そうな様子を伝えたら、喜ぶと思います」

少し間ができて、東尾店長は「あ、ところで、今日は何かお求めで?」と思い出したように聞いた。

「あら、そうだったわね。炭をいただける? できれば、煙があまり出ないものがいいんだけど」

「あっ、釜でご飯を炊くんですか」

「ええ、そうなの」

「先生が握ってくださったおにぎり、美味しかったんだよなあ」東尾店長は天井を見上げて、しみじみした口調になった。「何回ご馳走になりましたかねー。いやいや、あれより旨いおにぎりって、その後も出会ったことありませんよ」

「何言ってんのよ」ばあちゃんは細い目をさらに細めた。「おなかが空いてるときに食べたからよ。それより、炭はあるの?」

「あ、そうでした。もちろんです、お任せください。うちは普通の木炭だけでなく、焼き鳥屋さんが使っている質のいいやつがありますから。ではではどうぞこちらへ」

東尾店長に案内されて、右手奥のキャンプ用品コーナーに行き、薦められた商品を二箱買うことになった。ちょうど、ばあちゃんの手押し車の中に二箱がすっぽり並んで入るサイズだった。

精算するときに、東尾店長が従業員割引をしてくれた。ばあちゃんは、「あらら、そんなことしなくていいのに」と遠慮したけれど、拒絶する気はないようで、「ありがとね。知り合いがこんな立派なお店の店長さんで、私も鼻が高いわ」と少し大きな声で言った。

「あ、先生、着火剤は？」

「いいえ、それはいいわ。なくて困ったことはないから」

東尾店長が両手を叩いた。

「でしたら、焚きつけにする細い木材を差し上げますよ。木工用コーナーで出る切れ端があるんです」

「あら、いいの？」

「余り物ですから、どうぞどうぞ」

東尾店長がすぐに用意してくれたものは、ポリ袋二つ分の、長さや太さが不揃いな細い木材片だった。ばあちゃんの手押し車は炭の箱で既にいっぱいだったので、光一が両手に提げることになった。東尾店長は、ポリ袋が手に食い込まないよう、プラスチックの把っ手をつけてくれた。

帰り道、光一は、前を歩くばあちゃんに「店長さん、ばあちゃんにすごい借りがあるみたいな感じだったね」と声をかけた。

「書道を教えてあげただけよ」

ばあちゃんは前を向いたまま、ちょっとそっけなく言った。

「いや、そんなレベルじゃなかったよ。店長の奥さんも世話になったみたいなこと言ってたじゃん」

「十年ほど前に、結婚式に呼んでもらったことがあるだけ」

そういえば、光一が小学校低学年ぐらいの頃に、ばあちゃんが何日か泊まりに来たことがあった。ばあちゃんが黒のスカートやジャケットを身につけているのを見て、別の人かと思った記憶がある。引き出物だったのだろう、ばあちゃんからカタログみたいなのを見せてもらって、好きなのを選びなさいと言われ、洋菓子の詰め合わせか何かを後でもらったことも思い出した。

「ほんとは何か、あの店長さんが恩義に感じるような出来事があったんでしょ。そうじゃないと、書道教室の生徒だっただけなのに、結婚式に呼んだりしないじゃん」

「東尾さんが義理堅い人なのよ」

その後も光一は、探りを入れるような質問を二、三したが、ばあちゃんはのらりくらりとかわすような返事ばかりで、教えてくれなかった。

五

帰宅して、ばあちゃんは七輪を使ってご飯を炊いた。勝手口の周辺は確かに雑草が抜かれて、植え込みの近くに積んであった。

ばあちゃんは、慣れた手つきで、丸めた新聞紙にマッチで火をつけて七輪の中に入れ、焚きつけ用の木片に燃え移らせた。さらに炭を投入しながら、うちわであおいで火を強くした。ホームセンター、グッジョブの東尾店長が言っていたように、炭は質がいいもののようで、真っ黒ではなく、灰色に光っていた。

光一は、中学生のときに学校のキャンプで、飯盒《はんごう》を使ってご飯を炊いたときに、なかなか薪に火がつかなくて往生したことを思い出した。しかし、ばあちゃんの七輪から炭がぱちぱちと音を立てるまで、ほんの数分しかかからなかった。煙もほとんど出ていない。

「光一さん、お昼ご飯はどうするの？」ばあちゃんは、うちわであおぐ手を止めて、見物していた光一を見上げた。「私は、ご飯と漬け物、小魚の甘露煮や佃煮をいただくつもりだけど、よかったら光一さんも召し上がる？」

「そんなの、いつ買ったの」

「漬け物は、ぬか床を持って来たから。甘露煮や佃煮は、こっちに来る前にまとめて作って冷凍しておいたのがあるのよ」

そういえば、雑炊の出汁を取った鰹節や椎茸は、佃煮に使う、みたいなことを言ってたような気がする。ある程度溜まったら、佃煮の材料にするわけか。

「ばあちゃん、漬け物まで作るんだ。まじですごいね。小料理屋の女将みたい」

「こんなに老けた女将はいませんよ。光一さんの口には合わないかもしれないわね。奈津美さんが何か用意してくれてるの?」

「昼はだいたい、ラーメンに目玉焼きを載せたり、うどんに揚げかまぼこを載せたやつとかを自分で作るんだけど、今日は俺も、ばあちゃんのご飯、もらっていい?」

「いいですよ。じゃあ、今日のところは、私のご飯で我慢してね」

「何か手伝うこと、あるかな」

「光一さんは、お勉強もあるから、いいわよ。でも、台所に釜を置いてるから、それだけ持って来てもらえる? お米と水が入ってるから、こぼさないようにね」

「了解」

台所の調理台に、分厚い木のふたが載った白銀の釜が置いてあった。せいぜい四合炊きぐらいの小さめの釜で、かなり使い込まれているものらしく、鈍い光沢を放っていた。

確かにこういうので炊くと、ご飯も旨いだろうな。

ふたを開けてみると、白い胚芽米が水に浸かっていた。以前は白米だったが、ビタミンやミネラル分が豊富だからということで、去年ぐらいから、これを食べている。いくらか水分を吸っているのか、胚芽米たちは、研ぎたてのときよりも膨張しているようだった。何だか、そのうちに芽を出しそうな気がしてくる。米って生き物なんだな。光一はこのとき初めてそれを感じた。

光一は、ばあちゃんがご飯を炊く様子を見物していたかったが、勉強の続きをしなくていいの？　と言われて、仕方なく二階に上がった。確かに、たいして手伝うこともないのに、見られていたら、ばあちゃんだってやりにくいだろう。光一は、溜息をついてから、問題集のページをめくった。

一時間ほど経って、正午を少し回ったところで、ばあちゃんから呼ばれた。

ダイニングのテーブルには、茶碗にがっつり盛られた、湯気を上げているご飯と、小皿に載った小魚の甘露煮と思われるものと、フキやらスライスした椎茸やらいろいろ入っていそうな佃煮、あと漬け物が用意されていた。漬け物は、キュウリと大根らしい。

「汁物までは用意できなかったのよ。お茶で我慢してね」

「いや、いいよ。旨そうだね」

とは言ったものの、光一は普段、昼食はあまりたくさん食べない。こんなに山盛りのご飯を残さず食べるのは、ちょっときつそうだった。

　釜はテーブルの、ばあちゃんが座っている側にあった。ばあちゃんのものらしい、木製の鍋敷きが敷いてある。噴きこぼれたのだろう、釜の側面には白い幾筋もの模様ができている。それを見て光一は、ああ、だから釜というのは横に出っ張りがついてるんだと気づいた。噴きこぼれが火に落ちないようにってことだ。

　ばあちゃんが「では、いただきます」と両手を合わせたので、光一もそれに倣った。光一の家でこれを必ずやっているのは父ちゃんぐらいだ。母ちゃんは手を合わせずに「いただきまーす」と口で言うだけのことが多いし、光来などは何もしないでいきなり箸を動かしている。光一自身も、他人がいる前でしか、手を合わせていないような気がする。そのせいで、ばあちゃんが目を閉じて、数秒間、いかにも心を込めて手を合わせている所作は、無形文化財みたいに思えた。

　ご飯の一口目で光一は「わっ、旨っ」とつい漏らした。何ともいえない甘味としっかりしたご飯の食感。普段食べているご飯とは全然違う食べ物のように思えた。

　キュウリの漬け物をかじった。嚙むと、口の中でしゃきしゃき、こりこりと実に気持ちいい。市販のサラダに入ってるキュウリなどは何だか薬品臭くて美味しいと思わないが、この漬け物は、キュウリ自体が備えている旨味が、ぬかみその中で何倍かに膨らんでいる感じがする。

大根も、またキュウリとは違う食感と味で、これまたいける。ぬか床に唐辛子か山椒でも入っているのか、しばらくすると口の中でじわじわと辛味がやってくる。そのせいでさらに食欲がそそられる。

うーむ、ご飯に漬け物とは、こんな奇跡的なコラボだったのか。光一は、溜息をついて味わい、さらにご飯をかき込んだ。

小魚の甘露煮も、甘味とほろ苦さ、そして身の柔らかさと骨の部分の歯ごたえのバランスが絶妙で、これまたご飯が進んだ。フキや椎茸の佃煮も、噛むと旨味が染み出てきて、ますます唾が湧いてくる。

「ばあちゃん、めっちゃ旨いよ」

「あら、そう。お世辞でもうれしいわ」

「お世辞じゃないって。お米、魚沼産のコシヒカリとか、そういうやつ？」

「何を言ってるのよ。おうちにあるお米を使わせてもらっただけよ。ササニシキの仲間のようね」

「えーっ、うそーっ。まじで？　本物の釜で炊くと、こんなに違うわけ？　それとも、研ぎ方とか水とかも違ってるのかな」

「水は普通の水道水ですよ。研ぎ方も、ごく当たり前のやり方だし」

ばあちゃんはにこにこしているだけで、それ以上の具体的なことは言わなかった。結果的に母ちゃんが作るご飯の悪口になるからだろうか。

「父ちゃんも、子供のときはこういうの、食べてたわけだねー」

「それはまあね。要次郎さんは漬け物が好きで、学生の頃はお弁当にも入れてくれって言ってたのよ。今朝も、たくさん食べてたわよ」

えっ、うそだーっと思った。父ちゃんが家で漬け物を食べているのを見たことなんて、ほとんど記憶にない。

しかしその直後、光一は気づいた。父ちゃんはスーパーで売ってる漬け物なんて食べたくないんだ。ばあちゃんが漬けたやつとは全く別物だから。なるほど、なるほど。これからはきっと毎朝、父ちゃんのメニューに入るんだろう。

「この魚は何ていう種類?」

「それはオイカワとカワムツっていう川魚の稚魚。向こうは内陸だったから、海の魚はちょっと高くてね。近所に川魚を捕る人がいたから、漬け物と交換して、いただいてたのよ」

川魚というと、アユかウナギぐらいしか思い浮かばないので、聞かされた川魚の名前には、ぴんと来なかった。

最初は、こんなに食うのかとげんなりしたのに、結局、山盛りのご飯を二杯食べた。二杯目には少しお焦げご飯が混じっていて、これまた香ばしくて旨い。ラストの二口は、番茶を注いでかき込んだ。食べ終えて、「ああ……」と、一瞬だけ放心状態になってしまった。昼飯でこんな幸福感を得たのは初めてのことだった。

食事の後、スマホでオイカワとカワムツという魚のことを調べてみた。どちらも日本中どこでも見られる珍しくも何ともない魚で、光一が住んでいる街を流れる川や水路、湖沼などにもいるようだった。

ばあちゃんが下から「光一さん、光一さん」と呼んでいることに気づいて、光一はベッドから身を起こした。

たっぷり食べたせいで、少し寝ころんでいるうちに、まどろんでしまったらしい。机の上の時計を見て、眠っていたのが三十分弱だったと判った。

部屋から出て「呼んだ?」と聞いてみると、ばあちゃんがまた下から顔を出していた。

「光一さん、今朝言ったように、午後もちょっと出歩きたいんだけど、いいかしら」

「あー、いいよ、もちろん。明日も出かけるんだよね、確か」

「ええ、お勉強をしなくちゃいけないのに、申し訳ないわね。今日この後は、ちょっと近所に行くだけだから、私一人でも大丈夫だと思うんだけど」

「いやいや、ついて行くって。ちょっと待って」

光一はそう言って、片手で髪を触って寝癖がついていないかどうか確かめながら、階段を下りた。

ばあちゃんに具体的なことを聞いてみると、二キロほど南にある、堤《つつみ》さんと江口《えぐち》さんという元教え子の家を訪ねた後、少し買い物をしたい、とのことだった。

午前中と同様、光一は、手押し車を押しながら進むばあちゃんの後についた。いつの間にか上空の雲は減って、青空の部分が目立つようになっていた。

「ばあちゃんに今でも年賀状をくれる、書道教室の教え子さんて、何人いるの」

「ええと……六人ぐらいかしらね」

「じゃあ、その六人のところをひととおり訪ねるんだ」

「まあ、そういうことね。みなさん、栄一郎さんが亡くなって葬儀をしたことを知らせたら、香典を送ってくれたから、そのお礼も言いたくてね」

考えてみれば、学校の教師でも元教え子からずっと年賀状をもらう人なんて、そうはいないだろう。八十五になるばあちゃんが、まだ六人もの元教え子から慕われているというのは、ものすごいことかもしれない。

そのとき光一は、昨日ばあちゃんが奇妙なポーズでずっと立っていたことを思い出した。

ばあちゃんが変わった宗教の信者だとしたら、今でも年賀状のやり取りが続いているという元教え子たちも、もしかして、その関係者なのかも。

そういえば、ホームセンターの東尾店長は、ばあちゃんの一番の信者だ、みたいなことを言ってた。あと、今の自分があるのはばあちゃんのお陰だ、とか何とか。

ばあちゃんはもしかして、その宗教の大物幹部、いや、教祖様だったりして。

だとすれば、東尾店長のあの態度も説明がつく。何かの恩義があるとか、助けてもらったとか、そういうことではなくて、何十年にもわたって、ずっと洗脳されてる？

でも、目の前で手押し車を押しているばあちゃんの後ろ姿から、それらしき雰囲気というか空気なんて、全く感じられない。

あの奇妙なポーズ、何なの？　聞いてみたら、どんな答えが返ってくるだろうか。

それは光一さんの見間違いよ。私はそんなこと、してませんよ。

ばあちゃんは笑顔でとぼける。そして、深夜に包丁を構えて、足音を殺しながら二階に上がって来る。

秘密を知ってしまった者は、たとえ孫であっても許さない。

うひゃひゃひゃ。そりゃない、ない。光一は小さく噴き出した。きっとあれは、何かの健康法なんだろう。

民家が多い場所を通り抜けて、川沿いを南下。光一が小学生のときによく遊びに行っていた児童公園の前を通過して、農道に入った。民家が急に少なくなって、田畑が目立つ場所になった。

やがて見えてきた広い畑は、一面が麦のじゅうたんだった。それが風にそよぐさまは、さざ波を打つ海面みたいだった。「ばあちゃん、これ、麦だよね」と聞いてみると、ばあちゃんは立ち止まって振り返り、「二条大麦だね。ビールの原料になるのよ。もう少ししたら収穫して、秋までに今度は稲を育てるのよ、この辺りは」と教えてくれた。

堤さんの家も農家で、屋根瓦が立派な二階建ての家の近くには、シャッターつきの納屋や数列のビニールハウスなどがあった。周囲の麦畑も堤さんの土地らしい。

ばあちゃんが玄関チャイムを鳴らすよりも先に、「真崎先生っ」という声が背後から聞こえた。振り返ると、六十ぐらいに見える白髪頭のやせた男性が、ビニールハウスの方から小走りでやって来る。農作業中だったらしく、色あせた作業服に長靴姿だった。

「堤さん、お久しぶりね。急に来てごめんなさいね」

「いえいえ、何日か前にハガキをいただいていたので、今日にでもこちらからごあいさつに伺うつもりだったんですよ」

「来てもらっても、息子夫婦の家だから、何のおもてなしもできないわよ。それに私も身体を動かしてる方がいいから。堤さん、お元気そうなので、安心したわ」

「はい、お陰様で。こちらはお孫さんで」

「ええ、光一さん。一人で出歩くのを心配して、ついて来てもらったの」

「初めまして、堤と申します」堤さんが丁寧に頭を下げた。「ガキの頃、真崎先生には世話を焼かせてばかりだった者です」

「あ、どうも」光一も堤さんに合わせて頭を下げた。「初めまして」

「大学生ですか」

「いえ、浪人生です」

「あー、これは失礼しました」堤さんは顔をしかめて、さっきよりも深く頭を下げた。

「俺、昔っから、こういう失敬な発言ばっかりで」

「いえ、気にしないでください。浪人生なんてそこらじゅうにいますよ」

「あ、先生、栄一郎さんのこと、あらためてお悔やみ申し上げます」

堤さんはそう言うと、深々と頭を下げた。

「こちらこそ、香典ありがとうございました」とばあちゃんも頭を下げた。

「いえいえ、とんでもない。あ、先生、せっかくですから、どうぞ上がってってください」

「あら、いいのよ、そんなことしなくても。あなたの顔を見に来ただけなんだから」

「先生、せっかく来ていただいて、それはありませんよ。せめてお茶ぐらい。さ、お孫さんも」

「じゃあ、せっかくだから、お仏壇に焼香させていただこうかしらね」

「あー、おふくろも喜びます。お願いします」

堤さんは、いかにもうれしそうに玄関の引き戸を開けた。この人も、ばあちゃんの信者らしい。

上がらせてもらい、広い和室に通された。堤さんがお茶の用意をすると言っていなくなった間に、ばあちゃんは床の間の隣にある仏壇の前に座り、置いてあったライターでろうそくを灯し、その火で一本の線香を焚いた。線香を立てて合掌。光一は、ばあちゃんの後ろで、手を合わせるだけで済ませた。

ばあちゃんが急に振り返り、「あら、光一さんも手を合わせてくれて。ありがとうね」とにっこり笑った。光一は、もしかしたらちゃんと手を合わせているかどうか、チェックしようとしたんじゃないか、という気がした。

堤さんは「お茶」と言っていたが、盆に載せて持って来たのは、コーヒーだった。大きな座卓に置かれ、三人で正座をしてコーヒーをすすった。ばあちゃんは「コーヒーなんて、久しぶり。ありがとうね」と言った。

「先生、書道教室をまたおやりになる、というようなことは……」

「それは無理ねえ。息子夫婦の厄介になってる身だから」

「そうですか。従弟の息子で、ちょっと腕白過ぎるのが一人いるので、先生の教室に通わせて、礼儀作法なんかを身につけさせたいんですがねえ」

「あなたのご親戚なら、ちゃんとした人に育ちますよ。ところで、奥様は今日はいらっしゃらないの?」

「それが……」堤さんは後頭部に手をやって、面目なさそうに顔をしかめた。「実は、もう二十年も前に離婚しちゃってまして」

「あら、教えてくれなかったのね」

「格好悪いので、先生には知られたくなくて……すみません」

「じゃあ、お母様がお亡くなりになってからは、一人で暮らしてるのね」

「はい。でもまあ、近所には幼なじみで農業やってるのがちょいちょいいて、行き来がありますんで」

「ああ、そう。それなら寂しくないかもね。ところで、江口さんのところもこの後ちょっと訪ねてみたいんだけど、元気にしてるかしら」

「ああ、あのおばちゃんは、元気の塊ですよ。大きなだみ声で、しかもおしゃべりだから、二筋先にいても判るぐらいで。生まれついての魚屋ですよ」

「朝が早い仕事だから、今頃は寝てる時間かもしれないわね」

「いや、まだ起きてると思いますよ。午後の今ぐらいの時間は、犬を連れて歩いてるのを見かけるから」

光一は、慣れない正座をしていたせいで、早くも足がじんじんとしびれていた。ばあちゃんも堤さんも、書道の経験によるものなのか、平気そうにしている。

「あ、そうだ先生。俺が作った野菜、是非持って帰ってくださいよ」

「大切な商品をいただくわけにはいきませんよ」

「そう言うと思った」堤さんは光一に向かって苦笑いをして見せた。「先生が気を遣わなくてもいいように、出荷できない形のやつを見繕いますから。それならいいでしょ。商品にはならなくても、味は同じですから」

「あら、そう？　じゃあ、少しだけいただくわね。堤さんが作った野菜なら、やっぱり食べたいから」

その後しばらく、堤さんは母親が亡くなったときのことや、痛風で一時期通院した体験などを話した。それが途切れて間ができたところで、ばあちゃんがやっと「じゃあ、そろそろ失礼しようかしらね」と言い、光一は待ってましたとばかりに立ち上がろうとしたが、足がしびれ過ぎていて、中腰になりかけたまま尻餅をついてしまった。ばあちゃんが「あらあら」と笑った。

堤さんは、白いポリ袋に詰まった野菜を持って来て、ばあちゃんの手押し車に入れた。ちらっと見たところ、ネギやショウガなどが入っているようだった。

ばあちゃんはその袋の中を覗き込んで、「堤さん、根ショウガは、形が不揃いなのが当たり前でしょ。商品にならない野菜だけでいいのよ」と言った。

「いやいや、根ショウガは作り過ぎて余ってるやつですから。是非、漬け物に使ってください」

ばあちゃんは「こんなにいろいろいただいて、申し訳ないわね」と、ちょっとすまなそうだったが、すぐに笑顔になって「じゃあ、漬けたら持ってくるわね。ありがとうね」と、手押し車のふたを閉じた。

堤さんに見送られて、さきほどの会話の中に出てきた、江口さんのところに向かった。三百メートルほど先に見える、木々に囲まれた神社の近くに住んでいるのだという。

「ばあちゃん、根ショウガって、普通のショウガとは違うものなの？」

「普通のショウガのことよ。秋に獲れるんだけど、保存が利くから、一年中売られてるの。光一さん、スーパーなんかで、赤い茎の部分がちょっとついてるショウガを見かけたこと、ない？」

「ああ、あるね、そういえば」

「あれは新ショウガといってね、夏に収穫される種類で、それと区別するために、普通の白いショウガを根ショウガっていうことがあるの。根ショウガは薬味などに使われるけど、新ショウガは甘酢漬けなどにするのよ」

「ああ、ガリか」

「そうそう」

「江口さんて魚屋なの？　いまどき、魚屋さんって、商売成り立つのかなあ。街の中ではそういう店、見かけないし。スーパーなどにテナントとして入ってるってこと？」

「仲卸業者っていってね、卸売市場の中に店を構えてるのよ。昔は街の魚屋さんに卸してたんだけど、最近の主な仕事は、お寿司屋さんとか料理屋さんの代わりにいい魚を仕入れて、配達してあげることみたいね。魚の良し悪しを見分ける目を持ってないとできない仕事なのよ」

「へえ、そういう商売があるんだ。ねえ、ばあちゃん。さっきの堤さんも、ばあちゃんのことをえらく慕ってるみたいな感じだったけど、昔何をしてあげたの？」

「特に何もしてないわよ。書道教室に来てくれてただけだから」

「そんなことないでしょ。ただの生徒だったにしては不自然なぐらいに、ばあちゃんを歓迎して、野菜を持たせてくれたじゃん」

「堤さんは義理堅い人なのよ」

違うだろー。やっぱり何か隠してるなと思った。昨日、変なポーズで立っていたことも含めて、こいつは真相をつきとめる必要があるなと思った。

六

畑や水路が多い道を進み、ちょっとした雑木林に近づいた。

へえ、近くにこんなところがあったのか。この辺りまで来たことは、ほとんどなかったため、景色がちょっと新鮮だった。

雑木林に囲まれた神社を迂回するように進むと、民家の集落みたいな区域に入った。ばあちゃんが「この辺りは、あんまり変わってないわねえ」とつぶやくのが聞こえた。

たどり着いたのは、二階建ての、あまり大きくない民家だった。駐車スペースに〔江口商店〕という屋号が入った幌つき軽トラックが停まっている。

玄関の近くに犬小屋があり、光一たちに気づいて、赤いハーネスとリードでつながれた中型の柴犬が出て来た。吠える気はないようで、だあれ？ という感じでちょこんと座って来訪者を見上げている。

「あら、かわいいわんちゃんね」

ばあちゃんは、手押し車を置いて、かがみ込んで犬をなでた。犬は、おとなしい性格なのか、あるいは年寄りだからなのか、目を細くしてなでられている。

二階の窓が開いたらしい音がしたので見上げると、髪を後ろにまとめた、恰幅のいいおばさんが「あーっ、真崎先生っ」と、すごいだみ声で言った。

階段を駆け下りる音が聞こえ、玄関ドアが開いて、おばさんは「先生ーっ」と、両手を広げてばあちゃんに迫り、勢いよく抱きしめた。白いトレーナーに白っぽいグレーのジャージをはいており、まるで雪だるまのお化けが、ばあちゃんを身体に取り込もうとしているみたいだった。

「いつ戻ってらっしゃったんですかーっ、そろそろだとは伺ってたので、お迎えに行きたかったのにーっ」

「江口さん、元気そうでよかったわ。ちょっと苦しいから、放してくれる？」

「あら、やだーっ、すみません」それでも江口さんは、ばあちゃんの両肩に手をやったまま、揺さぶるようにした。「先生、お達者そうで何よりです」

「私はね、昨日こっちにきたの。それで、とりあえずは、歩いて行けるところにいる知り合いに顔を見せて回ってるわけ」

「そうですかー、わざわざありがとうございます。お電話でもいただけたら、私の方から伺ったのにぃー」

「息子夫婦の家に厄介になってる身だから、お招きするよりも、私の方から訪ねる方が気が楽でいいのよ。それに、歩いた方が、身体にもいいしね」

「あーっ先生、申し訳ありません。栄一郎さんがあんなことになってしまって、気落ちされてるところだというのに、私ったら」

江口さんは顔をしかめて、自身の頭をげんこつで叩いた。鈍い音がした。

「大丈夫よ、大丈夫」ばあちゃんは静かな笑みでうなずいた。「あなたの顔を見たお陰で元気をいただいたわ。そうそう、香典ありがとうございました」

「何をおっしゃいますか、先生」

江口さんはそう言ってから、ようやく光一の方を見た。

「こちらは、もしかして、お孫さん？」

光一は、もしかして抱きついてくるんじゃないかと身構えたが、幸いそういう事態にはならず、「孫の光一と申します」と一礼すると、「こんにちは」と迫力のある笑顔を返されただけで済んだ。

「わんちゃん、かわいいわねえ」ばあちゃんは、ようやく江口さんから解放されたところで、再びしゃがみ込んで犬をなでた。「男の子？　名前は何ていうの？」

「はい、その子はリキっていいます」

「おとなしいところを見ると、年寄りなのかしら」

「それが、まだ六歳なんですよ。落ち着いた態度なので、年寄りだろうってよく言われるんです」

「江口さんは、昔は犬が苦手なんじゃなかった？　ほら、書道教室に来てたとき、近所の犬を怖がって、遠回りしてたじゃないの」

「先生、古い話をよく覚えてらっしゃいますねえ」江口さんは、がははと笑った。

「今でもちょっと犬は苦手なんですけど、うちの旦那が」

そう言って江口さんが説明したところによると、リキは近所で独り暮らしをしている七十代の男性が飼っていたのだが、その飼い主が脚の骨折で入院してしまったため、江口さんのご主人が、うちで預かりますと申し出た、ということらしかった。江口さんは、「そのくせ、えさやりも散歩も、うんちの始末も私にやらせるんですからねー」と、ご主人に対する文句を言った。ばあちゃんは「骨折とは気の毒にねえ。早くよくなるといいんですけど」と、自分よりも年下のはずの飼い主を気遣っていた。

ばあちゃんは、他にも行かなきゃいけないところがあるから、と立ち話だけで済まそうとしたが、江口さんは「先生、そうはいきませんよ。お茶ぐらい飲んでってくださいよ」と聞かず、結局上がらせてもらうことになった。

ダイニングのテーブルで緑茶を出してもらい、すすりながら、ばあちゃんと江口さんが互いの近況を報告し合った。江口さんはご主人と鮮魚の仲卸業をやっていて、短大生と高一の娘がいるという。その他、だみ声なのは生まれつきではなく、市場内の仲卸店で声を張り上げているうちにこうなったということや、主人はさきほどまで寝ていたが今はパチンコに行っていることなども聞かされた。そういった話の中で、書道教室をまたやって欲しい、と江口さんも言い出したが、ばあちゃんは、もう年だから、とにここ顔でやんわり断った。

光一は、二人の会話を所在なげに聞いていたが、さきほど堤さんのところでもコーヒーを飲んだため、途中で尿意を催して、トイレを借りた。トイレの壁には、娘さんのどちらかが幼稚園児のときに作ったらしい、顔も目も口も大きな、豪快な江口さんの顔が描かれた木の板が飾ってあった。その顔がなぜ江口さんだと判ったかというと、下のところに子供の字で〔おかあさんだいすき〕と書いてあったからだ。

三十分ほどで江口さん宅を辞去した。江口さんは見送るときにも、ばあちゃんを抱きしめて、「先生、余った魚、これからちょくちょく届けに行きますからねー。覚悟しといてくださいよー」と言った。ばあちゃんは、「そんなことしなくていいのよ。でも、本当に傷みやすい安い魚だけだったら、ありがたくいただくわ。ありがとうね」と答えていた。

ばあちゃんは、去り際にもう一度、目を細めて犬のリキをなでた。

「ばあちゃん、犬、好きなんだね」

「犬に限らず、動物はだいたい好きよ」

「飼いたいと思ってたりして、犬」

「栄一郎さんのところで飼ってたこともあるけど、もう私が飼うのは無理ね」

「父ちゃんや母ちゃんがいい顔しないと思うから?」

「それよりも、ほら、私は犬よりも長生きできないでしょうから」

「ばあちゃんは、まだまだ大丈夫そうに見えるけどねー」

ばあちゃんが急に立ち止まって振り返ったので、何か気に障ることでも言ったのだろうかと思った。しかし、ばあちゃんは笑顔のままだった。

「光一さん。人を訪ねるのは、今日はこれでおしまいなんだけど、ついでに街の様子を見て回ってもいいかしら」

「え？　うん、いいよ、別に。ばあちゃんさえ平気なんだったら」

「ありがとうね。何しろ久しぶりだから、あそこはどうなってるのかとか、いろいろ気になっちゃって」

ばあちゃんは再び手押し車を押し始めた。

街の様子を見て回りたいと言ったはずなのだが、ばあちゃんが足を運んだのは、森林公園やその周辺、河川沿いの遊歩道周辺、田畑に囲まれた農道など、人通りが少ない場所ばかりだった。ときおり足を止めては、光一がよく知らない雑草に触れ、「道が舗装されたり川がコンクリートで固められても、まだまだいろんな草が生えてる。たくましいわね」と感心している様子だった。幼い頃に摘んで遊んだ草花のことでも思い出して、懐かしんでいるらしい。

ばあちゃんはたっぷり、二時間近く歩いた。そこまでとは思っていなかったので、光一は後半になると、身体がだるくなり、めまいを起こしそうだった。

帰宅後、ばあちゃんは「光一さんがついて来てくれたお陰で、いろいろ見て回ることができました。どうもありがとね」と丁寧に頭を下げてから、「少し休ませてもらうとするわ」と言って、部屋に入った。

光一は自分の部屋で再び勉強を始めたが、しばらく経って、もしかして、と気づき、足音を殺して階段を下りた。

ばあちゃんの部屋のふすまを、ほんの少しだけ、そっと開けてみると、やっぱりだった。

ばあちゃんはこの日も、あの奇妙な姿勢で立っていた。

これは何かあるぞ。

でも、目的や理由は、さっぱり見当がつかなかった。

この日の夕食は、キャベツの千切りを添えた、チキンカツとメンチカツだった。どちらも、母ちゃんが惣菜店、大吉の余り物を持ち帰ったもので、衣は油を吸い過ぎているし、中身の肉も旨くなかった。大吉の経営状態がよくなくて、もう店をたたむかもしれない、と聞いているが、これではそうなっても当たり前だろうと思う。

母ちゃんが炊飯器で炊いたご飯は、ばあちゃんが釜で炊いたのに較べると、同じ米を使ったとは思えないほどに、べちゃっとしていて、何だかぬか臭い。今までこれが当たり前だと思って普通に食べていたけれど、ばあちゃんの飯を味わってしまうと、レベルの違いが歴然としている。

もちろん光一は、母ちゃんの前でそのことを口にしたりはせず、我慢して食べた。ばあちゃんの漬け物があるのが救いだった。母ちゃんにも「ばあちゃんの漬け物、めっちゃ旨いよ」と勧めたが、「私はいいわよ」とそっけなかった。

ばあちゃんはこの日も、土鍋で作った雑炊を、ちょっとずつ食べている。母ちゃんは、仕事で嫌なことでもあったのか、ばあちゃんにほとんど話しかけることなく、妙な緊張感が漂っていた。妹の光来はまだ帰宅しておらず、父ちゃんもいつもどおり残業なので、いるのは三人だけである。

光一はテーブルの隅にあったリモコンを取って、テレビをつけた。ローカルニュースをやっているところで、地元の暴力団組員がビル街の裏通りで、職務質問をしようとした警察官に抵抗して暴れたため公務執行妨害で現行犯逮捕され、持っていたセカンドバッグの中から拳銃が発見されたという。対立する組織の誰かを狙ってうろついていたのだなと思ったが、別に自説を披露する気にはならず、それをいちいち口にはしなかった。

翌朝、光一は、下からばあちゃんが呼んでいる声で目を覚ました。壁の時計を見ると、午前九時半。昨夜の就寝は一時頃だったので、ちょっと眠り過ぎだ。ばあちゃんと歩き回って疲れたからだろうか。

「呼んだ?」と顔を出すと、下に立っていたばあちゃんは、にこにこして光一を見上げ、

「すみませんが、今日はちょっと、電車やバスに乗って、知り合いのところを訪ねたいんですけど、いいかしらね」と言った。

「ああ、そうだったね。ごめん、ちょっと寝過ごしちゃって。他に誰もいない?」

「はい。奈津美さんもさっき、お仕事に出ました」

「すぐに出かける?」

「光一さんが朝ご飯を食べてからでいいですよ。おにぎりでよかったら、作りましょうか」

「あ、ほんと? じゃあもらうよ」

着替え、洗顔、トイレなどを済ませてダイニングに行くと、海苔を巻いた三角おにぎりが二つ、皿に載っていた。横には小魚の甘露煮とキュウリの漬け物が添えてあり、湯飲みと急須も置いてあった。

おにぎりのご飯は冷えていたけれど、そのせいで塩味の利いたご飯の旨味がより感じられた。海苔も、少ししっとりしていて、磯の香りが食欲をそそる。こんなに簡単な料理なのに、朝から贅沢をしているような気分だった。温かい煎茶を飲むと、つい「あー」と溜息が出た。

ばあちゃんが作ったおにぎりや甘露煮、漬け物などを〔大吉〕に置けば、リピーター

も増えるだろうに。ばあちゃんの体力の問題もあるから、たくさん作るのは無理かもしれないけれど、置いた分は確実に売れるだろうなと思う。

でも母ちゃんは、そんなこと承諾しないだろう。ばあちゃんの漬け物が旨いよと勧めても、あの態度なのだ。ばあちゃん本人の前で。それに、母ちゃんには店で扱う商品を決める権限だってない。もったいない話だ。

待てよ。自分がばあちゃんと組んでちょっとした商売を始める、というのはどうだろうか。昼間のオフィス街近くの公園などで露店販売するのだ。おにぎり弁当を自転車に積んで、プラカードか幟《のぼり》を掲げて、ゆっくり押しながら道行くサラリーマンやＯＬに声をかける。本物の釜を使って炭火で炊いたご飯のおにぎりだよー。小魚の甘露煮と漬け物も、もちろん手作り。一度食べたら、他の弁当なんか食べられないこと間違いなし。最初のうちは駄目でも、一度食べたらみんなリピーターになるはずだ。知り合いにも勧めたりして、口コミで広がってゆく。もしかしたら、ひとヤマ当てることができるんじゃないか。

高二のときの夏休み、イベント会場のテントでポップコーンとフライドポテトを販売するバイトをしたことがある。最初のうちは、見知らぬ人に声をかけるのが恥ずかしかったが、一時間もすれば大声を出すことができるようになった。弁当の路上販売だって、やればできる。

ばあちゃんが作ったおにぎり弁当を路上で売り始めた若者が、やがて弁当販売の一大チェーン店を築いた実業家となり、その発言は日本の経済にも影響を与えるほどに――。

何を考えてんだか。たいした水準でもない大学さえ落ちた浪人生が。

光一は、お茶のお代わりを淹れながら、溜息と共に小さく頭を振った。

この日、ばあちゃんは手押し車なしで、荷物も持っていなかった。作務衣の上にエプロン、頭には姉さんかぶりの手ぬぐい。足もとは紺の地下足袋。エプロンと頭の手ぬぐいを取れば、ほとんど忍者だ。

玄関から出たときに、ばあちゃんは「土曜日なのにごめんなさいね」と頭を下げた。言われて、そうか今日は土曜日かと気づいた。浪人生活に入ると、どうも曜日の感覚が麻痺してしまう。

「いや、俺は曜日なんか関係ないから。それよりばあちゃん、手押し車はいいの？」

「今日は電車やバスに乗るから、いいのよ」

電車やバスに乗るときには確かに、かえってあれは負担になりそうだ。

最寄りのバス停で待っているときに、訪問先について聞いてみた。今日訪ねるつもりでいるのは二軒で、いずれも市外なので少し時間がかかるから、帰りは午後四時ぐらいになりそうだという。ばあちゃんは「途中で何か食べましょうね。それぐらいのおカネ、ありますから」と言った。

やって来たバスは、通学時間でもないのに、女の子たちでいっぱいだった。何のスポーツか判らないが、陽に焼けてやせた中学生の女の子たちが、そろいの黒っぽいジャージ姿で、大きなスポーツバッグを肩にかけたり、網棚や床に置いている。乗車口ドアが開いてそれを見た光一は、「ばあちゃん、次のバスを待つか、タクシーにしようか」と言ったが、ばあちゃんは、「大丈夫ですよ、足腰は丈夫ですから、立つのは平気」と笑った。

ところが、ばあちゃんは急に背中を曲げた姿勢になって、おぼつかない感じの足取りで、パイプにつかまってゆっくりとバスに乗り込んだ。途中で「あいたたた」という声まで漏らしている。バスは既に満員なので、ばあちゃんは乗車口に近いパイプに抱きつくようにして立ち、顔をしかめてうつむいた。

ばあちゃん何やってんの、と声をかけるよりも先に、近くに立っていた女の子の一人が、「誰か、おばあちゃんに席を譲ってあげて」と言い、近くに座っていた子が即座に「はい、こっち、空けたよ」と応じた。

数人の女の子たちが、ばあちゃんが通れる道を作り、女の子の一人が「そっちに座ってください」と空いた席を指さした。

「あら、いいんですか。申し訳ないわねえ」「いえいえ、遠慮しないでください。どうぞどうぞ」というやり取りの後、ばあちゃんは少し前にある一人がけの席に腰を下ろした。いかにも座るだけでも大変、と言わんばかりに、背もたれについている手すりにつかまって、「よっこいしょ」と座り、「あー、助かりました」とつけ加えた。

光一も、孫として礼を言うべきだろうかと思ったが、女の子たちはざわざわとしゃべっており、誰に向かって言えばいいのかも判らなかったので、言いそびれる形になった。

耳に入ってくる会話は、合同合宿する予定の別の女子校に、中学生記録を出した子がいるとか、あそこの先生は怖いとか、お菓子は何が好きか、ジャニーズでは誰が格好いい、スポーツ選手では誰、といったものだった。

近くに立っていた、光一よりも長身の女の子がたすきがけにしているスポーツバッグの横文字を読んで、市内にある私立女子中学の陸上部だと判った。

光一は、ジャージの上から、ポケットに入っている英単語帳を触ったが、女の子たちでいっぱいの車内で勉強はないだろうと思い直した。代わりに、気づかれないように、かわいい子を探してみようか、とも思ったが、光一好みのぽっちゃり体型の子は見当たらず、みんな男の子みたいにやせていた。

そのとき、「席を譲ってもらって、ありがとうね」という、ばあちゃんの声が聞こえ、近くにいた子が「いえいえ、いいですよ」と答えたようだった。

「最近、身体じゅうがあちこち痛くてね。年を取ると、バスに乗るのも一苦労よ」

「そうですか。大変ですね」

「でも、あなたたちみたいに、親切にしてくれる人がいるから、本当にありがたいわ。さっき出会ったばかりの赤の他人なのに、こんなによくしてくれて」

「いえいえ」

そんなやり取りをきっかけにばあちゃんは、最近まで一緒に暮らしていた独身の長男を事故で亡くして、次男の家に厄介になっているということや、こちらが生まれ故郷なのだが戻って来たのは二十五年ぶりで、知り合いもかなり少なくなった、みたいな話を淡々とした口調で話し始めた。そのせいで、周りにいた女の子たちのおしゃべりもトーンダウンして、妙に静かになった。ばあちゃんの半生を聞かされて、場がしんみりとなってしまっている。

おいおい、ばあちゃん。他人にそんな話することないだろうに。どういうつもりだよ。

ところが、ばあちゃんの話を受けて、女の子の一人が、最近亡くなったという彼女のおばあちゃんの話を始めた。前は元気だったけれど、バイクに接触されて転倒して寝たきりになってしまったという。昔は折り紙を教えてくれたり、一緒に寝てくれたりしたおばあちゃんがかわいそうで、見てられなかった、と女の子は続けた。ばあちゃんは「それは気の毒でしたね。でも、優しい孫娘さんに恵まれて、その方はきっと、幸せだったと思いますよ」となぐさめの言葉をかけていた。女の子の「ありがとうございます」の返事は、少し涙声になっていた。

七

駅前に到着し、光一はばあちゃんと一緒に降りようとしたが、後ろにいるばあちゃんとの間に女の子たちが何人かいたので、運転手さんに「後で降りて来るばあちゃんの分も一緒です」と告げて、先に降りることにした。

ほどなくして、背中を曲げたばあちゃんが、女の子の一人に手を引かれて、ゆっくりと降りて来て、「どうもありがとうね」と丁寧に頭を下げた。女の子は「おばあちゃん、気をつけて行ってね」と言い、他の子たちも「おばあちゃん、元気でね」「ばいばい」「合宿、頑張るよー、おばあちゃんも頑張ってねー」などと手を振って、駅の方に消えて行った。そばに立っている光一が身内だとは、誰も思っていないようだった。

彼女たちの姿が完全に見えなくなった途端、ばあちゃんは背中をしゃんと伸ばした。まるでロボットが、ウィーン、ガシャンとモードチェンジしたみたいだった。

「いい子たちねえ」

「ばあちゃん、一つ聞いていい？　あんな演技しなくても、普通に席とか譲ってもらえたと思うんだけど」

「それはそうかもしれないけど、しゃんとしてたらやっぱりためらうでしょ。ほら、中には、年寄り扱いするなって怒る人もいるっていうから」

「はあ……」

「それに、これも何かのご縁。初対面の他人と親しく話ができるというのは、ありがたいことだと思わない?」ばあちゃんはそう言ってから、「私は今、とっても得をした気分よ」とつけ加えた。

そりゃあ、席を譲ってもらったんだから、得をした気分だろうよ。

そういえば、と思い出した。ばあちゃんが特急列車から降りて来たときも、道中に出会った青年に荷物を運んでもらってた。ばあちゃんの常套手段なのか。

「光一さん、バスの代金、渡し損ねちゃいましたね」

ばあちゃんはそう言って、エプロンのポケットから小さながま口財布を出した。

「いいよ、いいよ。金額とかたいしたことないから」

光一はそう言って、先に歩き出した。本当はすたすた歩けるんだから、いちいち後ろについててあげる必要はないと思った。

駅の構内に入ると、行き交う人々のうち何人かが、奇異なものを見る目でばあちゃんを眺めながら通り過ぎたようだった。確かに、この忍者っぽいスタイルは、今の時代では、ちょっとパンクだ。光一は、たまたま近くにいる他人という感じで、ばあちゃんを振り返らないでおいた。

切符売り場の前に立ち、ばあちゃんから行き先の駅名を聞いて、光一が券売機を操作して買った。ばあちゃんは「光一さんが一緒にいてくれたお陰で、早く買えたわ。私だけだったら、機械のどのボタンを押せばいいのかよく判らなくて、いつも駅員さんに聞きに行かないといけないから」と笑って言った。自動改札を通るときには、切符を入れてから途中で立ち止まり、「これ、面白いわよねえ。こっちに切符を入れたら、そっちから、ぴゅって」と振り返ってまた笑うので、光一は「ばあちゃん、早く行ってってば」と手を振って促した。隣の自動改札を通るOL風の女性が、口に拳を当てて笑いをこらえていた。

荷物がないせいか、ばあちゃんはホームへの階段を、すたすたと上った。光一が背後から「ばあちゃん、エスカレーターがあるよ」と言っても、「あら、そう」と答えるのみで、そのまま手すりに触れることなく、一気に上りきった。

ホームのベンチに腰を下ろすよりも先に、列車がやって来た。ばあちゃんは「光一さんが手際よく切符を買ってくれたお陰で、ちょうど乗れるわね」と言った。

幸い列車は空いており、ばあちゃんが変な演技をしなくても座席を確保できた。光一たちは、乗降口に近い座席に、少し離れて座った。

向かいの席でシステム手帳を広げていた中年のサラリーマン風男性がふと顔を上げる

と、ばあちゃんは、にっこり笑って小さく会釈した。幼児に対するような仕草に、男性は少し戸惑ったようで、見なかったことにしようという感じで目をそらした。

光一はちょっとだけ、ざまあみろ、と思った。どこでもばあちゃんのペースで物事が進むわけにはいかないのだ。

車窓の風景が、ビル街から傾斜地の高級住宅街に変わった。

四角い要塞みたいな建物の門扉前に、数台の警察車両が停まっていて、防弾チョッキを身につけて強化プラスチックの盾を構えた武装警官たちが並んでいるのが見えた。抗争中だという暴力団関係者の事務所か、自宅だろうか。ばあちゃんにも見えていたはずだが、気づかなかったのか、それとも関心がないのか、そのことについては何も聞いてこなかった。

列車に揺られながら、ばあちゃんの［手口］がだんだん判ってきたぞ、と思った。さきほども光一は、切符を買ってあげたから電車に間に合った、みたいなことで礼を言われたが、そうやって相手をおだてるのが、基本的なやり方なのだ。

バスの中で女の子から席を譲ってもらって、大袈裟なぐらいに礼の言葉を返し、身の上話までしたのも同じやり方だ。相手を気持ちよくさせておいて、実はばあちゃんが一番得をする。相手は、おだてられているので、本当は上手い具合に利用されたということに気づかない。

書道教室の元教え子たちの中に、熱烈なばあちゃんの〔信者〕が何人かいるのも、きっと同様の手法で手なずけられたのだ。

ばあちゃんが急に、身体の具合が悪いふりをする。それを心配する教え子に、面倒な雑用を頼む。しょう油が切れたから、ちょっと買って来てくれないかしら。庭の雑草が伸びちゃったんだけど腰が痛いから、抜いといてくれると助かるんだけど。誰それさんのところに、これを届けてもらえないかしら。

そして、頼みを聞いてあげると、ばあちゃんは大袈裟に喜んで、褒めちぎる。こんな優しい子はいないわ。あのときに休むことができたお陰で、具合がよくなったわ。本当に助かったわ、ありがとね。

子供たちは、自分が先生の役に立てた、ということで、まんざらでもない気分になる。他の子の前でほめられたら、より得意になるだろう。それが繰り返されるうちに、教え子の中には、ばあちゃんからほめられたり、喜ばれたりすることによって得られる幸福感が忘れ難くなり、ばあちゃんに依存し、離れられなくなる。一種のマインドコントロールだ。さらには、釜で炊いた旨い飯でおにぎりを作って振る舞ってやったりもする。漬け物も小魚の甘露煮も確かに絶品で、また食べたくなる旨さだ。子供のうちに、舌に〔刷り込み〕があると、大人になってもそれが忘れられなくなる、と聞いたことがある。修業をしたプロの料理よりも、おふくろの味を欲しがるのは、そのせいなのだと。

そう考えると、今でも何人かが、ばあちゃんの熱心な〔信者〕であり続けていることの説明もつくのではないか。ホームセンターの東尾店長といい、農家の堤さんといい、魚の仲卸業をやっているという江口さんといい、みんな競い合うようにして、ばあちゃんを喜ばせようとしている。もちろん、それで双方が納得していて、どちらも幸せなのであれば、口をはさむ筋合いはないのだが。

ばあちゃんは、書道教室や裁縫の仕事を細々と続けながら、女手一つで二人の息子を育てた。そのためには、教え子たちの力を借りる必要があったのだろう。苦しい家計の中でやっていくために、ばあちゃんなりに編み出した、生きてゆくための術、といえるかもしれない。だから、非難するべきことではないのかもしれない。

でも、俺は騙されないぞ、と光一は心の中でつぶやいた。ばあちゃんがやって来て、まだ三日目だというのに、旨いご飯や漬け物や甘露煮を食べたり、ちょっとしたことで礼を言われたりほめられたりするうちに、自分もコントロールされそうになっていた。

危ない、危ない。

ばあちゃんはもちろん悪い人間じゃないと思う。でも、気をつけていないと、マインドコントロールされて、変な方向に進んでしまう可能性がある。ばあちゃんがそのことを自覚しているかどうかは判らないけれど。

三十分ほどで目的の駅に到着し、再びバスに乗った。小さい駅で、バス停も一つしかなかったので、あまり迷わなくて済んだ。ばあちゃんが教えてくれた番地に向かうバスは、十五分後に来ることを時刻表で確認し、備えつけのベンチに腰を下ろした。

空には幾筋もの雲がたなびいていた。風が少し吹いており、車道をはさんだ向かい側の歩道で、小さなポリ袋らしきものが低いところで舞っていた。

ばあちゃんが「もしかしたらお留守かもしれないけど、そのときはごめんなさいね」と言った。

「ばあちゃん、アポ取ってないの」

「ん？　アポ？」

「つまり、電話で前もって知らせて、何時頃に伺いますよっていう……」

「ごめんなさい。住所は判ってるんだけど、電話番号を知らなくて。先週のうちに、こちらに引っ越すってハガキで知らせたら、速達で返事のハガキが来て、都合のいいときに、是非うちを訪ねて来て欲しいってあったから。その人、もう退職してると思うから、家にいるはずなんだけどね」

「あー、そういうこと。ならまあ、大丈夫なんじゃない？」

光一はそう言っておいたが、是非訪ねてくれっていうのは社交辞令ってやつじゃねえの、と少し不安になった。

やって来たバスは空いていたので、ばあちゃんは背中をしゃんと伸ばしたまま、優先席を選んで座った。光一は一つ後ろの席を選んだ。

通路をはさんだ席に、赤ん坊を抱いた若いお母さんが座っていた。ばあちゃんが「かわいい赤ちゃんねえ」と話しかけたが、お母さんは冷めた作り笑いを返しただけで、返事をしなかった。へへえ、また空振りしてやんの。

十分ほどでバスを降り、ばあちゃんが道行く中年女性に道を尋ねて確かめ、さらに十分ほど歩いて到着したのは、敷地を高い塀で囲まれた結構な豪邸だった。門扉は白銀色のシャッターで塞がれていて、門柱横にある通用口も頑丈な金属製。ドアには大手警備会社のシールが貼ってある。そして門柱の上の方には監視カメラ。何か、感じ悪い。

門柱の〔園部《そのべ》〕という表札は、確かにばあちゃんが言っていた苗字だったが、光一は「本当にここなの？」と聞いてみた。

「もらってた年賀状にあったとおりの番地だから、ここよね。立派な家に住んでるのねえ。昔から勉強ができた人だったけど」

もしかして、抗争中のヤクザの家だったりして。いや、だったら警察官が張りついてるはずだ。

ばあちゃんがインターホンを押すと、すぐに「はい」という女性の声がした。

「すみません。真崎と申しますが、園部テツさんはご在宅でしょうか」

「……失礼ですが、アポイントメントはお取りになってますでしょうか」

「は？　アポ……」

光一が小声で「ほら、今日ここに来て会う約束はしてますかってこと」と教えると、ばあちゃんは「ああ、そうでしたね」と笑ってうなずいた。

「いいえ。前もって電話をすればよかったんですけど、あいにく住所しか知らなくて。申し訳ありません」

「失礼ですが、どういうご関係の方でしょうか」

「昔の知り合いです。園部さんがまだ小学生の頃の」

「ご親戚ですか」

「いえいえ、親戚ではないのよ。園部さんは、私がやっていた書道教室に来てくださってたんです、小学生のときに」

「はあ……あの、ご用件を承ってよろしいでしょうか」

「ああ、用件ですね。先日、身内のために香典をいただいたので、そのお礼を兼ねて、顔を見せに来たんです。園部さんには、またそのうちに機会を見て、お訪ねしますとお伝えいただけますか」

「判りました。真崎様がいらっしゃったということは、お伝え致します」

インターホンが切られる、ぷつん、という感じの音が聞こえた。

園部宅を後にしながら、光一は「何かちょっと感じ悪い家だったね」と言った。「せめて、出て来て応対するもんじゃないの」

「見知らぬ訪問者は、インターホンだけで応対するようにって言われてるのよ。家政婦さんのせいじゃないわ」

「さっきのおばさんが家政婦だって、何で判るの」

「奥さんだったら私のこと、少しは知ってるはずだから」

「ふーん」

「またバスと電車に乗ることになるけど、いい？　それほど遠くはないから」

「それはいいけど……ばあちゃん、できればこういうのは、アポを取っといた方がいいと思うよ」

「そうね。昔と違って、みんな大人になって忙しいみたいだから、急に訪ねたら迷惑よね」

「うん。次に行くところ、白壁《しらかべ》さんって言ったっけ。やっぱり電話番号、判んない？」

「いえ、白壁さんの番号は判るわよ。年賀状がいつも、道場生の子たちと一緒の写真になっていて、白壁会館ていう道場の電話番号が入ってるから」

白壁会館。まじか。

「あのさ、ばあちゃん。白壁さんって、白壁会館の館長のこと？」

「あら、光一さんとも知り合いだったの？」

「いやいや、知らない、知らない」光一はあわてて片手を振った。「有名な空手の道場だから。俺の高校の空手部の奴らが、白壁会館の少年部と練習試合をして、一人も勝てなかったんだってさ。相手は中学生だったのに」

白壁会館の館長、白壁成剛《せいごう》といえば、若い頃はキックボクサーとしても活躍し、劇画の主人公になったこともある人物だ。光一は詳しくは知らないが、実際にパンチやキックを当てる、いわゆるフルコンタクト系の流派で、大人の部は掌底打ちなら顔面攻撃も認められていると聞いている。あそこの道場は猛者揃いで、ヤクザも因縁をつけられないとか、練習がハードなので入門後一年経って残っているのは十人に一人しかいないとか、白壁会館の茶帯はよその流派の二段ぐらいの実力があるとか、そういった噂は高校時代に何度も耳にしている。

空手部の同級生が見せてくれた空手雑誌にあった、白壁成剛の写真を思い出した。スキンヘッドで細い目、太い首、道着の胸もとからはみ出そうな分厚い胸板。無表情なまま二段重ねのコンクリートブロックを正拳突きで粉砕する瞬間の写真が掲載されているページもあった。

えーっ、あんな人に会いに行くのかよー。光一は、白壁成剛から射るような視線を向けられて萎縮する自分を想像して、全身がぞくっとなるのを感じた。

でも、ばあちゃんの教え子なら大丈夫かな。まさか「さ、君、この道着を身につけたまえ」などと言われて道場に立たされ、子供の練習生と対戦させられる、なんてことはないだろう、いくら何でも。

いや、あるかもしれないぞ。再び、ぞぞーっと身体に冷たい電流のようなものが走った。

ばあちゃんは手もとに電話番号の情報を持っていないというので、バスを待っている間に光一がスマホで検索し、そのまま道場の代表番号にかけて、誰かが出る前に、ばあちゃんに渡した。

最初に出たのは道場の事務所の人か何からしく、ばあちゃんは、白壁成剛さんはいらっしゃいますか、私は昔の知り合いで、などと、園部邸のインターホンのときと似たようなことを言っていたが、今度は目的の人物にちゃんとつながったようで、ばあちゃんは「ええ、お陰様で元気にやってますよ」などと答え、しばらく近況報告のような会話をし、これから訪問することについての了解を得たようだった。

あの怖い人の道場に行くのかー。光一は、ばあちゃんだけを道場に行かせて、自分はどこか別の場所で待機するための口実を考えてみたが、妙案が浮かばない。

バスで駅に移動し、切符売り場の前に立ったときに、背後から「真崎先生っ」という女性の声が響いた。振り返ると、紺のジャケットにスカート姿の、六十前後と思われるおばさんが、ショートボブの髪をチアガールのポンポンみたいにシャッフルさせながら、思い詰めたような表情で走って来る。

何だ、何だ、と光一が後ずさっていると、女性は足がからまったのか、前のめりに転びそうになって、最後は地面に両手をついて、ばあちゃんを見上げた。

「真崎先生っ、さきほどは失礼があったようで、申し訳ありません」

「園部さん、大丈夫？」

ばあちゃんが手を差し伸べて、おばさんを立たせた。

「外出先にうちの家政婦から電話がかかってきて、先生がいらしてくださったと知り、駅に向かわれたのではないかと思って、追いかけて来たんです。ああ、間に合ってよかった。私が家政婦に先生のことを伝えてなかったものですから、追い返すような形になってしまって、本当にすみません」

おばさんは、はあはあと荒い息をしながらそう言い、深々と頭を下げた。

「いえいえ、こちらこそ急に来たりして、ごめんなさいね。わざわざ追いかけていただくような用事なんてないから、私の方こそ申し訳ないわ」

「先生、車で参りましたので、さ、どうぞ」

おばさんは、ばあちゃんの手を取って歩き出した。光一がついて行くと、おばさんが気づいて立ち止まった。

「何ですか、あなたは」と詰問するように言われ、光一が唖然としていると、ばあちゃんが「私の孫なんです。ついて来てくれたの」と説明した。

おばさんは、真っ赤になって「あ……ごめんなさいっ」と二回続けて頭を下げた。ちょっとそそっかしいところがある人のようだった。

八

光一とばあちゃんは、園部夫人が運転する白銀のプリウスで、さきほど訪ねた園部宅に戻った。

園部夫人がリモコン操作をすると、門扉のシャッターが上がった。ロボットアニメに出てくる基地みたいだった。

広い玄関ポーチには家政婦らしいおばさんが待っていて、「真崎様、さきほどは大変失礼なことをしてしまい、申し訳ありません」と、絞り出すような声で頭を下げた。ばあちゃんは「気になさらなくていいんですよ、私たちの方こそ、急に来たりして、ごめんなさいね」と応じた。

応接室らしき部屋に通され、白い革張りのソファに、ばあちゃんと並んで腰を下ろした。ばあちゃんは、「身体が沈んでしまいそうな感じね」と光一に言った。壁にはモノトーンの抽象画がかかり、ベージュのカーテンやソファも高級そうだった。

園部夫人が席を外している間に、ばあちゃんが「白壁さんには、やっぱり訪問は午後になるって知らせた方がいいわね」と小声で言い、光一がスマホで電話をかけ、ばあちゃんが先方に伝えた。

ほどなくして園部夫人が、ティーカップを載せたトレーを持った家政婦さんを従えて戻って来た。大切な客だと言われたのか、紅茶をテーブルに置く家政婦さんは緊張しているようだった。ばあちゃんは「あら、いい香りの紅茶。ありがとうございます」と頭を下げた。

家政婦さんがいなくなり、向かいに座った園部夫人があらためて頭を下げた。

「先生、今日はいらしてくださってありがとうございます。園部に電話で知らせたところ、出先から会社に戻る途中だったそうですが、そのままこちらに向かうので、絶対に先生をお引き留めしておくように、と言われました。しばらくの間、どうかこちらでお待ちになってください。お願い致します」

「はいはい、ありがとうございます。私はどうせ暇ですから、いくらでもお待ちしますけど、園部さんも奥様も、用事があるんじゃないかしら」

「いえいえ、たいして忙しくはありませんから。園部は今、監査役という閑職にありまして、経営の一線からはもう引退したようなものですから」

「あらあら、そうだったの。もう定年されている年だから、ご自宅におられるものと勝手に思っていたけれど、考えてみれば園部さん、勉強ができて頑張り屋さんだったから、会社の役員をされてるのね」

会社組織の派閥争いを描いたマンガを持っているので、監査役という役職があることは知っている。

ばあちゃんが「園部さん、ケヤキ製菓の役員さんなのよ」と言った。

「えっ、まじで」光一はそう言ってから、「本当に?」と聞き直した。

ケヤキ製菓といえば、地元を代表する会社の一つだ。看板商品のチョコレートはテレビコマーシャルでもやっているし、最近は健康食品なども扱っている。

そういえば、本社工場はここから近いところにあったはずだ。小学生のときに、工場見学で訪れた覚えがある。

大企業の役員さんになると、こういう豪邸で生活できるのか。光一は、実直に働いているけれど給料が少なく、会社自体が危ないという父ちゃんのことを考えたが、較べたって仕方がないな、と心の中で溜息をついた。

紅茶はアールグレイだった。受験に失敗した直後、久間と喫茶店で飲んだことがあるので知っている。香りがよくて、砂糖なしの方が旨い。

紅茶を飲んでいる途中で、グレーのスーツを身につけた、園部さんと思われる初老の男性が入って来た。頭は薄くなっていて、やせているが、目つきには力があり、精悍な印象の人だった。

園部さんは「先生っ、お越し頂き、ありがとうございます」と神妙な顔で頭を下げてから、ばあちゃんの手を取って、両手で包むようにして上下に振った。「栄一郎さんのこともあり、心配しておりましたが、お顔を拝見して少し安堵致しました。いやあ、先生は本当に年をお取りにならない。仙人のようなお方だ」

「園部さん、香典ありがとうございました」ばあちゃんは手を握られたまま頭を下げて返した。「私はお陰様で、大きな病気をしたり、ぼけたりすることなく、こちらに戻って来ることができました」

ばあちゃんはそう言ってから、光一を紹介した。光一が「お邪魔しています」と一礼すると、園部さんは「あー、これはどうも。真崎先生のお孫さんということは、要次郎さんの息子さんですか。確かに、口の辺りなんか、似てますねえ」と言った。

園部さんは、光一についての話題はそれだけで終わらせ、夫人の隣に座って、自分の近況をばあちゃんに語った。ばあちゃんが「ケヤキ製菓で働いているのは知ってたけど、役員にまでなったことは、教えてくれなかったのね」と言うと、園部さんは後頭部に手をやって「いやいや、それを年賀状に書くと、何だか自慢をしているようで。退職したときにはお知らせしようと思っておりましたが」と苦笑いをした。

「そういえば、小学校の生徒会長になったときも、他の子から聞いて知ったのよね。そうそう、自慢話みたいなのを嫌うところがあったわ、園部さんは」

「よく覚えてらっしゃる。こりゃ、参った」

園部さんは、あははと笑った。

それから園部さんは、他の元教え子と同じように、書道教室をまたやって欲しそうなことを口にしたり、ばあちゃんがかつて作ってくれたおにぎりやおかずがどれほど旨かったかといったことを語った。この人も、ばあちゃんからおだてられていろいろ手伝いをし、おにぎりのご褒美でコントロールされたクチらしい。

「ちょっと、ごめんなさい」とばあちゃんが言った。「申し訳ないんですけど、ちょっとお手洗いをお借りできないかしら」

園部さんが「ああ、はい、はい」と腰を浮かしかけたが、夫人が「私がご案内するわ」と席を立ち、ばあちゃんに「こちらへどうぞ」と、ドアを開けた。

園部さんと二人きりになってしまった。「今は大学に?」と聞かれて、「いえ、浪人中でして」と答えると、まずいことを聞いたなあ、という感じで「そうですか」と無理した笑顔を見せられた。

場がしんとなるのは避けたいと思ったので、光一は「ばあちゃんが釜で炊いたご飯って、確かに旨いですよね」と言った。「小魚の甘露煮とか、漬け物とかも食べましたけど、無茶苦茶旨くて、今まで食べてたものはいったい何だったんだろうと思いました」

「そのとおり。真崎先生の手料理は、シンプルだけど絶品です。おにぎり一つでも、ご飯を丁寧に炊いて、心を込めて握るからですよ。文字を書くときに、心を込めるのと同じです。あの方は、日常生活のすべてに、心を込めておられる」

違う、違う、心を込めるふりをする演技も多いんだって。光一は心の中で反論した。

「私は、小学三年生のときから中学三年まで真崎先生のところでお世話になったんです」園部さんは、どこかあらたまった感じになって、少し身を乗り出した。「書道教室に入った頃は、いわゆる中流家庭の子供だったんですが、四年生のときに両親が離婚して母子家庭になり、急に生活が苦しくなりましてね。書道教室の月謝も払えなくなって、辞めることを先生に伝えたんですよ。でも先生、私が書道が好きだってことを判っておられたので、事情をお察しになったようで、月謝の分、うちのお手伝いをしてくれないかっておっしゃってくださって。涙が出るほどうれしかったなあ」

園部さんは当時のことを思い出したのか、天井の方に視線を向けて、まばたきをした。

「買い物とか、掃除とか、そういうのをしたんですか」

「入って来たばかりの年下の子に、硬筆を教える仕事をさせてくれたんです。それと、年下の子たちの勉強も見てやってくれって言われて。当時、書道教室に来る子供たちは、週に二回が基本だったんですけど、それ以外の日にもやって来て、友達と一緒に宿題をしたりする子たちで賑わってましてね。先生は来る者は拒まずっていう方だったから」

「へえ。じゃあ、園部さんは師範代、みたいな」

「師範代かあ。そこまで偉くはありませんが、仕事の一部をやらせていただいたのは確かですね。先生は、お陰で裁縫仕事がはかどるようになったわあって、喜んでくださって、私が年下の生徒たちの面倒を見た日には、みんなが帰った後で、おにぎりや美味しいおかずを食べさせてくれたんですよ。あの味は本当に忘れられません。そうするうちに、毎日のように顔を出すようになって、自分の勉強をやりつつ、年下の子たちに書道や宿題を教えるようになったんです。要するに、入り浸ってたわけですよ。アパートに帰っても、母親は仕事でいないし、ろくに食べ物もないので、私にとっては先生のお宅の方が居心地がよくて」

「じゃあ、伯父や父のこともご存じなんですね」

「ええ、もちろん。栄一郎さんとは、私の方が一つ上なだけで、かえってあまりつき合いがありませんでしたけど、要次郎さんの面倒は見させてもらいました。おとなしいところはあったけど、算数なんかは、難しい問題も飲み込みが早くて、頭がいい人でしたよ。漢字を覚えるのも得意だったし」

「へえ」

「元気にしておられますか、要次郎さんは」

そのとき、ドアが開いて、夫人が顔を出した。

「数分間、先生をお借りしていい？」

「何。どうしたの」

「イワシのぬかみそ炊きの作り方を教えてもらってメモするの。あなたがいまだに言うもんだから、先生に教えてもらって、今度作ってあげるから」

「おいおい、そんな厚かましいことを」

「もう頼んじゃったわよ。先生も快諾してくださったし。ちょっとあっちの方で、レシピとか、作る手順とかだけ、教わるから」

夫人は、園部さんの返事を聞かないでドアを閉めた。

おいおい、初対面のおじさんと二人っきりにしないでよー、と少し思ったが、まだ聞きたいことがあったので、ちょうどいい。

「父は元気にしております」光一は中断された返事をした。「仕事も忙しいみたいで、毎晩、帰りが遅くて」

会社が潰れるかもしれないことや、そのせいで実は最近ちょっと暗い、なんて話をこの場でするわけにはいかない。

「そうですか。お身体を壊さなければいいのですが。ずっとお会いしてませんが、どうかよろしくお伝えください」

「判りました。あの、書道教室に来ていた他の生徒で、東尾さんとか、堤さんとか、江口さんというのは、ご存じでしょうか」

「東尾さんというのは、私が出入りしていた時期にはいなかったかなあ。でも、堤さんや江口さんなら知ってますよ。堤さんは、継父との折り合いが悪くて、家で喧嘩をしては、わんわん泣きながら先生のところにやって来ましてねえ。もう家に帰らない、先生の子になりたいってわめいて。でも、先生のおにぎりを食べたら気持ちが落ち着いて、結局はちゃんと帰るんです。だから、魔法のおにぎりだって言われてましたよ。言い出したのは、江口さんだったかなあ。あの人は、やんちゃなところがあったけど、小さい子の面倒を見るのが上手くてね。先生からは、書道だけでなく、裁縫なんかも教わってたんじゃなかったかなあ。彼女は元気にしてるんでしょうか」

「俺、いや、僕は昨日、祖母につき添ってちょっと会っただけですけど、元気そうでしたよ。空手の白壁さんも生徒だったそうですね」

「ああ、白壁さんね。彼は、要次郎さんより一つ上ぐらいだったかなあ。当時はおとなしいっていうか、無口な子だったけど、目がぎらぎらしていて、正義感が強くてね。書道教室に来てる他の子が、クラスでいじめに遭ってると知って、いじめてる奴のところに出向いて話をつけたことがありましたよ。あと、かけっこが苦手な子に、速く走る方法を教えてあげたり。彼は、書道教室を辞めた後、中学生のときにちょっとグレたっていうか、空手を覚え始めて、喧嘩で他人を怪我させたり、高校生と乱闘して警察に捕まったとか、そういう騒ぎを起こした時期がありましてね。彼の家庭もちょっと複雑で、両親がいなくて、おばあさんに育てられたんですけど、そのおばあさんも身体の具合が悪くなってて。それで、真崎先生が保護者の代わりになって、怪我をした相手の親御さんのところに謝りに行ったりもされてたようです。彼が高校生ぐらいまでは真崎先生、空手の試合に、お弁当を持って応援に行ったりしてねー。まあ彼も先生に、かわいがられた子の一人でしょうね。私ほどじゃないにしても」

「園部さんの方が、かわいがられてたんですか」

「もちろんです」園部さんは、胸を張るような姿勢になった。「間違いありません。一番かわいがられたのは私ですし、先生を思う気持ちも、私が一番でしたから」

園部さんはその後、ばあちゃんが戻って来るまでの間、ばあちゃんがいかに教育者としてすばらしい人物であるか、みたいな話をした。ばあちゃんが教えてくれた書道は、完成した作品の出来映えよりも、書いているときの姿勢や心の持ちようを重視したものだったらしい。また、他の子がおしゃべりをしていても、きつく叱ることはなく、いつもにこにこしながら、「もう少し小さな声でしゃべるようにしてくれる?」と頼むような言い方をして、言うことを聞いてくれたら、みんなの前でお礼を言ったり大袈裟なぐらいにほめたりするやり方だったという。そのせいで生徒たちは、ばあちゃんにほめられたくて、競い合うような感じで、自主的に他の子の靴を揃えたり、おしゃべりが過ぎる子を注意したりするようになり、みんな自然と礼儀作法が身についていったようだ。あの落ち着きのなかった子がちゃんと座っていられるようになったのは、きっとあなたを見習うようになったからね、ありがとうね。

ばあちゃんが小学生の子にそんな言葉をかける場面を頭に浮かべるのは、確かに難しいことではなかった。

園部さんは、何か取るから一緒に昼食を、と言ったけれど、ばあちゃんは、これから親戚を訪ねる約束があるので、という方便を使って暇《いとま》を告げた。園部さんは、ではせめて目的地まで車で送らせて欲しいと食い下がったが、ばあちゃんは「そんなことまでしていただくわけにはいかないわ」と言い、結局、駅までは送ってもらうことになった。

車中、園部さんは「女房がイワシのぬかみそ炊きの作り方を教えてもらったそうですけど、絶対に先生と同じものはできませんよ」と、言っていた。遠回しに、また食べたいなー、と甘えているようにも聞こえた。

駅前で園部さんの車を見送ったところで、ばあちゃんが「この辺りでお昼をいただいて行きましょうか」と言った。

ばあちゃんでも食べられそうな、脂っこくなくて、温かいものというと……駅の周辺を見回すと、雑居ビルの一階に入っている、うどん屋が目についた。

「じゃあ、うどん屋にしようか」

「私はいいけど、光一さんは、もっとおなかにずっしりとくるものがいいんじゃないの？」

「いや、昼はそんなに食べないから。俺、うどん好きだし」

「なら、行きましょうか」

カウンター席とテーブル四つだけの小さな店だった。正午を十数分過ぎている時間だったせいか、席がおおかた埋まっている。同僚とやって来たサラリーマン、タクシー運転手、おしゃべりをしながら食べているおばさんグループなどなど。光一たちは、空いていた出入り口付近のテーブル席に着いた。

ばあちゃんは、きつねうどん、光一は肉うどんを注文。ほどなくして丼がテーブルに置かれ、ばあちゃんは両手を合わせ、「いただきます」と目を閉じた。一般にみんながやっているのよりも丁寧な所作で、たっぷり五秒ぐらいは静止していた。

「ばあちゃん、そういうとこ、丁寧だね。おカネ払って食べるときでも、ちゃんと、いただきますって手を合わせるんだ」

ばあちゃんはいったん手にした割り箸を丼の上に置いて、両手をひざの上に載せた。

「いただきますっていうのはね、光一さん、命をいただきますっていうことなのよ。作ってくれた人に言ってるわけじゃないの」

「へ？」

「食べ物というのは、動物や植物などの、命があるものからできてるでしょ。だから、食べる前には、あなたたちの命をいただきます、決して無駄にはしませんからっていう気持ちを込めて、手を合わせるの。だから、おカネを払うかどうかは、関係ないことなのよ」

「あー……そっか」

光一の頭の中に、太古の人々が、動物を殺して解体したり、穀物を刈り取ったり野草を摘んだりしているさまが浮かんだ。昔はそういう作業を自分自身でやらないと食べられなかった。だから、動植物の命をいただいている、ということがリアルに実感できた。しかし現代人はたいてい、出来上がったものを買って食べている。肉や魚は切り身で売っているし、レトルト食品やインスタント食品は、動植物の原形なんて全くとどめていない。だから、動植物の命をいただいている、という感覚がなくなってしまう。

光一が小学生のとき、給食費を支払っているのに、食べる前に手を合わせて、いただきますと唱和させるのはおかしい、と主張し始めた保護者たちがいて、ＰＴＡの会議に取り上げられたことがあった。詳しい経過は知らないが、その後、担任の女性教師が光一たちに、いただきますと手を合わせる日本の文化や礼儀作法は守るべきだ、みたいな説明をしたし、その後も、いただきますの唱和は続いたので、一部保護者の主張は、担任教師が言ったような理由によって退けられたのだろう。

でも、ばあちゃんが話してくれた理由の方がよっぽど筋が通ってると思った。単なる長年の日本人の習慣だからとか、礼儀作法がどうのという問題ではないのだ。ばあちゃんは、心を込めて文字を書く、という書道の修行を通じて、何ごとにおいても心を込める、ということを実践してきたのだろう。だから、食事をする前にも、命をいただく、ということをちゃんと実感できるのではないか。

光一は、肉うどんを見て、もう一度「いただきます」と手を合わせた。でも、頭の中で、狩猟生活をしていた時代の人々が、逃げ惑うイノシシやシカを追い詰めて、矢を放ったり、槍で刺したりする場面を想像してしまい、急に食欲が減退してしまった。

きつねうどんにしとけばよかった……。

九

食事後、電車に三十分ほど乗ってさらに移動した。白壁会館の建物は、降りた駅から右斜め前に見えていた。三階建てのビルで、屋上部分には〔練習生募集　白壁会館〕という大きな看板が掲げてある。建物の手前には〔白壁会館専用駐車場〕という表示がある十数台分ぐらいのスペースがあったが、練習時間でないせいか、今は数台しか停まっていない。開け放たれている二階の窓からは、練習生のかけ声なども響いていなかったが、一階出入り口前に立ったときに、不規則なリズムの鈍い打撃音が聞こえてきた。サンドバッグを誰かが蹴るなどしているらしい。

ばあちゃんは、気後れする光一のことなどお構いなしに、出入り口のドアを押して中に入った。右手に受付らしい窓口があり、左手に階段。階段の上り口には下駄箱や靴脱ぎ場がある。二階三階は土足禁止らしい。

受付窓口には若い女性がいた。ばあちゃんが「こんにちは。真崎と申しますが、館長さんの白壁さんは」と言っている最中に、「先生っ」という野太い声が響き、白いジャージを着た坊主頭の白壁館長が窓口横のドアを開けて出て来た。身長はそれほど高くない人だったが、全身にプロテクターをまとってるんじゃないかと思うぐらいに、分厚くごつい身体をしていた。

「先生、わざわざいらしてくださって、ありがとうございます。さ、こちらの方にどうぞ」

白壁館長は目を細めてそう言い、出てきたドアとは別の、奥の方にある部屋のドアを開けて、ばあちゃんをそっちに案内した。そして、光一のことが全く眼中にないのか、ばあちゃんが中に入ると、あっさりとドアは閉められた。

数秒後に、そのドアがまた開いた。

「いやいやいや、申し訳ありません。お孫さんがご一緒だったんですね。さ、どうぞ、お入りください」

白壁館長は笑顔だったが、目の奥で品定めをしているような感じだった。こいつ、鍛えてないな、みたいに思われたかもしれない。当人は、できるだけ威圧感を与えたりしないようにと気を遣っての笑顔かもしれないが、それがかえって、おっかない。

ちらっと、白壁館長の手を見た。案の定、人さし指と中指のつけ根部分が異様に白く盛り上がっている。拳ダコというやつだ。この人はこれで、二段重ねのコンクリートブロックを粉砕するらしい。光一は、全身から血の気がさーっと引く感覚を味わった。

通された部屋は応接室らしかった。ソファセットがある他、大型テレビ、観葉植物、帽子や上着をかけるためのポール。壁には、豪快な筆さばきで書かれた〔用美道〕という、意味がよく判らない掛け軸。白壁館長の現役時代の写真だとか、トロフィーや賞状の類が全くないのは、何かそういうこだわりがあるのだろうか。

奥側のソファに、ばあちゃんと並んで座った。白壁館長から、栄一郎さんについてのお悔やみの言葉があり、ばあちゃんは香典のお礼を言った。

「あら、まだ飾ってくれてるのね」とばあちゃんが掛け軸を見上げる。

「もちろんです。何しろ、会館が完成したときに、先生に贈っていただいた大切な言葉ですからね。それに、この部屋にお通しした方々が決まって、どういう意味なのかを聞くので、話のつかみにもなってますよ」

白壁館長は、無駄に大きくて太い声でそう言ってから、光一に視線を向け、「お孫さん、ご存じですか」と続けた。

一瞬のうちに、数秒後の出来事が頭の中のスクリーンに映し出された。知りません、と光一が答えると、それまで穏和な笑みだった白壁館長が急に冷めた目つきに変わり、「何だと？　てめえ、それでも真崎先生の孫かっ」と言うが早いか、顔面をびしっと平手打ちされる。鼻の軟骨が潰れ、噴水のように鼻血が噴き出す。

地雷を踏むような言葉は、絶対に口にしちゃいけない。

でも、答えが判らない。

今すぐ部屋を飛び出して逃げようかと思ったときに、ばあちゃんが「この子は、私と一緒に暮らしたことはないし、武道もやってないのよ」と助け船を出してくれた。「白壁さん、要次郎さんのことは覚えてるでしょ。あの人の息子なの」

「ああ、要次郎さんの。なるほど、なるほど」

白壁館長は納得したようにうなずいた。あのおとなしかった人物の息子なら、こういう感じでも無理ないか、と解釈してくれたらしい。

それにしても、どうしてこの人はこんなに大きな声でしゃべるのだろうか。この部屋の中だったら、四分の一ぐらいのボリュームで充分だろうに。

「用美道《ようびどう》というのは、機能性があり、それが美しさを備えており、正しい生き方につながっていなければならない、ということです」と白壁館長は続けた。「その三つが揃ってこそ、値打ちがある。例えば日本刀。切れ味が鋭くて扱いやすくて実戦で威力を発揮できなければならない戦闘用の道具ですが、同時に、優れた刀工によって作られた日本刀は美術品としても大変な価値がある。鑑賞に値する美しさがあるってことです。さらには、日本刀という殺人の道具を扱うからには、そこに哲学がなければならない。いつも手入れしていなければならない一方でむやみに抜いてはならないものでもあるし、剣術の腕を磨いて実力があることを知らしめることで、実際に相手を斬ることなく争いごとを未然に防ぐことも可能になる。これが用美道の道にあたります。空手であれば、兎にも角にも、実際に敵を倒す腕前を持っていなければならないことが用。しかし、ただ勝てばいいというものではない。相手を大怪我させたり血まみれにしたりせずとも勝つ方法があるのなら、そちらを選んだ方がいいし、その方が美しい。これが美。そして、用と美を備えた上で、正しい生き方を子供たち孫たちに、身をもって教えなければならない。これが道。空手に限らず、会社経営でも、学問の世界でも、すべてに通じる理念だと思います。私は若い頃に、チンピラみたいな連中を見つけるとすぐに喧嘩を吹っかけたり、他の流派の人を挑発したりして、得意になってたことがあるんですが、先生は私がそういうところからようやく抜け出しつつあることに気づいて、この書を贈ってくださったんだと思っています。実際、昔は本当に先生に迷惑をかけてばかりで。親がいなかったので、留置場に入れられたときには身元引受人になってもらいましたし、怪我をした相手のところに謝りに行っていただいたこともありました。でも先生は一度も、私に対して怒ったり説教したりはしなかった。あなたのことは信じてるわよ、私はあなたの味方だからね、という感じで、にこにこしたままで、おにぎりを食べさせてくれるんです。他の人の前では強がっていた私も、あるとき、先生のおにぎりを食べて、なぜか涙が出て止まらなくなっちゃってねえ。私が永遠に頭が上がらないのは、空手の師である村中《むらなか》先生と、この真崎先生の二人だけですよ」

「私は何もしてませんよ。あなたはいずれ、ちゃんと成長してゆく人だって、私は最初から判ってたから」ばあちゃんは白壁館長とは対照的に静かな声で言った。「私は判っていることを楽しみながら眺めていただけですよ」

「いやいや、私は先生に何も恩返しができていません。空手やキックボクシングの世界で多少の実績を残すことはできましたが、先生は本当は、人を殴ったり蹴ったりということがお嫌いだということがよく判ってますから、常に忸怩たる思いです。先生の教え子の中で、一番心配をかけたのが私ですよ」

ドアがノックされ、ポロシャツにハーフパンツ姿の女性が「押忍、失礼します」とトレーを持って入って来て、三人分のコーヒーをテーブルに置いた。光一と年が変わらないぐらいの女の子だった。ばあちゃんが「ありがとうございます」と頭を下げると、女の子は「押忍」と大きな声で返事をした。

この子、練習生なのか。光一が足もとに目をやると、ふくらはぎが、子持ちシシャモみたいな力こぶを作っていた。この足で蹴られたら痛そー。

女の子が出て行くと、ばあちゃんが笑顔のまま諭すように「嫌いってわけじゃなかったのよ」と言った。「私にとって馴染みがない分野だったってだけだから。でも白壁さんと出会ってから、武道のことなどをいろいろと知ることができて、感謝してるのよ。空手の世界で使われている言葉とか、いろんな空手家や拳法家の方々の半生や、語り継がれている試合のこととか、書道にも通じることがたくさんあったから。用美道という言葉も、普通に書道をやっていただけでは、巡り合えなかったでしょうしね。本当にいい言葉」

「あの、ちなみにですけど」光一は、できるだけ早くこの建物から出たかったが、多少の好奇心から、聞いてみた。「ばあちゃ……ええと、祖母から一番かわいがられた生徒って、誰だと思いますか」

「口幅ったいようですが、それも私です」白壁館長は肩をそびやかすようにして即答した。「出来の悪い子ほど、先生は目をかけてくれるお方ですから。何度も試合の応援に来てくれたし、久しぶりにこちらにお戻りになってすぐにこうして会いに来てくださってる。他にも先生を慕っている教え子たちがたくさんいることは知ってますが、一番かわいがっていただいたのは私ですよ。これぱっかりは譲れません」

あらあら、この人もか。ケヤキ製菓の園部さんと同じで、完全にばあちゃんの信者だな。

「ところで先生、お元気そうで何よりですが、もしかして今もリツゼンをお続けになっておられるんですか」

何だ、リツゼンって。

「ええ、続けてますよ、毎日」ばあちゃんはうなずいた。「この年になっても大きな病気をすることもなく、健康でいられるのは、白壁さんから教えていただいたリツゼンのお陰。だから白壁さんこそ、私の恩人なのよ」

光一の表情を見て察したのか、ばあちゃんが「立って行う禅、と書いて立禅」と、目の前のテーブルに人さし指で書いた。

「中国拳法のある流派から始まった鍛錬法の一つでしてね。ほら、こうです」

言いながら白壁館長が席を立ち、肩幅に足を開いてやや内股で立ち、股関節とひざを少し曲げて、ほんの少し、かかとを浮かせたようだった。両手は顔の高さにあり、大きな球体を抱えるような姿勢。両手の指先は開いて、柳の枝のように下がっている。その姿勢はまさに、ばあちゃんが夕方、部屋の中で密かにやっているあの立ち方だった。

じゃあ何だ？　宗教の儀式とかじゃなかったのか。

「下半身を鍛えるだけでなく、両手両足と体幹部の連携機能を向上させ、全身に気の力を蓄える効能があるんです」白壁館長は立禅の姿勢を保ったまま説明を続けた。「二十代のときに交流試合を通じて知り合った中国拳法の先生からこれを教わり、その効果を実感して以来、白壁流空手の稽古にも取り入れてるんです。練習生たちもやってますよ」

「へえ」と光一が相づちを打つと、白壁館長が「よかったら、ちょっとやってみませんか」と言った。

いえ、いいです。そう答えたらどうなるだろうか。

何だと、てめえ。真崎先生の孫だっていうから、礼を尽くしてやってんのに、その無気力な態度は何だっ。真崎先生、このガキを私に預けていただけませんか。半年後にお返しするときには、真崎先生の孫にふさわしい風格とたたずまいが備わっているように、徹底的に鍛えて差し上げますから。

ばあちゃんは、あらそう、じゃあ、お願いしようかしらね、と笑う。

嫌だ、助けてと泣いてもわめいても、白壁館長から首根っこをつかまれて道場に連れて行かれて、さっきの女の子から、マンツーマンでしごかれる。

顔が腫れて、前歯が折れて、身体じゅうがあざだらけ。それでも猛稽古は続く。失神しても、わき腹を蹴られて立たされ、またしごかれる。様子を見に来た白壁館長から、どうだ、楽しいだろうと言われる。もう嫌だ、帰りたい。でもそれを口にしたら、地雷を踏むことになる。だから、鼻血を流しながら、口からも血を吐きながら、はい、楽しいですと答える。白壁館長が、そうか、楽しいか、とまた聞く。はい、楽しいです。女の子も、そうでしょ、楽しいでしょ、と笑う。みんなで、あははは と笑い続ける。

そんな妄想をしているうちに、いつの間にか光一も、白壁館長の姿勢を真似て立禅の姿勢を作っていた。

白壁館長から、「両足の指で地面をぎゅっとつかむように力を入れて」「両ももでドッジボールをはさんでいるつもりで力を入れて」「頭を大きな手でつかまれて引き揚げられている感覚で」「あお向けに寝ころんでいるときのように腰の後ろを真っ直ぐに」などと言われたが、初めてやった上に出された指示が多くて、ぎこちない姿勢になっている自覚があった。

何だ、その姿勢は。そう言われていきなり腹を蹴られる恐怖感に怯えているときに、ばあちゃんが、のんびりした声で言った。

「要次郎さんが結婚する少し前ぐらいだったかしらね、私、慢性的な腰痛に悩まされてたのよ。それを知った白壁さんが熱心に立禅を勧めてくれて、わざわざやり方を教えに来てくれたのよ。最初は半信半疑だったけど、続けてたら、一か月もしないうちに腰痛が治っちゃったから、びっくりしたわ」

「えっ、ほんとに？」光一は立禅姿勢のまま聞き返した。

「私もきっかけは腰痛だったんですよ」白壁館長も立禅の姿勢のままで言った。「二十代の一時期は、寝返りが打てないほどひどくなってねえ。病院に通ってもなかなかよくならないし、練習はコルセットをつけて騙し騙しやってたけど、悪くなる一方で。このままでは早いうちに引退かもしれないと落ち込んでいた頃に、立禅と出会って、治すことができたんです。腰痛が消えただけじゃないんですよ。続けているうちに何だかこう、下半身がしっかりしてくるのが判るんです。地面に根を張るような感覚です。そうこうするうちに、食欲も増して、食べても食べても腹が減るようになっちゃって、何でだろうなと思っていると、大腿部や尻にかなり筋肉がついてきましてね。それ以前にもウエイトトレーニングで下半身は鍛えてたんですが、そういうのとは明らかに質が違う筋肉なんです。走ったりジャンプしたりするための筋肉じゃなくて、身体を安定させて、対戦相手から足を蹴られてもバランスを崩さなくなる、大木の根っこのような筋肉なんですよ。こちらから繰り出すローキックも威力が増して、相手が次々と転倒してくれる。本当にいいことだらけでした」

「心臓に負担がかからないから、年を取っても続けられるところも、ありがたいのよね」とばあちゃんがうなずいた。「おカネもかからない、場所も取らない。なのに健康で、元気でいられる。本当にいいことずくめ。白壁さんから教わらなかったら、私も今頃は、足腰が弱って、トイレに行くのも一苦労だったわね、きっと」

「そう言っていただけると、教え子冥利につきますよ」

ばあちゃんの尻回りが妙に肉づきがよくて、後ろから見るとアヒルみたいなのは、もしかして長年の立禅による成果なのだろうか。確かにばあちゃんは、階段の上り下りも手すりを使わないし、長時間歩いても平気そうにしている。

「でも、一番の効能は、気の力というものが得られることなんです」白壁館長は立禅姿勢のままちらと光一を見て、「気の力って、判りますか」と聞いた。

「ええと……気力が湧くってことですか」

「似ていますが、ちょっと違います。立禅を続けていると、身体の中を、気の力が活発に駆け巡っているような感覚を得られるようになるんです。気功ってご存じでしょう。最近では西洋医学にも取り入れられて、気功を利用することで自然治癒力や快復力を高め、薬の量を減らすことができたりする、あれです。立禅は、気功の修練にもなるんです。だから日常生活においては、全身に気力がみなぎって、エネルギッシュでいられる。精神的にも充実して、小さなことで悩むこともなくなる。そして格闘技の場面においては、一瞬のうちに爆発的な力を発揮できるようになる。これは口ではなかなか上手くは説明できないというか、経験していない人には伝わりにくいことなんですが、例えば空手であれば、コンビネーションといって、ジャブを出して、ワンツーを放って左のローキック、そして右ハイキックを繰り出す、みたいな相手の注意力を欺くための攻撃パターンがあるんですが、立禅を長年やっていると、こういったコンビネーションパターンに頼らなくても、勝手に身体が理にかなった動きをしてくれるようになるんです。それが選手時代の私を支えてくれたんですよ。話だけ聞いても、よく判らないでしょう」

白壁館長が笑っている。下手に迎合すると、こら、本当は判ってねえくせに適当に合わせてんじゃねえぞ、と怒り出すかもしれないし、判りません、と答えると、それはそれでまずいことになりそうな気がする。

怖い。この人は、にやりと笑って人を斬るタイプに違いない。光一は「はあ……」と、あいまいな返事をするしかなかった。

早くも、ももがぷるぷると震え始め、両肩もだるくなってきていた。額が汗ばんできているのが判る。少なくとも、立禅というものが、心臓に負担はかからない代わりに、脚や肩に大きな負荷がかかることが理解できた。そして、とてつもなく地味なのに、これを毎日続けるとなるとかなりの苦行だろうということも。

でも、今ここでやめる勇気はなかった。

何だ、てめえ、まだ始めたところなのにもうリタイアとはどういうことだ、武道を馬鹿にしてんのか。

許してください、と言うと、それが余計に怒りの炎に油を注ぐ結果となり、ボコボコにされる。ばあちゃんは「あらあら」と笑って見ているだけで助けてくれない。本当に死にそうになった頃にようやく「白壁さん、相手は素人よ、もうちょっと、お手柔らかにしてくださいな」と口では言うけれど、ばあちゃんはずっと笑っている。

そのとき、白壁館長が「あははは」と乾いた笑い声を出した。

「あと、どれぐらいやらされるんだって思ってるでしょ」

素直に答えていいんだろうか。脚も腕もぶるぶると勝手に震えてる。やばい……。

「ええ……どれぐらいの時間、やるもんなんですか」

「真崎先生は、どれぐらいおやりになってますか」

「今は三十分ぐらい、やるようにしてるわよ」

「おお、三十分はすごい。うちの、かなり鍛えてる練習生でも、最初は十分で全身がぶるぶる震えて形にならなくなっちゃいますよ。先生のお年で三十分もできる人は、世界中を探しても、そういないんじゃないですかね。女性ではきっと先生だけでしょうね」

「白壁さんが無理しないで、こつこつ続けることが大切だって教えてくれたから、できるようになったのよ。最初は三分ぐらいから始めて、とにかく嫌にならないように、無理をして時間を延ばそうとはしないで、とにかく毎日続けることだけを守ったの。薄い紙も、重ねてゆくと、いつかは分厚い束になるものよね」

ばあちゃんは、あまり無理しなくても三十分もできる？　にわかには信じがたいことだった。

とうとう額の汗が流れてきて、左の目に入った。両ひざがさらに激しく、がくがくと震えて、肩はまるで鉛の塊でも持っているように重い。勘弁してくれー。

白壁先生が噴き出して「もういいですよ、休憩しましょう。先生がおっしゃるとおり、無理するとなかなか続きませんから」と言い、先に両腕を下ろした。

本当にやめていいんだな。いいって言ったよな。

光一は両腕を下げて、たまらずソファに座り込んで、大きく息をついた。白壁館長がにやにやしている。怒り出しそうな雰囲気ではない。助かった。

それにしても、これを毎日、何年も続けるのって、途方もないことだろうな。

でも、こつこつ続ければ、年を取っても元気でいられるのか。

ばあちゃんも、白壁館長も、もともとのポテンシャルが違うから続けられるんだろう。でも、自分なんかでも、こつこつ続けたら、少しずつ伸びてゆくのかな。そして、いつの日か、気の力とやらを実感できるときがくるのだろうか。

空手の稽古は、突かれたり蹴られたりして大変そうだけれど、これだったら、少しずつ頑張ればいいだけ。できるかもしれない。

すると、ばあちゃんがにっこり笑って、「光一さんも、よかったら立禅だけでもやってみたらどう？　続けていると、それが当たり前になって、別に辛いってこともなくなるのよ」と言った。

光一は、自分の祖母がただ者ではないらしいことに、確信を持ち始めていた。

この人は温厚で頑健なだけでなく、心の中を読む力も持っている。

帰りは、白壁館長が運転するバンで駅まで送ってもらった。案の定、何かスポーツはやっているのか、とか、空手をやってみる気はないかと聞かれたので、高校はハンドボール部だったけれど運動神経があまりよくなくて補欠だったこと、空手に興味がないわけではないが今は浪人中なので、と答えておいた。白壁館長は察してくれたようで、それ以上しつこく勧誘はせず、その気になればいつでも来てね、と言った。

列車は混雑していた。大半は、駅の近くにある予備校やビジネス専門学校の学生たちだろう。ばあちゃんは、またもや、腰を曲げて辛そうな演技を始め、席を譲ってくれた若い男性に礼を言い、降りるまでの間、その男性が、ビジネス専門学校に通っていて、まずは取りやすい資格をいくつか手にした上で、税理士の資格を目指している、といった身の上話を聞き出していた。ばあちゃんは、相手を質問攻めにするようなことはせず、先に自身のことを話すことで、相手の口を滑らかにしているようだった。

ばあちゃんは他人をコントロールするのが上手い、したたかな人間なのだろうと思っていたのだが、それは半分当たりで半分外れらしいと思った。

ばあちゃんは、他人の潜在能力を引き出すのが上手い人なのだ。そのためなら多少のうそをついたり、演技をしたりもするけれど、それは自分の利益のためではない。優しいうそをつける人なのだ。

現に、この専門学校生も、結構うれしそうに、生き生きと夢を語り始めている。赤の他人だからこそ、話せることもある。ばあちゃんは、目を細めて彼を見上げ、いかにも頼もしそうに相づちを打っている。

光一はさらに、こんな仮説も立ててみた。

ばあちゃんは、家が貧乏だとか、家庭の事情が複雑だとか、そういった問題を抱えている子供や若者を、独特の嗅覚でもって気づく能力があるんじゃないか。昨日と今日の間に出会った元教え子の人たちはみんな、多かれ少なかれ、かつてそういう事情があった様子である。ばあちゃんは彼らに対して、施しをするのではなく、いかにも困っているふりをして手伝って欲しいと頼み、「お陰で助かったわ」と大袈裟に喜んでほめて、お礼にと、おにぎりやおかずを振る舞ったり、月謝を払わなくても済むようにしたりするのだ。

「おなかが空いてるようだからあげる」「おカネがないのなら代わりに仕事を手伝っ

て」というストレートなやり方でも、それなりに相手から感謝されただろうけれど、ばあちゃんのように順番を入れ換えるだけで、相手の自尊心を傷つけることがないし、やる気も増すというものだ。変なたとえ話だけれど、女子大生がキャバ嬢をやっていると聞いたら、けしからん、という気持ちになるけれど、キャバ嬢が大学に通っている、と聞くと、へえ頑張ってるんだねー、という感覚になってくる。ばあちゃんのやり方は、どこかそれと共通するものがある。

そして元教え子の人たちは大人になって気づくのだ。ばあちゃんが実は、優しいうそをついてくれていたことに。そのことで余計に敬愛の念は強まるのだ。

専門学校生の男性は、光一たちよりも手前の駅で「ではここで」と会釈した。ばあちゃんが「親切にしていただいて、ありがとうございました。それからいい話も聞かせていただいて。お互い、頑張りましょうね」と片手を出し、彼は両手で握ってから、いいことをしてよかった、という満足げな表情でうなずいて、いなくなった。

やり取りを聞いていたらしい、周囲にいた若者たちも、いい時間を共有したなー、みたいな表情になっていた。

十

帰宅後、ばあちゃんが釜に米を入れるのに気づいた光一は、見学してみることにした。ばあちゃんは「勉強はしなくていいの？」と笑ったが、「正しい研ぎ方って、知らないから」と言うと、「じゃあ、見て覚えてね。知っておいて損はしないから」とうなずき、説明を交えながら実演してくれた。

ばあちゃんは流し台に米を入れた釜を置いて、水を入れたが、ほんの少し手で混ぜただけで、すぐに足もとに用意してあるバケツに水を捨てた。続いて二度目も同じように、すぐに水をバケツに流した。

ばあちゃんの説明によると、こうだった。米は生きており、水に浸ると、すぐに水分を得ようと吸収し始める。最初に入れた水に浸らせたままにしておくと、表面についているぬか成分も一緒に吸収してしまい、結果としてぬか臭いご飯になってしまうのである。なので、最初に入れた水はすばやく捨てるべし、ということになる。

続いてばあちゃんは、水を切った米を、こねるようにして研いだ。水を入れないで、米と米をこすり合わせるようにして揉み、手が動くたびに、ぎゅっ、ぎゅっと心地いい音がする。こうやって表面のぬかをさらに落とす。

母ちゃんのやり方は全然違っていた。水に浸した状態でしゃかしゃかと洗濯機のようにかき混ぜることを四、五回ぐらい繰り返すだけだったし、光一もそれが当たり前だと思って、たまに自分で炊くときには母ちゃん方式でやったことしかなかった。でも考えてみれば、それは〔研ぎ〕ではない。ただのかき混ぜだ。

ばあちゃんが研いで、水に浸した米は、一時間以上そのままにして、ある程度の水を吸わせてから炊く。その方が美味しく炊き上がるらしい。母ちゃんはいつも、研いですぐに炊飯器のスイッチを入れていたが、それはよくないらしい。

その後ノートパソコンを使って、研ぎ方について調べてみたところ、ばあちゃんのやり方が正しいことが判った。ちょっと調べれば判ることなのに、気づいていないことって、案外あるんだな。

ばあちゃんは決して特別なことをやっているわけではない。〔当たり前〕のやり方でご飯を炊いている。釜を使うことだって、もともとはそれが当たり前だった。

ついでに、立禅についてもパソコンで調べてみた。

おおむね、白壁館長が解説してくれたとおりで、続けていると足腰が鍛えられて安定感が増し、全身の連携機能が向上して脳の命令と身体の動きが上手くかみ合うようになり、気の力が蓄えられてゆくものらしい。その他、腰痛を治したり、内臓を強化する効果も多く報告されている。また、うたた寝をしているときなどに手が勝手にぴくっ、ぴくっと動いたりするようになり、それが気の力が溜まっていることを示し、身に危険が及ぶ事態に見舞われたときには、とっさに理にかなった行動を取ることができるようになる、ということらしい。

気の力、というものについては科学的には解明されていないが、漢方などの東洋医学やヨガなどと同様、何千年もの長い時間をかけて、試行錯誤とデータの蓄積によって効果が確かめられたものであることは間違いないようだった。立禅によって気の力を蓄えると、日々気力が充実し、くよくよしなくなり、身体を動かすときには爆発的な力を発揮するようになる。実際に長年にわたって立禅の修行を続けた拳法家や空手家は気の力というものを確かに実感しており、試合で一撃で相手を倒すことで証明しているという。

このとき光一は、先日のばあちゃんの行動を思い出して「あっ」と声を上げた。

車道に出ようとした白いバンがばあちゃんにぶつかりそうになったが、次の瞬間、ばあちゃんは後ろに下がって接触を免れていた。あのときは、ばあちゃんは実際には思ったよりも後方にいたんだろうと解釈して済ませたのだが、もしかしたら、ばあちゃんは、一瞬のうちにすすっと後退して身を守ったのではないか。それもほとんど無意識のうちに。左手でバンを制するような姿勢を取ったのは一種の防御姿勢で、右手で手押し車を突き飛ばしたのは、そのままだと手押し車だけがぶつかったり轢かれたりするため。そう考えると、すべてを説明できるような気がする。

あれが立禅によって得られた瞬間的な動きだったとすれば、ばあちゃんに聞いても、ちゃんとした答えが返ってこないのも無理はない。本人も無意識のうちに身体が勝手に反応したことだろうから。

もしそうだったら、すごいことだ。やってみる値打ちはある。

光一は自分の部屋で再び、立禅に挑戦してみた。

五分ほどで両足ががくがくしてきて、ギブアップした。頑張ればもう少しできたが、無理すると続かない。きつかったが、明日もやってみようか、という気持ちにはなった。

ばあちゃんはこれを三十分もできる。それぐらいできるようになると、もしかしたら、普通の人たちとは全然違う風景が見えるんじゃないか。そのことにも興味があった。

翌日からのばあちゃんの生活は、判で押したように規則的な日々となった。光一がまだ眠っている早朝に起きて、釜でご飯を炊き、七輪の残り火で煮物を作ったりし、庭の草むしりをしたりし、リビングダイニングや風呂やトイレの掃除をし、洗濯物を干す。雨の日は、勝手口の軒下で七輪を使う。煙が立たない、いい炭を使っているからなのか、ばあちゃんの火の扱いが上手いからなのか、近所から煙についてのクレームもない。

午前中の空き時間には、新聞を読んだり、テレビを見たり。

光一の昼食は、ばあちゃんの手料理が当たり前になった。ご飯に漬け物、おかずは小魚の甘露煮、佃煮が入った卵焼き、メザシや塩ジャケなど。どれも質素なのに旨いのは、ばあちゃんが〔当たり前〕の調理法で、丁寧に作るからなのだろう。

午後、ばあちゃんは座椅子をリクライニングにして三十分ほどの仮眠を取った後、一時間ほど外出する。基本的に手押し車は使わない。光一は、英単語帳をときどきめくって暗記をしながら、ばあちゃんについて行く。

ばあちゃんは、森林公園や河川敷、田畑の周辺を歩きながら、食べられる野草を摘み、ポリ袋に入れて持ち帰る。光一は全く知らなかったのだが、普通の地方都市でも、畑の周辺、河川敷の土手、空き地の草むらなどに、食べられる野草が自生していることを、ばあちゃんから教えられた。五月のこの時期だと、フキ、ヨメナ、ツクシ、クズなど。ばあちゃんは、自生しているものをすべて摘んでしまわず、食べる分だけを採って、また他の場所を探す。他の誰かのために残しておく、というよりも、再び繁殖して、いつかまたその一部を〔いただく〕ためだ。晩秋に国道沿いのイチョウ並木でギンナンを拾う老人を見かけることがあるが、この辺りで日常的にさまざまな野草を摘んで回っているのは、ばあちゃんぐらいのものだ。それにしても、結構旨い野草が実はその辺で採れるとは、ちょっとしたカルチャーショックだった。世界的な干ばつや戦争などが原因で、日本が未曾有の食料難に見舞われたとしても、ばあちゃんと一緒にいれば、生き残れるに違いない。

フキは、葉は細かく刻んで佃煮に、葉柄は煮つけやおひたしにする。どちらも噛みしめると、ほろ苦さが染み出てくる。光一は、早春の花芽が、天ぷらにすると旨いあのフキノトウのことだということを、ばあちゃんから聞いて初めて知った。

ヨメナは、見た目は小松菜を小さくした感じの野草で、若芽をおひたしやゴマあえ、白あえなどにする。あく抜きをしてもかなりの苦味がするが、慣れると癖になる味だ。光一が、ヨメナという野草の名前は聞いたことがなかったし、全く知られていない野草なんじゃないかと聞いてみたところ、ばあちゃんは、万葉集にも「うはぎ」という名称で登場するほど、長く親しまれ食べられてきた野草なのよ、と返された。ちょっと恥ずかしい。

ツクシは、佃煮に入れたり、味噌あえにする他、素焼きにして、刻みネギ、鰹節、しょう油などをかけても旨い。ばあちゃんの調理法のせいか、思っていたほど苦くはなかった。

クズは、皮をむいた若芽をおひたしやあえ物にする。晩秋に採れる根の部分は、風邪薬の葛根湯として知られている。光一は、葛根湯という名称の先入観から、中国か朝鮮半島辺りでしか採れないものだと思っていたので、その辺にも自生しているというのは、結構などんでん返しだった。

ばあちゃんは、週に一回ぐらいはスーパーなどに寄って買い物もするが、卵、メザシ、特売品の魚、豆腐や厚揚げ、なくなりそうだと気づいた調味料ぐらいしかカゴに入れない。「年を取るとどうも身体に合わなくて」という肉類はもちろん、冷凍食品やインスタント食品などは全く眼中にないようだった。調味料は、母ちゃんに気を遣ってなのか、家にあるのと同じものを選んでいた。

ちなみに、雨の日は、野草摘みは中止となり、ばあちゃんは自室で書道をしている。一度、覗いたことがあるが、読み方が判らない漢字をいっぱい、巻物みたいな紙に、丁寧に書いていた。

夕方は立禅をした後、上体をひねったり、四股を踏むような動作などのストレッチ運動をする。立禅で強張った筋肉をほぐすためだという。ばあちゃんは身体が柔らかく、両足を広げて座った状態で、鼻先どころか胸までぺたんと着いてしまう。光一が「すげー、体操選手みたい」と驚きの声を上げると、ばあちゃんは、若い頃はこんなことできなかったけれど、毎日続けているうちにいつの間にかできるようになったのよ、と笑いながら言った。ばあちゃんは何ごとに対しても、薄い紙を一枚ずつ重ねるようにして、やがて分厚い塊を生み出している。

ばあちゃんがやって来て五日後の午後、散歩に出かけようとしたときに、教え子の一人である鮮魚仲卸の江口さんが、ぱんぱんの身体をピンクのトレーナーで包んだ格好で、発泡スチロールの箱を抱えてやって来た。ばあちゃんはそのときトイレに入っていたので、光一が玄関で応対した。

今トイレに入っているので、ちょっとだけ待っててください、と光一が言うと、江口さんは大きなだみ声で「先生っ、イワシが余っちゃったんで、すみません、もらってくださいねーっ」と奥に向かって言った。ばあちゃんの「あらあら」という声が聞こえた。

江口さんがふたを開けて「余ったといっても、ものはいいのよ」と光一に見せた。二十四以上ありそうだった。細かく砕かれた氷の上に、雑然と並んでいる。光一も、イワシぐらいは知っているが、頭に描いていたイワシよりも、一回り大きい。確かに鮮度がいいらしく、目がガラス細工のように澄んでいて、青と白銀の鱗もつややかに光沢を放っていた。

「あの、ちょっと聞いてもいいですか」と光一が言うと、江口さんは「いいわよ、何でも聞いて」と大声で言った。

「江口さんは、どんなことがあって、今でもこんなにばあちゃんを慕ってるんですか」

「は?」

何を言ってんのよ、みたいな顔で見返された。

「先日、ケヤキ製菓の園部さんと、白壁流空手の白壁さんに会って来たんです、ばあちゃんにお供して。そのときに、昔のエピソードみたいな話を聞いて、へえって思ったんで、江口さんの場合はどうなのかなって思って」

「ああ、そういうことね。あらまあ、園部さんと白壁さんにも会いに行ったんだ、先生。私んところよりも後で?」

光一が「はい」とうなずくと、江口さんは妙にうれしそうな表情になり、「まあ、あの人たちもかわいがられてたみたいだけどね」と言った。ばあちゃんが園部さんや白壁館長よりも先に江口さん宅を訪ねたのは、単に近所だからだと思うのだが、江口さんは特別な意味があると考えているらしい。光一は好奇心を抑えきれず、「ばあちゃんが教え子の中で一番かわいがってたのは、やっぱり江口さんなんでしょうかね」と言ってみると、江口さんは自信たっぷりに「それはそうでしょ」とうなずいた。

「私は子供の頃、落ち着きがなくてね」と江口さんは話し始めた。「今だったら多動性障害と診断されるかもしれないわね、当時はそういう言葉、なかったと思うけど。要するに、言葉で上手く相手に気持ちを伝えられないせいで、学校の教室から飛び出したり、相手を突き飛ばしたり、ものを投げたりといった、衝動的な行動を取ってしまうことが多かったのよ、私。そのせいで乱暴な子だっていうレッテルを貼られて、悪ガキの男の子から喧嘩を売られてやりあったりしてね。周りの子たちは、男勝りのじゃじゃ馬みたいに思ってたろうし、親もそんなふうにしか見てなかったんだけど、実際はいつも心が痛くてね、しょっちゅう、朝ご飯をトイレで戻したり、おなかが痛くなってうめいたりしてたのよ。でも、元気過ぎる子だと思われてるから、おなかが痛いって訴えても、仮病だとか、落ちてるものを食べたんだろうとか言われて。先生の書道教室に通うことになったのは、親が少しはじっとしていることを覚えさせようとしてのことだったんだけど、実際は近所に住んでる同じクラスの女子たちが通い始めてたから、対抗心で入れたみたいね。でも行ってよかったわー、先生と出会えたから。先生、私が男子にからかわれてかんしゃくを起こしても、ものを投げないで我慢できて偉かったわねって笑顔でほめてくれたのよ。そういうことが繰り返されてるうちに、先生にほめてもらいたいから、だんだん我慢できるようになってね」

「ほめられただけで、ですか」

「それだけじゃなかったわ。先生の書道教室、通う日以外でも、宿題とかしに来てよかったのよ」

「そうらしいですね」

「それで、私が家庭科の宿題で、縫い物をやってると、先生が親切にやり方を教えてくれてね。あなたは筋がいい、なんてほめてくれるから、まんざらでもなくなって、そのうちに宿題と関係なく、ぼろ切れを持ってって先生んちで雑巾を縫ったり、他の子の外れたボタンを直してあげたり、年下の子に縫い方を教えてあげたりするようになって。頭に血が昇ったときには、裁縫しているときの落ち着いた気持ちを思い出すようにしたら、かんしゃくを起こすこともなくなってね」
「へえ、ばあちゃんから裁縫を教わって、落ち着くようになったんですか」
「そう。お陰で友達も増えて、小さい子からも、お姉ちゃん、お姉ちゃんて慕われるようになって、うれしくてねー。だから私、真崎先生は魔法使いだと、本気で思ったもの。学校の教師なんか、私のことを乱暴者だとかうそつきだとか決めつけて、みんなの前で怒鳴りつけたり、中には私の髪の毛をつかんで引きずり回した教師もいたから、大嫌いだったけど、その分、余計に真崎先生の優しさに傾倒しちゃってね。人生の恩人なのよね、私にとっては」

ばあちゃんを慕う元教え子たちには、それぞれにそれなりのドラマがあるらしい。ケヤキ製菓の園部さんによると、農家の堤さんも、継父との折り合いが悪くて何度も家を飛び出しては、ばあちゃんのところに泣きながら転がり込んでいたが、おにぎりを食べると落ち着いて帰って行ったという。他人から見れば、おにぎりを食べさせてもらっただけに映るかもしれないが、堤さんの内面を変える何か化学反応を起こす力があったのだろう。だから堤さんも多分、真崎先生が一番目をかけていたのは自分だ、と胸を張って言いそうな気がする。

あれ？

光一はふと、先日、立て続けに会った、ばあちゃんの元教え子さんたちの顔と名前を思い浮かべながら、指を折ってみた。ホームセンター、グッジョブの東尾店長、農家の堤さん、鮮魚仲卸の江口さん、ケヤキ製菓の園部さん、白壁流空手の白壁館長。

ふと感じた違和感の正体は数字だった。ばあちゃんのお供をして会いに行ったのは五人。ばあちゃんは、今でも年賀状のやり取りが続いている元教え子は六人と言ってたような気がするのだが……。

そのとき、トイレを流す音がかすかに聞こえ、ばあちゃんが姿を見せた。

「先生ーっ」江口さんは手を振りながら、やって来たばあちゃんを両手を広げてハグしてから、「イワシ持って来たよ。余り物だから気にしないでね」と言った。

ばあちゃんは「あら、申し訳ないわね」と笑顔で応じたが、靴箱の上に置かれた箱の中を見て「マイワシじゃないの。こんないいもの、おいそれといただくわけにはいかないわよ」と、当惑顔で江口さんを見返した。

「先生、堤からはショウガとかキュウリとか、いろいろ受け取ったそうじゃないですか。あいつ、自慢げに言いやがんのよ、むかつくーっ」

江口さんの言い方は、すねている子供みたいだった。

「堤さんから頂いたのは、形が悪くて出荷できないものとか、本当に余ってたものだそうだから」

「ですから先生、これも本当に余ったんですってば。ものがよくても、たくさん入り過ぎて値崩れしたり、売れ残ったりすることは、しょっちゅうあるんですから。先生が要らないっておっしゃったら、もう捨てるしかありませんよ。青物は傷むのが早いから」

「あらあら、それはもったいないわね」

「私は先生に差し上げに来たんじゃなくて、余って困ってるものを押しつけに来ただけなんです。だから遠慮なんて筋違い。はい、お渡ししましたよ。まだちょっと用事があるので、私はこれで」江口さんは、もう一度、半ば強引にばあちゃんをハグしてから、「また余り物があったら、先生に押しつけに来ますからねー」と言い残して出て行った。外で車のドアが閉まり、発進した。

「ばあちゃん、イワシって、マイワシと同じ意味じゃないの?」と光一は聞いた。

「イワシにはマイワシの他に、カタクチイワシとかウルメイワシとかがあるのよ。サバも、マサバとゴマサバがあるでしょ」

光一は、サバのことも知らなかったが、「ふーん」と相づちを打った。

「マイワシは最近、生息数が減ってるんだって。だから私も見るのは久しぶり。せっかくだから、ぬかみそ炊きを作ろうかしらね」

ケヤキ製菓の園部さんが絶賛していた、あれか。光一は予備知識がないので味を想像することができなかったが、勝手に唾が湧いてきた。

「生息数が減ってるって、絶滅しそうだってこと?」

絶滅危惧種については、生物の試験などにも出題される可能性があるので、多少の勉強はしている。でも、マイワシがその一つだというのは聞いたことがない。

「私は専門家じゃないから詳しいことは知らないんだけど、群れで回遊する小型の魚というのは、数十年ごとに数が激減することがあるんだって。新聞で読んだことがあるけど、魚種交代って言われる現象らしいわね」

「魚種交代……」

「マイワシが減ったら、その代わりにサバやアジが増えるとか、カタクチイワシやウルメイワシが増えるとか、そうやって全体としてのバランスを取ってるんだって。だから、絶滅危惧種とか、そういうのとはまた別の話なんじゃないかしら」

「へえ」

ばあちゃん、生活の知恵だけでなく、そういう雑学もあるんだ。

もしかしたら、試験に出そうなことしか頭に入れようとしない受験生などよりも、ばあちゃんの方が多面的な知識を持っているんじゃないか。実際、受験勉強では、あまり興味が湧かないことを仕方なく覚える作業ばかりで、知識欲というものを忘れ去ってしまいがちだ。頭を使っているようで、実は使っていないことが多い。

「ところでさ、ばあちゃん。今でも年賀状のやり取りをしているのは六人って言ってなかったっけ。こないだ会いに行ったのは、五人だったような気がするんだけど」

ばあちゃんは、発泡スチロールの箱を持って、キッチンに向かおうとしていたが、立ち止まって、少し考えるような感じだった。

「あら、そうだったかしらね。五、六人とか、六人ぐらいって言わなかった？」

「さあ……そこまでは覚えてないけど。もしかしたら一人忘れてるんじゃないかと思ったから。ほら、みんな、ばあちゃんをすごく慕ってるから、一人だけ会いに行かなかったことが判ったら、その人、すねたりするんじゃないかと思って」

ばあちゃんが短く笑った。

「心配してくれて、ありがとうね。でも大丈夫。会うつもりだった人たちには、ひととおり会えたから」

ばあちゃんはそう言うと、そそくさとキッチンの方に向かった。

その日のうちに、イワシのぬかみそ炊きは、七輪でことこと煮込まれて作られたようだったが、口にできたのは翌日の昼ご飯のときだった。ばあちゃんによると、一晩寝かせることで、味が染みて、骨も軟らかくなるのだという。

皿に載せられたそれは、冷まされた状態だった。頭と内臓を取って作ったものらしい。ばあちゃんが散歩中に摘んだと思われるミツバが上に載っていて、それがぬかみそ炊きの地味な色合いと対照的で、目にまぶしいぐらいだった。

イワシのぬかみそ炊きは、山椒の辛味が効いていて、ぬかみその成分によるのか、青魚の臭味が全くなく、逆に魚の身の旨味を増幅させていた。骨も軟らかくて、全部食べられた。これと漬け物があれば、どんなに食欲がないときでも丼一杯は飯が進みそうだった。

芸術品といえば気取り過ぎか。さしずめ、食べる伝統工芸品、というところか。

食後の番茶を飲みながら、光一は「ふう」と何度となく、シンプルだけど手間暇をかけて作られた、工芸品の余韻に浸った。

十一

食後しばらく経ったところで、玄関チャイムが鳴った。光一が階段を下りてドアを開けると、立っていたのは、ホームセンターの東尾店長だった。その後ろには、ダンボール箱が二つ積んである。箱の印刷を見ると、この前ばあちゃんが買った炭と同じものらしい。敷地の外には、ホームセンターの店名やロゴが入った軽トラックが停まっていた。

「ああ、お孫さん、こないだはどうも」東尾店長が笑顔で頭を下げた。「真崎先生はいらっしゃいますか」

「実は今、昼寝をしておりまして」

光一が小声で言うと、東尾店長は「あ、そうなんですか」と残念そうに顔をしかめてうなずいた。

　すると、ふすまが開く音がして、ばあちゃんが廊下に出て来た。

「あら、やっぱり東尾さんだったのね。声で判ったわ」

「先生、お休みのところ、すみません」

「いいのよ、ちょっと、うとうとしてただけだから」

「あ、そうですか。そろそろご入り用ではと思いまして、炭を持って来たんです」

「わざわざ持って来ていただくなんて、申し訳ないわね。忙しいでしょうに」

「いえいえ、ちょっと出かける用事のついでですから。代金はまた今度で結構ですから」

　東尾店長はすぐに帰ろうとしたが、ばあちゃんが「あ、ちょっと待って。代金は今、忘れないうちに払わせていただきますよ。それと、イワシのぬかみそ炊きをたくさん作り過ぎたから、よかったら少し持って帰って欲しいんだけど」

「えっ、本当っすか」東尾店長の顔が一気に華やいだ感じになった。「いただきます、いただきます、そればっかりは遠慮するつもりはありません」

「じゃあ、悪いけど、少しだけ待っててね」

　ばあちゃんがキッチンの方に消え、東尾店長が「いやあ、あれをまた食べられるのかぁ。何十年ぶりかなあ」と、でれっとした表情になった。

光一が「東尾さん、ちょっと聞いてもいいですか」と言うと、東尾店長は、「へっ？」と我に返ったように見返した。

「東尾さんは、うちの祖母をどうしてそんなふうにして今でも慕ってくださってるんでしょうか」

「ああ……それはですね、まあ、お話ししてもいいかな」東尾店長の言葉の後半部分は独り言のようだった。「でもちょっと長くなるんですけど」

「長いんですか。できれば短めでお願いしたいんですが」と頼むと、東尾店長は「じゃあ短く話しましょう」と苦笑いをした。何だよ、短くできるんじゃねえの。

「私が先生の書道教室に出入りさせていただいたのは、他の生徒さんたちとは違って、高校生のときなんです。それも、生徒さんたちがみんな帰った後の遅い時間帯ばかりで。先生は、裁縫の仕事や家事も抱えておられたので、かなり邪魔をしたと思います」

「高校生になって、書道を始められたんですか」

「ええ、全くの素人でした。それで、先生の書道教室を訪ねて、今頃の時間帯に、書道を教わることはできないか、高校生でもいいのかって聞いてみたんです。部活が終わった後しか時間が取れなかったので、どうしてもそうなっちゃって」

「部活は、スポーツ系ですか」

「いえいえ、このだらしのない体格を見てのとおり、スポーツは苦手で」東尾店長は、やるせない感じの苦笑いをした。「実は、ある事情で書道部に入っちゃいまして」

「はあ?」

事情が全く飲み込めなかった。書道部に入ったんだったら、そこで書道の練習ができるではないか。その後で何で、ばあちゃんから教わる必要があるのか。

「書道に興味なんて、もともとなかったんですが、人数が少ないから入ってくれないかって、同じクラスの女の子から頼まれて、断れなくて」

東尾店長は、照れくさそうに鼻の下を人さし指でこすった。その仕草で、何となく判った。

「その子が好きだった?」

「ええ、まあ……」東尾店長は後頭部をなでた。「彼女の方は単に、帰宅部のお人好しを狙っただけだったんでしょうけど」

「で、書道部に入ったけれど、字が下手なので早く上達したかった、と」

「察しがいいなあ、さすが真崎先生のお孫さんだ」東尾店長は感心したように、人さし指を立てて軽く前後に振った。「部員が女性四人だけで、五人以上いないと同好会扱いにされてしまって部費も出なくなると言われちゃいまして、下心も手伝って入ることにしたんですが、何しろみんなとの実力差があり過ぎて、居場所がないというか。顧問の先生は形だけの人で、指導なんかしてくれないし、女性の先輩も、一年生のその子も、コンクールのための練習で手一杯という感じで、新入りに教える気なんてさらさらなさそうだったし……針のむしろっていうか、部室で教本見ながら練習していても、何だか居づらくて。みんな、私の字を見て、こりゃ駄目だ、でも頭数を揃えるためには置いとかないとって思ったんでしょうね。実際、私が部室に入ると、直前まで聞こえてた笑い声が消えて、気まずい雰囲気になったりしてましたから。私がいないときに、どういう会話がなされていたか、想像はつきました」

「で、ばあちゃんの書道教室に」

「通わせてくれ、ということじゃなくて、どうすれば上達するかを教えて欲しかったんです。当時私が住んでいたアパートがこの近くにありまして、小学生の頃は、登校するときにこの前をいつも通っていて、書道教室をやってるということは知ってましたし、たまに玄関前で掃除や水撒きをしていた真崎先生から、おはようって声をかけていただいていました。私はもともと気が弱いところがあったんですが、相手が真崎先生だからこそ、お願いできたんだと思います」

「へえ……」

「さすがに先生も、私のことを覚えてはいませんでしたが、これは何か事情があるんだな、ということには気づいてくださったようで、書を見て助言するぐらいならお安いご用だから、いつでも学校帰りにお寄りなさいって言ってくださったんです。それで、厚かましくも、毎日のように、部活で書いたものを見ていただいて、いろいろと教えていただきました。やる気を出させるためだったと今では判ってますが、私の拙い書のいいところを見つけて、筋がいいってほめてくださるんですよ。悪いところを悪いと言わずに、こうすればもっとよくなるっていう言い方をしてくださるので、ハートが弱い私も、モチベーションを保つことができたんだと思います。ときには、見本を書いてくださったり、部活が遅くなって暗くなってからお邪魔したときには、おにぎりと漬け物とか、ご飯とイワシのぬかみそ炊きとか、余ったものだからと言って、振る舞っていただきましたし。あの頃の私は常識知らずなガキだったもので、生徒さんたちが墨で汚した座卓などを拭いたりするぐらいのお返ししかできなかったんですけど、助かるわあって先生が喜んでくださいましてね。そのせいで、先生の喜ぶ顔を見たさに、いろいろと雑用を探すようになっちゃって」

当時の場面がよみがえるのか、東尾店長は、なつかしそうに上の方に視線を向けながらほおを緩めていた。

「あの、先日お店でお会いしたときに、ばあちゃんが、東尾さんの奥さんは元気か、みたいなことを言ってましたけど、もしかして……」

「はい、真崎先生のお陰でみるみるうちに上達することができまして、県の書道展などでも上位入賞できて、他の部員たちからも一目置かれるようになりました。三年生では私が部長、彼女が副部長になって、話をする機会も増えまして、それから何というか……」

「今の奥さんがその方だと」

「ええ、まあ、そんなところでして」東尾店長は少し赤くなった耳の上辺りをかいたが、すぐに真剣な顔に変わった。「真崎先生はすごい方です。当時の、妻の練習書きを見せたことがあるんですが、几帳面で、ちょっとそそっかしいところもあるけれど、あまり自分を飾ろうとしない素直な性格の子だって、ずばり言い当てたんです。一度も本人には会ってもないのにですよ。確かに文字には性格が表れるところはありますが、先生の目は超能力的です。まさに千里眼ですよ。結婚するときには、招待状の宛名書きも買って出てくださって、二人の幸せにかかわることができたと喜んでくださって……」

そのとき、キッチンの方から、ばあちゃんがビニール袋を提げてやって来た。イワシのぬかみそ炊きがたっぷりと入っている。

「はい、お待たせ。奥様の口に合わなかったら、東尾さんが責任持って食べてね」

東尾店長は、ばあちゃんが差し出したビニール袋を、まるで表彰状の授与式みたいに、両手でうやうやしく受け取った。

「先生の料理が口に合わない人間がいたら、味覚障害ですよ。うわあ、たくさんいただいて、ありがとうございます」

「できるだけ、温度が低いところに置いといてね」

「はい。仕事場の事務室に冷蔵庫があるので、そこに入れておきます」

それから東尾店長は炭の代金を受け取り、ばあちゃんとしばらく立ち話をする中で、「いやあ、今夜は飯だけ炊いといてくれたらいいって電話しとこう」「夜まで待ちきれないなあ」「ほんと、ありがとうございます」「炭、またなくなりそうな頃合いを見計らって、持って来ますね」などと言ってから、軽トラックで帰って行った。

「ばあちゃん、東尾さんの奥さんが高校生のときに書いた字を見て、几帳面で、ちょっとそそっかしいところがあるとか、自分を飾らない素直な性格だとか、言い当てたんだって？　すごいね」

「あら、東尾さんとそんな話をしたの」

「うん、東尾さん、ばあちゃんのことを千里眼だって言ってたよ。文字を見ただけで、そんなことまで判るなんて、俺もすごいと思うよ」

ばあちゃんはにこにこしながらも、ちょっと小首をかしげた。

「確か、あのとき見せてもらった練習書きは、個性が表れにくい楷書の、見本を真似て書いただけのものだったのよ。確かに手書きの文字には性格などが表れるものなんだけど、そういうのは、手紙とかノートとかを見ないと、本当はなかなか判らないのよ」

「へっ？　じゃあ何で性格を言い当てられたの」

「書道部に入ってる女の子っていったら、たいがい几帳面でしょ、どっちかといえば」

「まあ、そうかもね……」

「年頃の女の子はみんな、多かれ少なかれそそっかしいところがあるし」

「うん……」

「それに」と、ばあちゃんは口に手を当てて笑った。「東尾さんが好きになりそうな子といったら、派手で自己顕示欲が強い子じゃなくて、どちらかというと自分を飾らない素直な子だろうって、だいたい判るもの」

「あー」

なーんだよ、そういうことか。でも、高校生の東尾少年は、ずばり言い当てられたと思ってびっくりして、ばあちゃんをますます尊敬するようになった。

ばあちゃんは別に、そうなることを計算していたわけじゃないはずだ。でも、真崎先生は何でもお見通しだと弟子が信じることができれば、書についての助言にも当然、素直に従うようになる。素直に従うから、実力がつくのも早い。指導者としての信頼を得ることは、人を育てる上で大切な要素だ。

でも、東尾店長には、このことは明かさないでおくべきだろうな。

その日の午後の散歩のときに、ばあちゃんは、農家の堤さんと鮮魚仲卸の江口さんのところに、イワシのぬかみそ炊きを持って行った。お陰で、作った分はほとんどなくなってしまったが、二人とも大喜びだった。堤さんは年に似合わず飛び跳ねながら「わーい」と手を叩き、江口さんは「何だか、作ってくれって催促したみたいで申し訳ありません。ていうか、実は期待してたんですけど」と舌を出して、がははと笑った。

ばあちゃんはただで食材を手に入れ、あげた人も余り物が無駄にならず、それどころかお裾分けになって返ってくる。どちらも得をして、どちらも少しだけ豊かになる。江口さんが言ったように、ばあちゃんは魔法使いかもしれない。

イワシのぬかみそ炊きの残りは、その日の夜に、この日も帰宅が遅かった妹の光来が食べてしまったようだった。光来は、ばあちゃんの漬け物やおかず目当てに早く帰宅する日が増えてきたのだが、遅くなる日もやっぱりあり、そういうときは母ちゃんとの言い争いが二階にまで聞こえてくる。光一と光来は、互いに無視するような感じで、会話を交わすことがほとんどなく、たまに洗面所などで鉢合わせをして「入って来んな」「お前の家かよ」「むかつく」「うるせー」などとやり合うばかり。「お兄ちゃん、お兄ちゃん」とあとをついて追いかけていた頃の光来と今の光来とは実は別人で、知らない間によその子と入れ替わったんじゃないかと半ば本気で思うことがある。

その後しばらくは、大きな変化なく過ぎた。

光一は、受験勉強に身が入らないままで、いったんは参考書などを広げるものの、すぐにパソコンでアダルトサイトを覗いたり、女子プロレスラー宮浦めぐみの画像を探して取り込んだりしていた。しかし、だらだらとではあるけれど通信講座の問題集だけは期限内にこなすことを最低限のノルマにしていた。夕方には立禅をし、五分ぐらいならさほど頑張らなくてもできるようになった。もう少しできそうだと思ったら五分と十五秒、それがまた楽に感じられたら五分三十秒と、百円ショップで買ったキッチンタイマーと睨めっこをしながら、少しずつ時間を延ばすやり方をしている。

立禅は、何年もかけて気の力を溜めてゆき、足腰を錬り、全身の連携機能を高めてゆく訓練である。すぐに結果が得られないものなので挫折してしまう人が多いらしいが、光一の場合は、他人が持っていない特別なモチベーションがあった。一つは、ばあちゃんが何十年も続けているのに孫が簡単に脱落したら格好が悪過ぎるということ。そしてもう一つは、バンにぶつかりそうになったばあちゃんが、〔瞬間移動〕したらしいこと。ああいう能力が身につくのなら、少しぐらい時間がかかっても、やってみる価値はある。そういう境地にまで達したとき、いったいどういう景色が見えているのか。

ばあちゃんは、早朝から午前中にかけて掃除、洗濯物干し、炊飯をし、午後になると光一と一緒に散歩に出て、野草を摘み、夕方には立禅をした。ばあちゃんは、昼食だけご飯で、朝食と夕食は、昼に炊いたご飯を使って土鍋で雑炊を作って食べた。変化があったことといえば、農家の堤さんと鮮魚仲卸の江口さんが週に一回は〈余り物〉を届けてくれることが恒例になり、ばあちゃんはほとんど買い物に行く必要がなくなったことだった。もらったばあちゃんはばあちゃんで、ぬかみそ炊き、甘露煮、佃煮、漬け物などにして、お裾分けの形で返している。ホームセンターの東尾店長も、炭を配達するたびに、何かしらもらって帰っている。ばあちゃんは、スライスしたショウガも漬け物にしたが、これがピリリとくる味覚としゃきしゃきした食感が絶妙で、光一は別の意味で、ばあちゃんには長生きしてもらいたいものだと思った。

父ちゃんは相変わらず帰宅が遅く、光一とはすれ違いの生活だったが、たまに家の中で顔を合わせると、「よう。勉強はかどってるか」などと、どこか無理したような笑顔で話しかけてくるところが、かえって会社の経営状態の悪さを窺わせた。ばあちゃんの漬け物やおかずも「旨いなあ」と笑いながらよく食べているらしいのだが、母ちゃんによると、最近は寝る前に飲む焼酎の量が増えたという。その母ちゃんの方も、パート勤めをしている総菜店、大吉が閉店になるかもしれない状態が続いており、仕事のやり方について前向きな意見を言ったつもりなのにオーナー店長の馬場下さんが逆ギレした、とか、昨日は何を聞いても返事をしなかった、などとぼやいている。

今年は梅雨入りが例年よりも遅いとかで、六月下旬になってようやく、雨の日が多くなってきた。

その日は朝から降ったりやんだりで、ばあちゃんの散歩も時間が短縮されることになった。ばあちゃんが「洗濯物、乾かないわねえ」と言うので、光一は、リビングのあちこちに干してあった生乾きの洗濯物を大型ゴミ袋に詰め、傘をさして近所のコインランドリーに持ち込んだ。先客が多かったが、幸い一台だけ乾燥機が空いていたので、すぐに使うことができた。三十分ほど、スマホでゲームをして乾燥するまで待ってから持ち帰ると、ばあちゃんは「光一さんのお陰で助かったわ、ありがとうね」と、礼を言い、母ちゃんにも「光一さんがね」とわざわざ報告していた。

夕方、母ちゃんはいつもより早く大吉の仕事を終えて帰って来た。「光一、ちょっと」と、いつもと違う雰囲気の声で呼ばれたので下りてみると、母ちゃんはジーンズのひざより下が雨で濡れている格好で立っていた。雨の中を傘をさして自転車で帰って来たらしい。しかし光一が気になったのは、母ちゃんの顔色の悪さだった。

「どうしたの？」

「さっき学校から電話がかかってきて、光来が補導されたって。これから警察署に行かなきゃいけないから、夕食、悪いけど、おばあちゃんと一緒に何とかして」

「補導って、何をしたの、あいつ」

「詳しいことはよく判らないけど、河川公園の近くにある工場跡地で、グループ同士で派手な喧嘩をしたんだって。何人かが怪我をして、そのうちの一人は救急車で運ばれたって」

「グループって、何のグループ？　光来も怪我したの」

「そんなの知ってるわけないでしょ」母ちゃんはかなり苛々していた。「警察署に行って聞かないと、詳しいことは判らないわよっ」

母ちゃんが濡れたジーンズのまま、あわただしくフィットを運転していなくなった直後、ばあちゃんが部屋から出て来て「どうかしたの？」と聞いた。

言っていいものかどうか迷ったが、一緒に住んでいる家族に隠し事はするもんじゃないと判断し、事情を打ち明けた。ばあちゃんは、あまり顔色を変えずに聞いた後、「光来ちゃん、怪我をしてないといいんだけどねえ」とだけ言い、「夕食は、私が作るものでいいかしら。それとも何か取る？」と早くも話題を変えた。

「昼も夜もで悪いけど、何か作ってくれる？」

「はい、判りました」

ばあちゃんはにっこり笑って、部屋に戻った。光来のことについては、あまり動じていないようだった。というか、どうでもいいのかもしれない。光一自身は、心配よりも、ざまあみろ、というのと、何やってやがんだ馬鹿が、という腹立たしさが混ざったような気分だった。

夕食のおかずは、サバの味噌煮と、フキとヨメナの白あえだった。サバの味噌煮は、昨日江口さんが持って来たサバだろう。身は弾力があって、唐辛子とショウガが入った赤味噌が食欲をそそった。

十二

母ちゃんが光来と一緒に帰って来た気配があったのは、ばあちゃんが就寝した後、午後九時半頃だった。光来は何も言わずに階段を駆け上がって部屋のドアを乱暴に閉め、光一がそれと入れ違いに下りてみると、母ちゃんはダイニングのテーブルから椅子を引いて座り、放心したような表情で溜息をついていた。

光一が「遅かったね」と声をかけると、母ちゃんは鈍い動作で顔を向けた。

「警察で頭下げた後、補導された子たちの親が学校に集まって、先生方と話し合いをしてたのよ」母ちゃんはもう一度溜息をついて、両手で顔をごしごしこすった。「最後には、誓約書みたいなのを書かされてね。あー、疲れた」

「光来は、怪我は？」光一は定位置の椅子に座った。

「顔にちょっと引っかかれた傷ができたけど、たいしたことないわ」

それから母ちゃんが簡単に説明したところによると、去年の秋頃に、女子の間で、たちの悪い二つのグループが形成されて、小競り合いのようなことが起きていたのだという。どちらも十人前後のグループで、光来もそのうちの一つに加わっていた。最初は互いに、相手グループを無視したり、悪口の落書きをしたりといった、ささいな嫌がらせ合戦をしていただけだったのだが、最近になってそれが急にエスカレートし、靴やカバンを隠したり、誰それが男とホテルから出て来るのを見た、とか、誰それがどこそこの産婦人科で堕ろしたといったデマを流したり、自転車をパンクさせたりといったことの応酬になり、ついに派手な乱闘騒ぎを起こすに至った、ということらしい。乱闘といっても武器を使った者はおらず、突き飛ばしたり蹴ったり髪をつかんで引っ張ったりといったものだったが、一人が転倒した際に頭を打って失神してしまったため、やばい、ということになって誰かが携帯で救急車を呼び、消防から警察にも連絡が入り、現場から逃げないで留まっていた数人が補導され、その後は逃げた者たちも保護者と共に警察署に呼び出されることとなったという。失神した子は軽い脳震盪で、大事には至らず。光来は、失神した子と同じグループだったせいで、現場に残っていたらしい。

説明を終えた母ちゃんは、さらに溜息をついて、テーブルに突っ伏した。

「それにしても、グループ同士の抗争だなんて、暴走族とかヤクザと同じだね。何をやってんだか、あいつは」

母ちゃんは返事をしない。

「中学生は説教されるだけで終わりだけど、高校だったら停学、下手したら退学もんだよ。いや、中学でも、内申書に響いて高校受験でかなり不利になるんじゃないの。あいつ、ちゃんと進学する気、あるのか？　後で悔やんでも遅いのに」

母ちゃんはむっくりと顔を起こして、げんなりした表情を向けた。

「な、何だよ……」

「馬場下さんと喧嘩になっちゃってね。私、大吉辞めた」

「えっ」

「お客さんが来てるっていうのに、仕入先の悪口をべらべらしゃべったりしてるから、やんわりと注意したのよ。そしたら逆ギレされて、前の失敗をいろいろあげつらったりするから、私もかっとなって言い返しちゃってね。その直後、光来の件で学校から携帯に連絡が入ったから、早く上がらせて欲しいって頼んだら、雇われてる立場なのに結構なご身分ね、とか、店がもう潰れると思って投げやりになってるんでしょ、とかねちねち言うもんだから、もううんざりです、辞めさせてもらいますって」

「あららら……」

「店は繁盛してなかったし、そのうちに閉めるかもしれないって馬場下さんも言ってたから、別にいいんだけど……割と長い間やってきたのに、こんな形で終わっちゃって、何だかねー。でもまあ、今まで、あんな人とよく一緒にやってきたなあって思うわ」

こういうとき、どういう言葉をかけるべきなのか。光一は、一応は同情するふりをして「それは大変だったね」と言っておいた。

二階に戻ろうとしたとき、母ちゃんが「新しいパート仕事、すぐに見つかるといいんだけど。というか、すぐに見つけないと……」と、独り言にしては大きな声で言ってから、「光一、おばあちゃんには余計なこと言わないでおいてね。心配させて、それがきっかけで、ぼけ始めたりしたら、たまんないから。光来のこともね」とつけ加えた。

「あ……」

「何よ」

「光来のこと、言っちゃったよ。だってさ、ばあちゃん部屋にいて、ある程度のこと、聞こえてたみたいで。それで、どうしたんだって聞かれたもんで」

母ちゃんは露骨に顔をしかめた。適当な説明でごまかせばいいでしょうが、とでも言いたげな感じだった。一緒に住んでる家族だから、と反論しかけたが、考えてみれば、そういうときにこそ、優しいうそを使うべきだったのかもしれない。

光一は、母ちゃんが何も言わないうちに、逃げるようにして階段を上がった。

問題集を広げたが、頭がちっとも働かない。廊下をはさんだ向かい側の部屋にいるはずの光来は、眠っているのか、それともふてくされてイヤホンで音楽でも聴いているのか、物音がしない。

尿意を催したが、ちょうどそのときに父ちゃんが帰宅したらしい気配があったので、床に伏せて耳をつけてみた。母ちゃんが、光来のことや大吉を辞めたことを話すはずだ。だが、ごにょごにょと母ちゃんが何か言っているらしいことは判るのだが、内容までは聞き取れなかった。

そして突然、母ちゃんの「えーっ」という大声が響いた。

少し迷ったが、光一は階段を下りた。母ちゃんはダイニング側のテーブル席に座り、父ちゃんはリビング側のソファに横になっていた。普段はあまり飲まない父ちゃんが、顔を赤くして、片手で顔を隠すようにしている。

明らかに、場が凍りついていた。何だ、何だ。

どういう言葉から切り出せばいいのか判らずにいると、父ちゃんがソファからむっくりと身を起こした。

「光一、お前にはこの際、隠さないで言うよ。でも、光来と、おばあちゃんにはまだしばらくの間、黙っておいてくれるか」

「え？　ああ……」

光一が、あいまいにうなずくと、父ちゃんは咳払いをした。

「お父さん、今日、会社から戦力外の通告を受けた」

「へ？　戦力？」

「八月末までに辞めてくれと言われたんだ。リストラだよ」

まーじーかー。

母ちゃんを見ると、両手で頭を抱えたまま、下を向いている。

「辞めなきゃいけないの？」

父ちゃんは、ふーっと息を吐いて、片手で顔を乱暴にこすった。

「法律上、対抗することはできると思う。一方的に辞めろと言われて、はいそうですかと応じる道理はないからね。しかし、法律上の建前と現実社会ってのは、違うんだ。ごねて辞めないでいると、仕事を取り上げられたり、意味のない作業を命じられたり、ささいなミスをあげつらって罵倒されたりといった、いじめに耐えなければならなくなる。そうでなくても、会社は右肩下がりで、船自体が沈没しそうな危機的状況にある。リストラを断行しなければ本当に潰れる、そうなったら社員全員が路頭に迷うことになる、だから頼むから会社を助けてくれと懇願されてね……少し考えさせてください、としか言えなかった」

「…………」

「会社の方は、それなりの退職金を用意すると言ってる。しかし、この年で再就職先が簡単に見つかるわけもない。大卒の新規採用だって簡単には内定が取れないご時世だ。

まったく……どうすればいいのかな」

どうすればいいのか。そんなこと浪人生の息子に答えられるわけないじゃんか。

父ちゃんはリストラされて仕事を失いかけている。パート仕事で家計を支えていた母ちゃんも辞めるという。息子は浪人生の穀潰しで、娘は喧嘩で補導される始末。おまけに、ばあちゃんが同居するようになった。

この家は、どうなってしまったんだ。

光一は、立っている部屋がぐるぐる回り始めたような錯覚に陥り、しゃがみ込みたくなった。

受験勉強をする心境にならず、トイレで用を足した後、机の下に隠し持っているブランデーを二口ラッパ飲みして、ベッドにもぐり込んだ。

これが夢だったらいいのに。

そのときにふと、妙なことが頭をよぎった。

ばあちゃんがうちに来てから、立て続けによくないことが起こっている。

いや、そんなのは完全に言いがかりだ。ばあちゃんが悪いわけがない。たまたまだ。

ばあちゃんが来る前から、父ちゃんの会社は経営状態がよくなかったし、母ちゃんがパートに出ていた大吉も、やはり人気がなくて、オーナー店長との折り合いも悪かったのだ。光来だって、今日たまたま騒ぎを起こして補導されたが、以前から帰宅が遅かったり外泊をしたりと素行が悪かった。何もかも、これまでのツケが溜まっての結果だ。

でも……。

何か、引っかかる。

ばあちゃんと同居してた伯父の栄一郎さんは、定年退職して第二の人生がこれから、というときに事業に失敗した挙げ句、不幸な事故死を遂げた。

いやいや、そんなこじつけは駄目だ。栄一郎さんはもっと前から、ばあちゃんと同居してたのだ。ばあちゃんが疫病神だったとしたら、もっと早く不幸が訪れていたはずではないか。

何を考えてんだか。馬鹿。

光一はもう一口ブランデーをあおってから、頭まで布団をかぶった。

翌朝は小雨が降っていたが、昼前にやんだ。光一は、寝つくのが遅かった分、目覚めたのは午前十時過ぎだった。いったん寝入った後、夜中にまた目覚めてブランデーをさらに飲んだせいで、少し頭が痛い。

家にいたのは、ばあちゃんだけだった。父ちゃんは、リストラを通告されながらも、今日は今日の仕事があるらしく、出勤したようだ。どんな心境で仕事をするのだろうか。

午後、ばあちゃんの散歩に同行した。交差点で立ち止まったときに、ばあちゃんが振り返って、笑顔で言った。

「光一さん、一つお願いがあるんだけど、聞いてもらえるかしら」

「何?」

きっと、光来のことで何かをしようとしてるんだと感じた。

「江口さんがご近所から預かってるリキちゃんを、しばらく家で飼おうと思うのよ。協力してくれないかしら」

「へ? あの柴犬?」

ばあちゃんは、笑顔のままうなずいた。何だよ、光来と関係ねえのか。

「江口さん、本当は犬が苦手なのに、飼い主の方が入院してるので、代わりに面倒みてるって言ってたでしょ」

「ああ……言ってたね」

「江口さんからは、美味しいお魚を何度もいただいてるから、何かお返しをしなきゃと思ってるんだけど、私にできることって、そうないのよ。だから、せめてしばらくの間、リキちゃんを預かってあげることにしたらって思うんだけど、どうかしらね」

信号が青になったが、ばあちゃんは話が終わるまで動くつもりがないようだった。

「どうかしらって……江口さんは、ばあちゃんに昔、世話になったお礼がしたくてやってるんだから、あんまり気にしなくていいんじゃないの？　それに、ばあちゃんは、もらったその魚でぬかみそ炊きとか、甘露煮とか作って、分けてあげてんだから」

「いただいてるお魚、本当に余り物なのかどうか判らないけど、いつも新鮮で、おカネに換えたとしたら結構なものばかりだと思うのよ。少しぐらいお返しをしたぐらいでは、釣り合いが取れないでしょ。それに江口さん、この調子だと、まだまだお魚を届けてくれるような気がするのよ。それを当てにするつもりはないんだけど、ますますこちらが申し訳ない気持ちになっちゃうでしょ」

「まあ、ねえ……」

「とにかく、江口さんのために、しばらくリキちゃんを預かりたいのよね」

「ばあちゃんがそうしたいって言うんだったら、いいんじゃない？　うちの親がどう思うか、判らないけど」

「そこが問題よね」ばあちゃんは、待ってましたとばかりに、口の端をにゅっと吊り上げてうなずいた。「だから光一さんにも、協力して欲しいのよ」

光一は、父ちゃんがリストラされることや、母ちゃんがパート仕事を失ったことなどが気がかりで、それどころではない心境だったが、嫌だと言う口実も見つからなかったので、「協力って、俺は何をすればいいの」と聞き返した。

江口さんは、カーポートに停めてある江口商店の幌つき軽トラックを洗っていた。白いジャージに白いTシャツ、白い長靴。後ろ姿は、梅雨時に雪だるまがブラシで軽トラックをこすっている、という感じだ。

江口さんよりも先にリキがばあちゃんに気づいて、犬小屋から出て来た。特に吠えたり、ばあちゃんに飛びつこうとしたり、尻尾を振ったりせず、ちょこんと座って出迎え、大きなあくびをした。マイペースな犬である。

リキが動いたことで、江口さんも気づいて振り返り、いかにもうれしそうな笑顔になって、「先生ーっ」とだみ声で叫んだ。そしてホースの水を出しっ放しにしたまま、ブラシを足もとに置いて、ばあちゃんにハグ。その後、いかにもついでに、という感じで「こんにちは」と光一に片手を振る。光一は「どうも」と会釈した。

「江口さん、いつもいいお魚、ありがとうね」

「何言ってんですか」江口さんは片手で叩く仕草をした。「余り物を押しつけてるだけなんだから、お礼を言うのはこっちの方ですよ。あ、ちょっとだけ待ってくださいね」

江口さんは小走りで、水道の蛇口を止めに行った。

「で、先生、今日はどうしたんですか」

「いいお魚をもらってばかりの上に、ちょっと厚かましいお願いなんだけど、リキちゃんを、飼い主さんが退院するまでの間、私に預からせていただくことって、できないかしら」

「は？　リキをですか？　またどうして」

「最近、うちの近所で小火《ぼや》騒ぎとか、車に傷をつける嫌がらせみたいなことが流行ってて、お巡りさんから、注意してくださいって言われたのよ。監視カメラを設置するか、犬を飼ってるとそういう被害に遭わないんだって。それでしばらくの間、リキちゃんを番犬代わりに預からせてもらったらいいなと思って。もちろん、散歩とかえさとかうんちとか、世話はさせていただくわ」

「へえ、そうだったんですか。リキはうちの旦那が勝手に預かるって言い出したくせに面倒なことは私に押しつけてるから、ちょっとの間でも預かっていただけるのなら大助かりですけど……リキは見てのとおり、人には吠えないし、不審者が来ても座って見てるだけだから、番犬にはならないと思いますよ」

江口さんは同意を求めるように光一を見た。

「お巡りさんが言うには、吠えなくても、犬小屋が置いてあるだけで不審者は敷地に入ろうとしないんだって。その犬が吠えるかどうか、不審者には判らないでしょ」

「ふーん、そうか」江口さんはうなずいた。「私はいいですよ、先生がそうしたいとおっしゃるなら。すぐにでも連れて行きますか？　犬小屋は私が軽トラで運びますよ」

「うちの息子夫婦の了解を取ってからでいい？　多分、大丈夫だと思うけど」

「ええ、もちろん。じゃあ、また明日にでも」

「ありがとうね」ばあちゃんは、にこにこ顔でうなずいてから、リキに近づいてかがみ込み、頭や首をなでた。「リキちゃん、しばらくの間、よろしくお願いします」

ばあちゃんと一緒に帰宅すると、母ちゃんも帰っていて、ダイニングのテーブルで、少しあわてた様子で携帯をテーブルに置いた。誰かと話をした直後らしい。ばあちゃんが「ただいま帰りました」と言い、母ちゃんはばあちゃんの顔を見ないで「お帰りなさい」と言った。

「奈津美さん、今日は早いんですね」

「ええ、店の都合でちょっと。これからは勤務時間も不規則になりそうです」

「そうですか。奈津美さん、実は折り入ってお願いしたいことがあるんですけど、今ちょっと話をさせていただいてもいいかしら」

「はあ」母ちゃんは、何よ、いったいという感じの一瞥を光一にくれてから「何でしょうか」と聞いた。

「ときどきお魚を持って来てくださる江口さんのことはご存じかしら」

「会ったことはありませんけど、光一から聞いてます。イワシのぬかみそ炊きとかサバ味噌も、その方がくださる魚で作ってるんでしょう」

「ええ、そうなの」ばあちゃんは、にこにこしながらうなずいた。「その江口さんのお知り合いの方が、身体を悪くされてしまって、入院なさったの。ご高齢の男性で、独り暮らしの方なのよ」

「はあ」話が見えなくて、母ちゃんは少し苛ついているようだった。「それがどうかしたんですか」

「その方が飼ってらっしゃるわんちゃんをしばらくの間、私が預からせていただこうと思うんですけど、どうかしらね」

「はあ?」母ちゃんの声が一段高くなった。「どういうことですか」

「そのわんちゃん、とってもおとなしくていい犬なんだけど、誰も飼う人がいなくなってしまって、このままだと保健所で処分されることになりそうなの。江口さんは犬アレルギーで飼えないし、ご近所をあたってみたそうなんだけど、誰も手を上げてくれる人が見当たらなくて」

「はあ……」

「犬小屋は私の部屋の縁側のところに置いて、えさやり、うんちの世話などはちゃんとやりますから、しばらくの間だけ、置かせていただけないかしら。人に向かって吠えない、本当におとなしいわんちゃんなのよ」

「最近、この辺りで車に傷をつける犯罪が続発してるんだってさ」と光一が口をはさんだ。「ばあちゃんとさっき出かけようとしたときに、お巡りさんが来て、注意してください って言ったよ。で、監視カメラがある家と、犬を飼ってる家は被害に遭ってないんだって。ちょうどいいんじゃない?」

母ちゃんが向けた視線は、あんた、おばあちゃんに同調してどういうつもりなのよ、という感じだった。

「しばらくの間って、どれぐらいなんですか」

「そうねえ、一か月ぐらい? 飼い主の方が退院した後も、しばらくは預かった方がよさそうですから、はっきりとは言えないんですけど」

母ちゃんは溜息をついてから、「お義母さんがそうしたいとおっしゃるのなら、駄目とは言いませんから。この家はそもそも、お義母さんの家ですし」と、嫌味たっぷりに言った。

ばあちゃんは「ああ、よかった。奈津美さんならいいと言ってくれると思ってたけど、ほっとしたわ」と、ちょっと芝居がかった感じで両手を叩いた。

母ちゃんはというと、溜息をつきそうになって、飲み込んだようだった。

十三

翌日の午後、光一は、ばあちゃんと共に江口さん宅を再び訪ね、軽トラックの荷台にリキと、犬小屋、ドッグフードなどを積んで運んだ。光一は、リキと一緒に荷台に乗り、ばあちゃんは助手席に座った。リキは、荷台に乗せられても特に興奮したり怖がったりする様子もなく、隣で体育座りをしながらリードを持っている光一の腕をくんくんと嗅いだり、あくびをしたりしていた。首の周りをなでてやると、気持ちよさそうに目を細めた。飼い主でもない他人に対してこの態度では、やっぱり番犬にはなれないだろう。

家に到着し、江口さんと一緒に犬小屋を、縁側の隅に置いた。ここなら昼間は日陰になるので、リキが熱中症になる心配はないだろう。リードを犬小屋につないだが、新しい環境に興味があるらしく、リキは周辺を嗅ぎ回ろうとしていたので、光一は家の周りを連れて回った。リキは勝手口の近くで小便をしようとしたが、「駄目っ」と言うとやめた。よくしつけられている。植え込みの隅に連れて行って、「ここでならいいぞ」と言うと、リキは素直にそこで片足を上げた。

江口さんから、おおまかなレクチャーを受けた。えさはドッグフードを午前と午後に二回やり、水はいつでも飲めるように用意しておく。ブラシや粘着テープで抜け毛をこまめに取ってやる。夕方に散歩をさせることが習慣になっているので、二十分ほど連れ出す。そのときにうんちをするので、金魚をすくう網にポリ袋をかぶせて中にトイレットペーパーを敷いた道具でキャッチし、持ち帰ってトイレに流す。あちこちでマーキングをしたがるが、「駄目」と言えばたいがいやめるようしつけられているので、土や雑草がある場所を選んでさせる。たまに相性が悪くて他の犬と吠え合うこともあるが、めったにそういうことはなく、相手がうなり声を出していても知らん顔をして通り過ぎることが多い。リードが手から離れてしまっても、逃げることはない。犬は人間のように塩分の多いものを食べると具合が悪くなるので注意。予防接種は最近したので大丈夫。江口さんが帰るとき、ばあちゃんは「お陰で防犯になるわ。ありがとうね」と礼を言い、江口さんは「なればいいんですけどねー」と半信半疑の苦笑をした。

「リキ、しばらくここで世話になるのよ。いい子でいなさいよ」

そう言って手を振る江口さんを、リキはちょこんと座ったまま黙って見送った。軽トラックが走り去ると、あくびをして犬小屋へ。おとなしいだけなのか、それとも肝が据わっていて変化に動じない犬なのか。

ばあちゃんが、えさと水をそれぞれステンレスの容器に入れて、犬小屋の横に置いた。リキは、えさをくんくん嗅いだが、腹が減ってないのか、そのまま犬小屋の中に入って丸くなった。

光一は、気になっていたことを聞いてみた。

「リキの面倒って、ばあちゃんがみるんだよね。午後の散歩のときに一緒に連れ出すわけ？」

「ええ、そうね」ばあちゃんは笑ってうなずいた。「光一さんは何もしなくてもいいわよ。私が預かるって言い出したんだから」

「でもばあちゃん、リキが相性の悪い犬に遭遇して、急に飛びかかろうとしたりしたら、引っ張られて転んだりする危険もあるんじゃない？　大丈夫？」

「リキなら大丈夫だと思うわよ」

なら、いいんだけど。光一は、「まあ俺も、手伝える範囲で手伝うけどね」と言っておいた。


夕方、光一は自分の部屋で立禅をした。一応、毎日続けているが、無理をしないことにしているので、まだ七分しかできない。六分を過ぎると、脚ががくがくと震えてくる。そうなるたびに、こんなことを続けて、本当に気の力など得られるのかという思いがよぎるのだが、先日ばあちゃんが車と接触しそうになって素早く難を逃れたと思われるあのときの場面がよみがえり、やっぱりもう少し続けてみようという気持ちになる。

立禅を終えると、脚や腰が、がちがちに固まった感覚になってしまうので、身体をひねったり四股の姿勢で腰を落としたりしてストレッチをする。その途中で「わーっ、まじでーっ」という声が外から聞こえた。光来らしい。窓を開けたが、光一の部屋からは見えないので、階段を下りて外に出た。

光来が犬小屋の前にかがみ込んで、リキをなでている。こいつこんな顔するんだ、というぐらい、目がハートマークになってる。リキはちょこんと座ったまま、なでられるに任せている。

近くには母ちゃんも立っていた。光来とは対照的に、これがその犬か、という感じの憮然とした表情だった。なぜかよそ行きのワンピースを着ている。

「ねえ、この子、名前は何ていうの」と光来が光一に顔を向けた。

「リキ。預かることになった事情は聞いてるのか」

「帰り道に、お母さんから聞いたよ。かわいー。リキちゃーん。あんたはおとなしいねー、番犬には向いてなさそうだけどねー」

光一は母ちゃんに「二人でどっか行ってたの」と聞いた。

「学校よ。昨日、ああいうことがあったから、今日もまた保護者が集められて、話し合いをしたのよ。あまり吠えない犬みたいだから、ご近所の迷惑にはならないかもしれないけど、ちゃんとうんちの始末とか、えさやりとか、やるんでしょうね」

「俺が？　違う、違う、ばあちゃんがやるって言ってるよ」

「無理に決まってるでしょ。散歩中に犬に引っ張られて、おばあちゃんが転んだりしたらどうすんのよ」

「大丈夫だよ、リキはおとなしいから」

「私がやってもいいよ、それ」光来が顔を上げた。「ねー、リキちゃん」

「お前、簡単に言うけど、毎日やるんだぞ」

「判ってるよ、それぐらい。馬鹿じゃないの」

「お前が言うな。本物の馬鹿のくせに」

母ちゃんが「これっ」と眉間にしわを寄せた。

「私、動物の世話とかできるしー」と光来が母ちゃんに言った。「小学校のときは飼育係で、ウサギのうんち毎日掃除してたもんね」

ばあちゃんがサッシ戸を開けた。

「あらあら、光来ちゃんと相性がよさそうねえ。私がなでたらすぐに顔を背けてたのに、こんなに目を細めて気持ちよさそうにしてる」

「本当?」光来がばあちゃんの言葉にまんまと食いついた。「リキちゃん、おばあちゃんには優しくしなきゃ駄目だよー」

何だ、こいつ。小学生みたくなりやがって。退行現象かよ。

「ねえ、おばあちゃん、リキと散歩に行って来ていい?」

「いいわよ。でも、うんちするかもしれないから、これを持ってってってくれる?」ばあちゃんはそう言って、縁側に置いてあった金魚をすくう網のうんちキャッチャーと、たたんだトイレットペーパーが入っているらしいポリ袋を拾い上げた。「うんちをしそうになったら、これで受け取って、上からまたトイレットペーパーをかぶせるの」

「あー、なるほどね。判った」

「それから、おしっこもすると思うけど、よそのお宅の塀とか生け垣は避けて、遊歩道の草が生えてるところとかでね」

「うん、任せて。よし、リキちゃん、一緒にお散歩行こうか」

光来は犬小屋につながれているリードを外して手首に通し、ばあちゃんからうんちキャッチャーと予備のたたんだトイレットペーパーを受け取った。

「行くんだったら、十五分ぐらいはつき合ってやれよ」と光一が言うと、光来は「判ってるよっ、うっさいなーっ」と応じ、リキを連れて出かけて行った。後ろ姿を見ただけで、かなり喜んでるのが判る。

母ちゃんは小さく溜息をついてから、「本当におとなしい犬みたいなので安心しました。やたらと吠えたりしたら、どうしようって思ってたから」とばあちゃんに言い、玄関から家の中に入った。

「あいつがあんなに喜ぶとはねえ」と光一はつぶやきながら、空になった犬小屋を眺めた。光来はカバンを縁側にほったらかしにしている。

そういえば、光来は動物が好きだったんだと、このときになってようやく思い出した。小学校で飼育係だったというのは知らなかったが、それよりももっと前、家族で動物園に出かけたときに、光来は、ふれあい小動物コーナーみたいなところでウサギやハムスターを抱いたりなでたりするのをいつまでもやめず、他のオリを見て回る時間がなくなるからと母ちゃんから急かされても動こうとしなかったことがあった。その後、ハムスターを飼いたいとごねていたが、母ちゃんから駄目だと言われて泣いてたんじゃなかったか。そのとき光来は小一ぐらいだった気がする。

光来と母ちゃんの間にある溝は、もしかしたらあれが発端だった?

続いて別のことも思い出した。あの頃は、家族の写真をときどき、ばあちゃんに送っていたはずだ。

「ばあちゃん、光来が動物好きだってこと、知ってた?」

そう聞いてみると、ばあちゃんはにこにこしたまますうなずいた。

「ウサギを抱いてる写真をいただいたことがあったから。あのときの光来ちゃんの顔、本当にうれしそうだったわね」

ばあちゃんはそれだけ言うと、サッシ戸を閉めて部屋に戻った。何だか、光一からそれ以上のことを聞かれるのを避けるような感じだった。

ばあちゃんがリキを連れて来た本当の理由は、これだったわけか。

その日の夕食時、光来はリキについて、リードを引っ張ろうとしても「駄目だよ」と言うと速度を緩めたとか、よその犬が吠えても知らん顔をしていたとか、交差点で信号待ちをしているときはちょこんと座って待っていたとか、声を弾ませてばあちゃんに話した。ばあちゃんは、にこにこ笑って相づちをうち、「リキは人の好き嫌いが割とあって聞いてたけど、光来ちゃんとは本当に相性がよかったのね」と、堂々とうそをついた。光来から「リキ、家の中で飼ったら駄目かなあ」と言われて、母ちゃんは「駄目に決まってるでしょ」と険しい顔で即答したが、光来が久しぶりに家の中でよくしゃべっていることについては、戸惑いながらも、どこかうれしそうでもあった。

ちなみに、夕食は、母ちゃんが作ったトンカツだった。ばあちゃんだけは、土鍋で作った雑炊である。

光来はその後もリキの散歩を真面目に続けた。えさやりもうんちの始末も、自然と光来の役目になり、ばあちゃんも光一も出る幕がない。朝に登校する前や就寝前にもリキをなでに行っているようで、「お前はお利口で、近所のどの犬よりもかわいいねー」と話しかけているのが聞こえたりする。お陰で、リキが来てからは、光来の深夜帰宅がほとんどなくなった。一度、リキの散歩をサボって深夜に帰宅したことがあるのだが、翌朝にばあちゃんが「リキは光来ちゃんがいないのを心配して、ときどき悲しそうな声で鳴いていたよ」と話すと、それ以後は本当に毎日、夕方に帰宅するようになってしまった。もちろん、ばあちゃんの作り話である。

ある夜、光一がトイレから出ると、洗面所で光来が誰かとスマホで話をしているようだったので、何となく聞き耳を立ててみると、「だって、しょうがないでしょ、おばあちゃんの具合が悪くなって、私が病院について行ってあげたり、おばあちゃんが飼ってた犬の面倒までみなきゃいけなくなったんだから。私だっていろいろやることあるっつーの」と少し苛立った口調でしゃべっていた。光来なりの方法で、悪いグループとのつき合いから、距離を取ろうとしているらしかった。そのためにうそを使うところなどは、ばあちゃんから遺伝子を引き継いでいるせいかもしれない。

光来がずっと苛々しているような、刺々しい態度だったのは、もしかしたら家の中で居場所がないと感じていたからじゃないかと、光一はふと思った。リキの面倒をみるという役目は、光来にとっては実は重大な意味があったのではないか。ばあちゃんがそこまで考えてリキを連れて来たかどうかは知らないけれど……。

一方、父ちゃんはリストラ宣告されて以来、知り合いのつてなどを頼って再就職先を探しているものの、見つからないようで、母ちゃんから「駄目みたい」と聞かされた。

以前から寡黙だった父ちゃんは、さらに顔色まで悪くなり、かける言葉も見つからず、心の中で何とかなって欲しいと願うしかなかった。

母ちゃんの方は、とりあえずは自転車に乗ってフリーペーパーを民家に投函して回るパート仕事が見つかり、ばあちゃんにも、パート仕事を変えたことを伝えたようだったが、夕食時に断片的に聞かされる話が、暑い中を汗だくで回っても時給が安いとか、怖いおじさんから勝手に敷地に入るなと怒鳴られたとか、犬に吠えられたとか、雨の日に車から泥をかけられた、といったことばかりで、母ちゃんも日に日に表情が険しくなってきていた。光来が家の中で笑顔を見せることが多くなった分、母ちゃんの機嫌が悪くなったような感じである。父ちゃんのリストラ問題が解決しない限り、それは直らないかもしれない。お陰で光一も、受験勉強に余計に身が入らない状態で、問題集を広げても、同じ文章を何度も目でなぞっているだけ、ということがしばしばだった。

鮮魚仲卸の江口さんが、いくつか年が下と思われる女性を連れてやって来たのは、梅雨が明けた七月中旬の午後だった。

女性は江口さんと違って上品そうな人だった。白いジャージ姿にサンダルの江口さんに対して、その女性はベージュのワンピースで、髪は後ろで品よくまとめている。ばあちゃんは、家族に気を遣ってなのか、二人を玄関からではなく、庭の方から部屋の縁側に案内した。江口さんが「リキ、いい子にしてる?」と声をかけ、犬小屋から姿を現したリキをなでる。ばあちゃんはサッシ戸を開け放った状態で畳に正座した。

光一は、最初に玄関で二人の応対をした後は用なしになったが、どんな話をするのかが少し気になり、勝手口の方に回って、聞き耳を立てることにした。

ばあちゃんはお茶でも出そうとしたのか、「ちょっと待っててね」と動く気配があったが、江口さんが「いいです、いいです、飲み物とかいいですから、先生」と止め、すぐに女性を紹介した。五歳下の従妹で、〔おぐら〕という小さな小料理屋をやっているのだという。女性は「オグラと申します」と自己紹介して、十年ほど前に離婚したのを機に店を始めたこと、常連客を相手に細々とやっていることなどを話した。オグラは多分、小倉の字だろう。

「それでですね、真崎先生。このジュンコがこの前うちに遊びに来たときに、先生のイワシのぬかみそ炊きや甘露煮、漬け物などを食べて、えらく感激しちゃいまして」と江口さんが言った。「できれば〔おぐら〕でも同じ物を出したいというんです」

オグラさんの下の名前がジュンコらしい。

「そんな、江口さん」というばあちゃんの声。「お店でお出しするような代物じゃありませんよ」

「先生はそうおっしゃるだろうと思ってましたが、どうか一つ、前向きに考えていただけませんか。いくらご謙遜なさっても、先生の手料理の美味しさは私、ちゃんと判ってますから。もちろん、先生のお手をわずらわせる分、それなりの代金は支払いますよ。お客さんに出す値段の六割、だよね」

オグラさんの「はい」という声が聞こえた。江口さんがさらに「先生、どうか私の従妹を助けてやってください。常連客は単身赴任中の管理職男性が多いそうで、割とカネ払いはいいし、先生の手料理を知ったら、同僚や上司、取引先の人などにも伝わって、広がってゆくと思うんですよ。もちろん、先生がお忙しくなり過ぎない範囲でお力を貸していただくだけでいいんです。こちらがお願いするわけですので、いついつまでにどれだけ納めろ、なんて上から目線で言ったりは絶対にしません。先生のご都合とか、どんな材料がどれぐらい手に入るかなどを考慮しつつ、まめに連絡を取り合うようにさせていただければと思うんですが、いかがでしょうか」

「そうねえ」ばあちゃんはそう言ってから、少し間を取った。「私なんかの田舎料理が役に立つのなら、お手伝いさせていただくのはやぶさかじゃないんだけど、そういうことをやるとなると、食品管理か何かの資格みたいなものが必要になるんじゃないかしら。私、何も持ってませんよ」

「そこは心配無用です。あくまで店で出すものについては店が責任を負いますから。ジュンコはもちろん食品衛生責任者の免許を持ってます。先生がお作りになるもので食中毒なんてあり得ないと思いますが、店での管理の仕方が悪くて万一のことがあった場合、それは店の責任です。先生にご迷惑をかけるようなことはありません」

しばらく静かになった。遠くで救急車のサイレン音が聞こえる。何だか縁起が悪い。そのサイレン音を聞いた近所の犬が、ウォーンと鳴き始めたが、リキにその気はないようだった。ばあちゃんは、サイレン音が小さくなってから、口を開いた。

「江口さんから頼まれたら、無下に断れないわねえ。でも、ちょっと考えさせてもらえるかしら。息子夫婦の家に厄介になってる身なので、息子たちにも相談してみたいの」


江口さんから頼まれた一件について、ばあちゃんが母ちゃんに相談する場面に、光一は居合わせることができなかった。その代わり、ばあちゃんの就寝後、光一が入浴するために一階に下りて来たときに、母ちゃんが「光一。江口さんっていう、おばあちゃんの元教え子の人だけど――」と声をかけてきた。

「え？　ああ。鮮魚の仲卸をご主人と一緒にやってるおばさんで、イワシとかアジとか、ときどき持って来てくれるおばさんね」

「今日、その江口さんと、その従妹で小倉さんていう、小料理屋だか何だかをやってる人が来たの？」

「ああ、来たね。俺が最初に玄関で応対したから。でもどういう話をしたのかは知らない。その二人、縁側に回って、ばあちゃんと何やら話をしてたみたいだけど、俺は自分の部屋に戻ったから」

ということにしておいた。

「おばあちゃん、私が夕食の支度をしてるときに、奈津美さん、食品衛生責任者の免許、持ってましたよねって聞いてきたのよ」

「へ?」

「飲食店とか弁当屋さんとか、食べ物を出したり売ったりするのに必要な資格のこと」

「そんなの持ってるの?」

「まあね。大吉で働くことになったときに、馬場下さんから、講習を受ける費用は出すからって言われて。一日講習を受ければ取れるのよ。それに持っておくと、後で別のところでも役に立つかもしれないしね」

「それって、調理師の免許とは違うものなの?」

「調理師の免許は、取るのが難しいっていうか、実習とか試験とかあるらしいけど、あれはあくまで調理師を名乗るための資格で、なくても飲食店や弁当販売店はできるのよ、食品衛生責任者の免許さえあれば」

母ちゃんは少し自慢気味に両手を腰に当てた。

「で、その食品なんたら免許を持ってたら、どうなの」

「おばあちゃんが言うには、江口さんが連れて来たっていう、その小倉さんのお店で、おばあちゃんが作った総菜を出したいって言われたんだって。それで、おばあちゃんが言うには、私が納入する、という形にしたいから協力してもらえないかって」

「何でいちいち、母ちゃん経由でなきゃいけないの。ばあちゃんが直接、その店に渡せばいいんじゃないの」

「小倉さんの方は、できれば資格を持ってる人から仕入れるっていう形にしたいと言ってるんだって。ほら、そうじゃないと、お客さんから聞かれたときに説明しにくいでしょ。かといって、おばあちゃんが今さら免許を取るのもあれだし。でも一番の理由は、おばあちゃんは一人でやる自信がないってことなのよ。ある程度の分量を注文されたときに、材料の仕入れとか、運搬とか、足を持ってる人間が協力しないと回らないだろうし、衛生管理もしなきゃいけないし」

江口さんも小倉さんも、そんなことは言っていない。光一は、ばあちゃんの意図を理解した。得意技の、優しいうそだ。母ちゃんが大吉を辞めたことや、フリーペーパーを投函して回るパート仕事が気に入っていないようだということは、ばあちゃんも知っている。だから、助けを求めるふりをして、母ちゃんが力を発揮できそうな仕事を仲介しようとしているのだ。

「ばあちゃんは、自信がないって言ってるの？」

「自信がないっていう言い方はしてないけど、一人だと大変だし、免許のこともあるので、一緒にやってもらえるとありがたいから、考えてみてくれないかしら、だって。急に言われても困るんだけどねー」

母ちゃんは言葉とは裏腹に、ほおが緩んでいた。

「それっておカネになるの？」

「そうでもないんじゃない？　おばあちゃんは、利益はそのまま家に入れればいいって言ってくれてるけど、話を聞いた限り、小倉さんの店自体がこぢんまりしたところで、お客さんの数もたいしたことなさそうだし」

「じゃあ、今やってる仕事の方がよさそうなんだ」

「多分ね。でも、ほら、最初のうちはたいしたことなくても、もしかしたら少しずつ注文が増えてくるかもしれないじゃない。取引先を増やしていくっていう手もあるし」

「おばあちゃんが作る料理の味、知ってるの？」

「知ってるに決まってるでしょ」母ちゃんは平然と言った。「冷蔵庫に残ってるのを、ときどきいただくことぐらいはあるんだから。傷んだりしたら、もったいないでしょ」

母ちゃんがばあちゃんの料理を食べるのを見たことがなかった。でも、こっそりつまみ食いしてたわけか。光一は噴き出したくなるのをこらえて、「ふーん、知ってたのか」とうなずいておいた。

「どうしようかしらねえ」母ちゃんは腕組みをして、溜息をついた。「おばあちゃん一人にそういうことをやらせるのって、やっぱり心配だしね」

絶対にやる気じゃん。光一はそう確信しつつ、「まあ、じっくり考えて決めたら?」と言っておいた。

十四

予想どおり、数日後に母ちゃんはフリーペーパーをポスティングするパート仕事を辞めた。そして、ばあちゃんとダイニングのテーブルでメモを取ったり話し合ったりする時間が増え、やがて母ちゃんが運転する車で二人は出かけたりするようになった。

ある日、母ちゃんに進捗状況を聞いてみたところ、「あんたはいちいち首を突っ込まなくてもいいの」と釘を刺した上で、小倉さんの店〔おぐら〕を訪ねて商談を進めており、まずは、イワシのぬかみそ炊き、漬け物、季節の野草を使った小鉢料理などを十人前ぐらい納めて、客の反応を見ながら、その後どうするかを決めてゆく、ということになったと教えてくれた。料理は大型の密閉容器などに入れて、母ちゃんが車で毎日運ぶという。料理を作るのはもちろんばあちゃんだが、母ちゃんも手順を覚えながら手伝う気でいるらしい。

最初に納めた十人分ほどの料理はすぐになくなり、三日後に再び納入することになった。それからはさらに順調に需要が増えているようで、母ちゃんが「お義母さん、火の加減はこれぐらいでよかったでしょうか」「お義母さん、買い物に行きますけど、ここに書いてあるだけで大丈夫でしょうか」などと言うのが二階にしばしば聞こえるようになった。声のトーンだけで、母ちゃんが元気を取り戻したことが判る。

七月下旬のその日の夕食は、小アジの南蛮漬けだった。新メニュー候補の一つだという。リキがやって来て以来、光来も夕食どきにはちゃんとテーブルに着くようになったので、このときも四人での夕食だった。

「真崎総菜店、忙しくなってきてるみたいじゃん」

光一が茶々を入れてみると、母ちゃんは真面目な顔で「違うわよ、真崎商店よ、正しくは」と言った。

「へ？　屋号とか、まじであるの？」

「そうじゃないと伝票とか領収書とか切りにくいから」

「へえ」と光来が顔を上げた。「じゃあ、もしかしてお母さん、社長になったの？」

「違うわよ、ただの個人商店よ。それに、お義母さんが始めた仕事を手伝ってるだけなんだから、私は」

「奈津美さんがいないと、私だけでは何も回らないわよ」とばあちゃんが笑いながら言った。「料理の手順もだいたい覚えてもらったから、奈津美さん一人でも大丈夫なくらい」

「何をおっしゃいますか、お義母さん」母ちゃんがばあちゃんを片手で叩く仕草をした。「お義母さんが丁寧に教えてくださるから私なんかでも覚えられたんですよ。でも、私だけだとまだまだお義母さんの味には遠く及ばないし」

母ちゃんがこんなに、ばあちゃんに親しげに話している。きっと、この数日の間に、ばあちゃんにおだてられてほめられて、術中にはまったんだ。他の教え子たちのように。

光一は、その場面がだいたい想像できた。一日のうちに何度も、奈津美さんのお陰で上手く作れた、奈津美さんのお陰で思ったより楽にできた、奈津美さんのお陰で……という具合に礼の言葉を重ねたに違いない。母ちゃんはもともと単純なところがあるから、普通の大人よりも簡単に乗せられてしまったのだ。

「食材の仕入れはどうしてるの」と光一は聞いてみた。「前は、江口さんとか堤さんとかからもらってたものを料理してただけだったけど、お店に必要な分だけ納めるとなると、そうはいかないんじゃないの」

「お義母さんが、その江口さんや堤さんに頼んでくれたのよ」母ちゃんが待ってましたとばかりに答える。「お二人とも、いつでも必要なものを必要なだけ注文してくださいって言ってくれてるのよ。電話一本で、すぐに届けますって。それも格安で」

「江口さんや堤さんにも会ったんだ」

「もちろん。お義母さんと一緒に訪ねたわよ。お二人とも、お義母さんの大ファンで、心から尊敬してる感じなのよね」

光来が「お母さんと違ってね」と嫌味を言ってから「で、その小倉さんのお店って、どんな感じの店なの」と聞いた。

「繁華街の雑居ビルに入ってる、ひらがなで〔おぐら〕っていう、本当にこぢんまりした店ね。テーブル席とカウンター席を合わせて、十二人ぐらいで満席になりそうなぐらい。小倉さんとアルバイトの女性の二人で回してるんだって。営業中に行ったことはないからよく判らないけど、お客さんは単身赴任者が多いそうよ」

「だから家庭的な料理がウケるんだ」と光来。「おばあちゃんの料理だったら、一回食べたらまた食べたくなるから、きっとリピーターになるよ」

「あと、最近になって急に、身体のごつい人たちのグループがちょくちょく来てくれるようになったそうよ」と母ちゃんが続けた。「小倉さん、最初はヤクザ屋さんじゃないかって不安に思ってたそうだけど、やたらと押忍、押忍って言ってるから、何なんだろうと思って、おそるおそる聞いてみたら、空手道場の人たちだって」

「あ、それって、もしかして」と光一が視線を向けると、ばあちゃんがうなずいた。

「この前、ハガキを出して知らせたのよ。そしたら白壁さんが、道場の人たちに声をかけてくれたみたい」

光一が「さすがばあちゃん。白壁さんが宣伝してくれたら、結構な数の人たちが行ってくれそうだよね」と言うと、母ちゃんはその辺の事情を知らなかったらしく、「え、何、どういうこと?」と聞いた。光一が簡単に白壁館長とばあちゃんとの関係を説明すると、母ちゃんは「お義母さん、冴えてますねーっ」と拍手をした。光来も「おばあちゃんの教え子にそんなすごい人がいたんだー」と、驚きと尊敬の目つきになっている。

「じゃあ、グッジョブの東尾店長とか、ケヤキ製菓の園部さんにもハガキ出したの?」

光一が尋ねると、母ちゃんが「ケヤキ製菓って、あのケヤキ製菓?」と聞いた。

「うん。ケヤキ製菓の重役やってるその人も書道教室の教え子でね、ばあちゃんのイワシのぬかみそ炊きが大好物だって言ってたから、店のことを教えたら絶対に常連客になるよ。社員を引き連れて来るだろうから、大きいよ。ね、ばあちゃん」

しかし、ばあちゃんは意外にも頭を振った。

「いっぺんにお客さんが押しかけたら、それまでの常連客の方々が入れなくなったりして迷惑になるかもしれないでしょ。だから、まずは白壁さんにだけ知らせたのよ。東尾さんや園部さんには、もう少し経ってからにした方がいいと思うの」

光一も母ちゃんも光来も、確かにそうだ、という感じで口々に「あー」「そうね」とうなずいた。

ばあちゃんはちゃんと先のことが見えている。一度にどっとお客さんがやって来て、忙しくなって、その代わりに目配りができなくなるよりも、そこそこの常連客がずっと長く来てくれる方がいいに決まってる。

でも、園部さんだったら、きっと人脈が豊富だろうから、店はますます繁盛することだろう。結果として、真崎商店も潤う。

これは園部さんの人脈というより、ばあちゃんの人脈のなせる業だろう。

光一は、恐れ入りました、とこの場でばあちゃんに手をついて頭を下げたい気分だった。

翌日の夕方は、強い夕立が降った。雨音を聞きながら光一が自分の部屋で立禅をやっていると、階段を上がる複数の足音が聞こえ、光来が女友達と小声で話しながら部屋に入って行ったようだった。

その日の夕食時、光来はその友達と一緒に部屋で食べるからと言い、お盆に載せて持って行った。おかずは、イワシのぬかみそ炊き、フキの葉とシジミの佃煮、フキの葉柄と厚揚げの煮物。母ちゃんが「あんまり遅くならないようにね」と注意すると、光来は「判ってるよ」と少しうっとうしそうに返した。

光一が「珍しいね、光来が友達を家に連れて来るって」と言うと、母ちゃんは箸で口に運びかけていたご飯を止めて「一緒に補導された子なのよ」と眉根を寄せた。

「あ、そうなんだ」

「その子、両親が離婚して、母親のところにいたんだけど、その母親が再婚して、継父とうまくいかなくて、今は父親のところにいるんだって」

「ふーん」

「グループのリーダー格だったって先生が言ってたから、正直言って、光来には近づいて欲しくないのよね。家庭の事情は気の毒だと思うけど」

ばあちゃんを見ると、にこにこしながら土鍋の雑炊をレンゲですくっていた手を止めて、「光一さん、夕方は強い雨が降ってたから、光来ちゃん、リキを散歩に連れて行けなかったみたいなのよ。お友達が来てるんだったら、今日は光一さんにお願いできないかしらね」と全然別の話をしてきた。

「ああ、いいよ」と光一はうなずいた。実際、リキとの散歩をしたいと思っていたのだが、光来がサボらないので機会がなかったのだ。

入浴前にリキを連れ出した。左手にリード、右手には金魚網で作ったうんちキャッチャー。ポケットの中には予備のたたんだトイレットペーパー。

いつもと違って暗い時間帯のせいか、リキはときどき振り返って「こんな時間にいいの?」みたいな顔をしていた。聞いていたとおり、リキはむやみにリードを引っ張ろうとしないし、小便をしようとしたときに「リキ、駄目」と言うと素直にやめて、別の場所を探す。ときおり、民家の敷地内から吠えてくる犬がいても、知らん顔で通り過ぎる。平均的な人間なんかよりもよっぽどの人格者だなと光一は思った。

まっすぐ帰宅するのが何となく惜しい気がして、児童公園に寄ってみた。小学生の頃まではちょくちょく遊んでいた場所だが、その後は足を踏み入れた覚えがない。外灯が一つだけあり、すべり台、ブランコ、シーソーを照らしている。光一はコンクリートのベンチに腰を下ろしてから、雨で湿っていたことに気づいて「あちゃー」と声を出した。何をやってんだか。

もう濡れてしまったので、居直って座り直した。「お前も座れよ」とリードをくいと引っ張ると、「えっ、いいの?」という感じのためらいの後、リキもベンチに飛び乗って、横にちょこんと座った。

そのとき、ジャージのポケットの中でスマホが振動した。

高校の元同級生、下野《しもの》だった。二年生のときに文化祭で一緒に焼きそばの屋台をやって以来、ときどき家を行き来してゲームをしたり、こっそり酒を飲んだりした仲だが、下野は東京の私立大学に進学し、それからは連絡を取っていなかった。

「よう」と言うと、下野は「真崎、元気か」と言った。

「まああってとこかな。そっちは」

「授業とか結構きつくてね。でもまあ、慣れてはきたよ。あー、俺さ、昨日からこっちに帰って来てんだよ。バイトの関係で三日ぐらいしかいられないんだけど、何人かに声かけて、明日にでも飲み会やろうって話になったんだわ。真崎もよかったら来ないか」

下野はそう言って、同じ高校だった数人の名前を挙げた。そのほとんどが、進学した奴らだった。

「あー、ほんと」光一はそう言って間を取ってから、「悪いんだけど、俺は遠慮するよ。浪人生の身だから、そういう気分にはちょっと」

「そんなの気にすんなよ。一浪、二浪なんか、どうってことないって。久間も来るって言ってたし、お前も来いよ」

「いや、せっかくだけど……」

しばらく間ができた。

「あ、そう。ま、無理にとは言わないけど」下野の口調のトーンが明らかに下がった。

「じゃあ、またの機会にってことで」

「ああ、すまんな」

「受験、頑張ってな」

「うん、ありがと」

スマホをポケットにしまい、夜空に向かって、ため息をついた。

視線を感じたので横を向くと、リキが小首をかしげて見返していた。

首周りをなでてやると、リキは表情を変えることなく、されるがままになっていたが、尻尾をときどき左右に振っているので、喜んでいるらしいと判った。

「リキ。お前のお陰で光来は家の中に居場所が見つかったみたいだぞ。光来の方は、お前の面倒をみてるつもりらしいけど、本当はお前が光来の面倒をみてやってるようなもんだよな」

するとリキは大口を開けてあくびをした。

「父ちゃんはリストラされそうなんだってさ。再就職先も見つかってないらしくてね、そのせいで俺は進学はできないかもしれないんだ……って、こんなことをお前に話したってしょうがないんだけど」

リキが急にベンチから下りたので、光一は、言葉が理解できて何かしようとしているのかと一瞬思ったが、後ろ足を開いて姿勢を低くしたので、あわててうんちキャッチャーを差し出した。

帰宅すると、家の前で光来が待っていた。険しい顔で腕組みをしている。

「ちょっと。勝手にリキを連れ出さないでよ。どこかに逃げたかと思ったじゃないの」

「今日は散歩に行ってないんだろ。だから俺が行ってやったんだろうが。何文句言ってんだよ」

「そんなことしてくれなくても、ちゃんと行くっての」

「うるせえな。お前の持ちもんじゃねえだろうが。偉そうに言うな」

光一は光来の横をすり抜けて、リキのリードを犬小屋につないだ。犬小屋の柱に打ち込まれてある金属フックにリードの輪をかければいいようになっている。

リキは犬小屋に入り、頭を出して光一を見上げた。何となく、今日は散歩ありがとう、と言いたげな顔をしているように思えたので、両手で首の周りを撫で回してやった。

光来が近づいて来たようだったので振り返った。

「友達は帰ったのか」

「うん、さっき帰った。あの子ね、おばあちゃんの料理食べて、感激したみたいで、途中で泣き出したんだよ」

「はあ?」

泣くって、どういうことよ。しかも、光来がこんな話をしてくるとは、どういう風の吹き回しなんだ。

「あの子、親が離婚して、最初は母親のところにいたんだけど、新しい父親からがみがみ言われるのが嫌になって、実の父親のところに移ったんだ」

さきほど聞いて知っていたが「へえ」と答えておいた。

「お母さんのところにいたときに、ひどい八つ当たりをしちゃったって言ってたよ。作ってもらったお弁当をわざと食べないで、代わりにパン買ってたんだって。何ていうの？　お母さんが再婚して、自分のことを構ってくれなくなりそうで、家の中に居場所がなくなりそうな気がして、不安が大きくなって、そういうことしたんじゃないかって思うんだ。本人は、はっきりそうだとは言ってなかったけど」

「ふーん」

「どうして食べないのかってお母さんから聞かれても、喧嘩腰で、こんなまずい弁当食べられるか、みたいなこと言ったらしいよ。次の日もその次の日も、お弁当は用意されてたけど、食べないでそのまま突き返してたから、十日目になくなったんだって、お弁当」

「そりゃそうだろ。せっかく作ったのに食べないで返してたんだから。そんなことされたら誰だってキレるって」

光来は舌打ちをした。

「言われなくても判ってるよ、そんなの。あの子だって判ってたんだ。でも、判っててもやらないではいられないってこと、あるじゃん。甘えたかったんだよ、きっと。それでさっき、ばあちゃんの料理食べて、こらえきれなくなったんだよ。泣きながら、美味しい、美味しい、作る人の心が入ってるって言って食べてたよ。私、余計な言葉かけない方がいいと思って、黙って聞いてた」

「その子は母親と一緒に住まなくなって、もう手作り弁当を食べる機会がなくなったことを実感して、後悔してる、本当は謝りたいってことか」

「当たり前でしょ。いちいち言葉にするなっての。それよか、さっきからリキのなで方、なってないし」

「へっ？」

「ちょっとどいて」

片手で押されて仕方なくどくと、光一がいた場所にしゃがみこんだ光来が、リキの胸辺りをごしごし強くこすった。確かにリキは目を細めて気持ちよさそうにしていた。

「お前、高校はどうするんだ」

「県立で入れそうなところを受ける」

「入れそうなところっていったって、ちゃんと勉強しとかないと、やばいぞ」

「判ってるよ。今までサボってきたけど、これからちゃんとやるし。さっき来てた子とも誓い合ったんだ。私ら、このままじゃ駄目だよね、何か頑張れることを見つけようって」

「…………」

母ちゃんは、たちの悪い子だと思っているようだが、光来の友達は、案外ちゃんとしてそうだ。

「まだ将来の夢とか、何も浮かばないけど、おばあちゃんみたいに、こつこつ何かを積み重ねていけば、いつか誰かの役に立てるんだって判ったしね」光来はそう言ってから光一を見上げて、「というか、浪人生から心配される覚えとかないんだけど」とつけ加えた。

確かに。光一は少しだけ苦笑した。

「お父さんのこともあるから、県立には絶対に入らないとね」

少し気まずい間ができた。見ると、光来は顔をこちらに向けないでリキをなで続けている。

「……知ってたのか」

「同じ家に生活してるんだから、様子が変だってことぐらい判るよ。ここんところ顔色悪いし、そのくせ妙に明るく振る舞おうとするっていうか、ここ一、二か月は朝ご飯のときに、しょうもない駄洒落を言ったり、新聞広げながら、市内で火事があったとか交通事故があったとか、何だか勝手にしゃべってるし。無理してしゃべってるの、バレバレだし」

父ちゃんは、役者には向いていないらしい。事情を悟られまいとしてやっていたことが、かえって不自然で、娘にもばれてる。

「だからお母さんに聞いたんだ」と光来は続けた。「最初は、何でもない、とか、ちょっと寝不足なんじゃないか、みたいにはぐらかしてたけど、そんなうそばれてるよって言ったらやっと話してくれたんだ。おばあちゃんには教えるなっていう条件で」

「そうか……」

「そうなると大学進学、やばいかもね」

「まあ、これからはあまり学歴が重視されなくなるって言われてるから。いい大学入って有名企業に就職したって、会社が潰れたりリストラされたり、吸収合併されて関連会社に飛ばされたりする時代だ。仮にそれを免れても、残業、残業で、過労死だ。大学進学が人生で成功する条件じゃない」

「強がり言ってる」

「放っとけ」

「私の高校進学も、なしっていう可能性を考えといた方がいいかもね」

「そこまでの心配はしなくていいって。高校ぐらい、何とかなる。多少は貯えもあるし、ばあちゃんと母ちゃんが組んで始めた惣菜屋は、規模は小さくても確実に利益を出してるみたいだから」

「だね。いよいよのときは、家族みんなでそれをやればいいかもね。評判をよくしていったら、取引先を二軒、三軒と増やせるかもしれないし。あ、そうだ。真空パックにして通販とかしたらよくない？」

光一はつい、噴き出してしまった。光来が「何だよ」と口を尖らせたので、「いや、お前って案外ポジティブだなと思って」と言っておいた。

深刻な話をしていたはずなのに、何だか未来が開けてる、みたいになってたのが何だかおかしかった。これも、ばあちゃんマジックによるものか。

会話が途切れた。久しぶりに妹と話ができたのはよかったけれど、間ができてしまうと何だか居心地が悪い。

光一が「さて、風呂に入るか」と言い残して玄関に向かおうとすると、光来が「こら、うんちの始末」と、大人が子供に注意するような言い方をした。そういえば、うんちキャッチャーを犬小屋の横に立てかけておいたままだった。光一は歩み寄ってそれを拾い上げた。

玄関ドアを開ける前に振り返ると、光来は、何か憑き物でも落とそうとするかのように、リキの胸をこすっていた。

十五

お盆休みに入った。といっても、一家の大黒柱がリストラされることが確実で、再就職先も決まらないでいる家庭が、レジャーに出かけたりする余裕など、あろうはずがない。しかも息子は浪人生である。

光一は、ばあちゃんの散歩に同伴するとき以外は、エアコンを効かせた部屋にこもって、受験勉強にいそしむしかなかった。しかし、家の経済事情が頭をよぎり、相変わらず勉強に身が入らない。最近は、立禅用に使っているキッチンタイマーを六十分にセットして、アラームが鳴るまでは机にへばりついて勉強をする、はかどらなくてもいいからとにかく他のことをしない、パソコンやスマホをいじったり、雑誌を手に取ったりしないで、机に向かう、ということを課すようになった。アラームが鳴ったらしばらく休憩して、それからまたタイマーをスタートさせる。その繰り返しである。立禅が習慣になってきたお陰なのか、そのやり方が割といい感じで回り始めたような気がしている。

その日は夕暮れどきになっても蒸し暑く、風があまり吹いていなかった。光一は、ばあちゃんの散歩につき合って、河川公園に至る遊歩道を歩いていた。七月に入ってから、ばあちゃんの散歩は、二人がそれぞれ立禅をした後、陽射しが弱まってからの時間帯になっている。

遊歩道には桜の木が多く、アブラゼミとクマゼミが競い合って鳴いていた。ときおり、ゆっくりとした流れの川面を小魚が群れてたくさんの波紋を作っている。川幅六メートルほどの、流れが緩やかな川である。この眺め自体は涼しげなのだが、いかんせん気温と湿度が高いため、光一のTシャツはじとっと汗で湿っていた。

この日、ばあちゃんは百円ショップで買った虫取り網と、ポリ袋を手にしていた。川の縁に潜んでいる小エビを捕るためである。ばあちゃんによると、この川は江戸時代に近くを流れる本流から農業用水確保のために引かれた人工の川なのだが、水質がいいのだという。遊歩道と川岸の間の二メートルほどの幅は、凹凸のあるコンクリートが組まれた、なだらかな傾斜になっており、その隙間からは雑草がたくましく伸びている。立て看板には〔川遊びは危険です〕と書いてあるが、釣り人や網を持った子供の姿がしばしば見られる場所である。

ばあちゃんは「これ、また持っててもらえる？」と光一にポリ袋を渡して、川岸をゆっくり歩きながら網を川の中に入れ始めた。縁はえぐれている部分があり、そこに密生している水草をすくうように網を通すと、小エビが捕れる、という寸法である。ネットで調べたところ、この辺りにいるのはスジエビという種類で、昔から、かき揚げ、素揚げ、塩ゆで、甘辛煮などにして食べられてきたものだった。ばあちゃんにとっては、今でも当たり前の食材であり、〔おぐら〕に納める料理の材料でもある。先日食べさせてもらった、水で溶いた片栗粉に混ぜてフライパンで焼いた小エビせんべいは、塩だけの味つけなのに贅沢な香ばしさがあり、食感はぱりぱりで、食べる手が止まらなかった。ちなみに〔おぐら〕には、自由に調理してもらえるよう、塩ゆでしたものを納めているという。

途中で光一が交代して網を持った。実際にやってみると、川底の様子が網を通じて手に感触として伝わってくる。底が砂地か岩場か、水がよどんでいるか流れがあるか、水草が多いか少ないか。そして、さまざまな変化がある場所だからこそ、さまざまな生き物がいる。それは同時に、さまざまな美味しい食材が潜んでいるということでもある。スジエビは繁殖力があるのか、あるいはこの川がそれだけのポテンシャルを持っているということなのか、この日も順調に獲れた。今回も五百グラム以上の収穫になりそうだ。

ばあちゃんが「暗くなってきたので、今日はこれぐらいにしましょうか」と言い、光一は「はーい」と最後のひとすくいをした。網に入ったスジエビを、ばあちゃんが広げているポリ袋に一匹ずつ入れてゆく。小さいものは取らず、川の中に戻す。そのために網を入れたときに、ばあちゃんが唐突に言った。

「要次郎さん、このところ顔色が悪くて態度にもちょっと妙なところがあるようだけど、どうしたのかしらね。光一さん、知ってるんでしょ。私にも教えてもらえないかしら」

え、と見ると、ばあちゃんは珍しく笑っていなかった。予想外に強い視線に射すくめられて、光一は唾を飲み込んだ。

二メートルほどの距離で見合っている間に、チワワを連れた年輩男性が近づいて来た。チワワは光一の方に近づこうとしたが、年輩男性が「これ」とリードを引っ張って、そのまま通り過ぎて行った。

「要次郎さんは責任感が強いから、問題があっても自分で抱え込むところがあるのよね」ばあちゃんは再びいつもの笑顔に戻って言葉を続けた。「子供のときからそう。学校でいじめられても私には言わない人だったから。私が書道教室や裁縫仕事をしながら家のこともやってるのを見て育ったせいで、親には甘えないことを自分に課すようになったんじゃないかと思うのよ。だから、それは私のせいね」

「…………」

「要次郎さんに直接尋ねても答えてくれないと思うし、奈津美さんは、もしかしたら教えてくれるかもしれないけど、私の方で気がとがめるっていうか、奈津美さんがどんな顔をして話すかが心配なの。だから光一さんの口から聞かせて欲しいのよ」

「いやいや、ばあちゃん。父ちゃんは毎日のように残業で遅くなってるから、疲れがたまってて——」

ばあちゃんは、頭をゆっくり振った。

「何かあることぐらい、私だって判ります。光一さん、私も家族の一員ですよ。年寄りに心配かけて、それがきっかけでぼけたりしないかって心配してるの？」

「あ、いや……」

「そんな心配は無用よ。アルツハイマー病というのはね、魚料理をいつも食べてる人は、かからないのよ。本当よ。食事の欧米化に伴って増えてきた病気なんだって」

へえ、そうなのか……って、やばい。説得されかけてる。

「光一さんは多分、奈津美さんから言われてるんでしょ、私には隠しておくようにって。でもそれは、仲間外れにしてるってことなのよ」

ばあちゃんが笑顔でしゃべってるのが、かえって不気味だった。

「えーとですね……あはは」

何やってんだ、こんな態度じゃ半分認めてるようなもんだろうが。

「こうすればどうかしら。私は実は、盗み聞きして知ってたというのは？　要次郎さんが奈津美さんに話してるのが聞こえちゃったの。ね、それなら光一さんがばらしたことにはならないでしょ」

ばあちゃんは笑顔のままそう言った。

駄目だ、これ以上隠すのは無理。そもそも、父ちゃんに何か重大なことが起きていることはばあちゃんもちゃんと気づいてるのだ。ばあちゃんだって家族の一員だ。仲間外れはよくない。

このまま隠そうとすると、ばあちゃんの顔から再び笑顔が消える。消えた次の瞬間、立禅によって溜め込まれている力が爆発して、川に投げ込まれるか、電光石火の突きで吹っ飛ばされるんじゃないか。

ばあちゃんは笑顔のまま待ってる。既に「気の力」で押されている。光一さん、あなたのことを信頼してますよ。ものすごい圧力を感じた。

「えーと……父ちゃんが、母ちゃんと俺に打ち明けたのは、六月下旬頃だったかな。ほら、光来が集団の喧嘩騒ぎで補導されたときがあったじゃん」

「ああ、あったわね」ばあちゃんは笑顔でうなずいた。

「あの日の夜に、ダイニングで聞いたんだ。ばあちゃんが就寝した後だった」

「じゃあ、そのときに私はたまたま、トイレに行こうとして、ドアの外からやり取りを聞いていたってことにすればいいわね」

まあ、確かにそういうことなら、話のつじつまを合わせることはできる。ドアの外に立っていれば、漏れてきた会話の内容は、だいたい判るはずだ。

「父ちゃん、リストラの対象になって、八月末で会社を辞めるようにって言われてるんだ」

「あら」ばあちゃんの反応は、ちょっと意外そうだった。「そうだったの」

「知り合いとかに連絡取って、再就職先を探そうとしてるんだけど、上手くいってないみたいで。退職金は多めに出るらしいけど、このまま仕事が見つからないでいたら、収入がなくなるから、みんな不安になってるんだ」

「リストラっていうのは、会社をクビになるってことなのね」

「クビ、というか、辞めてくれと言われて、それに従わなかったら、会社内でいろいろといじめられるみたい。具体的なことは俺もよくは知らないんだけど」

ばあちゃんは片手に提げていたポリ袋を反対の手に持ち替えて、ふーっと大きく息を吐いた。体内の毒物を吐き出すかのような、力の入った吐き方だった。

「光一さん、ありがとうね」ばあちゃんは笑顔で小さくうなずいた。「このことは、私が勝手に盗み聞きをして知ってたってことにするから」

「うん」

「仕事がなくなるというのは大変なことだけど、ちょっと、ほっとしたわ」

「へ？」

「私、要次郎さんがガンか何か、深刻な病気にかかっちゃってて、余命いくばくもないんじゃないかって、勝手に思い込んでたのよ。だから要次郎さんは朝ご飯のときなどに、無理して明るく振る舞ってるんじゃないかって。奈津美さんに聞けなかったのも、そのせいだったの」

「あー、そうだったの」

隠していたせいで、ばあちゃんはしなくてもいい心配をしていたのか。

「それに較べたら、まだましよね。要は新しい仕事が見つかればいいわけね」

「まあ、そうなんだけど……最近はほら、大学卒業したての若い人でも、なかなか就職先が見つからなかったりする時代だから」

「確かにそうだけど、何とかなるんじゃないかしらね」

ばあちゃんは笑ってうなずき、背を向けて先に歩き始めた。

何とかなるって……そういうのは、本人じゃないから言えることでさ。


翌日の午後、光一は、ばあちゃんに同行して、園部さん宅を訪ねるために外出した。以前、園部さん宅を訪ねたときに聞いておけばよかったのだが、電話番号が判らないままだったので、今回もアポなしだった。ばあちゃんは、料理などは丁寧にやるのだが、人とのつき合いについてはどうも大ざっぱなところがあるようだ。

というか、ばあちゃん自身が携帯を持っていないこと、家の電話を使うことを遠慮していることが関係しているのだろうけれど。

この日もカンカン照りで、青空には入道雲が競い合うようにして立ち上っていた。二人で乗り込んだバスは空いており、乗降口付近の座席に、前後に座ることができた。ばあちゃんのひざの上には、青緑色の風呂敷包み。昨日獲れたスジエビの塩ゆでと、ショウガの漬け物を詰めた密閉容器が二段重ねにして入っている。

信号待ちになったときに、座席に強い陽射しが入ってきたので、後ろの席にいた光一が手を伸ばして、ばあちゃんの右側にあるブラインドを下ろすと、「ありがとうね。光一さんは本当に親切で気がつく人ね」と大きな声で言われ、後ろの座席にいた若い女性が噴き出したのが判った。

「ばあちゃん、何で内緒にしとくの、園部さんのこと」

光一が尋ねると、前に座っているばあちゃんは、横顔を向けた。

「園部さんの返事を聞いてからでないと、ぬか喜びに終わるかもしれないでしょ。それに、最初から園部さんに頼んでみるって話したら、要次郎さん、そんなことしないでくれって言いそうでしょ」

「そうかなあ」

「要次郎さんは、そういうところがあるのよ。頑固とか、意固地とか、そういうんじゃないのよ。要次郎さんにとって園部さんは、子供の頃に家庭教師代わりになってくれた先生みたいな存在だったし、園部さんは家が貧しかったけど真面目に努力して、大きな会社の役員になった人でしょ。要次郎さんは多分、そういう園部さんのことを尊敬してて、見習いたいと思ってるのよね。だから、ちょっと困ったからといって園部さんを頼るようなことはしちゃ駄目だ、園部さんが同じ立場だったら自力で何とかするはずだって、そんなふうに考えてしまうのよ」

「ふーん」

言われてみれば、そうかもしれないという気がしてきた。父ちゃんは頑固者という感じではないけれど、やせ我慢をするようなところは確かにある。リストラされることになって、かえって家の中では明るく振る舞っているのも、もとからの性格なのだろう。

電車に乗り換えて、再びバスに乗って、園部さん宅に到着。ところが、誰もいないようで、インターホンを何度鳴らしても、応答はなかった。

あーあ。やっぱり前もって連絡しとかないと。光一は、額に浮かんできた汗をハンカチで拭い、「ばあちゃん、留守だね。どうする?」と聞いた。

じゃあ、今日のところは帰るしかないわね、光一さん、ごめんなさいね。そういう返事を待っていたが、ばあちゃんは全然別の言葉を口にした。

「留守だったら、会社にいるんでしょうね。お盆といっても、会社全部がお休みじゃないんでしょ」

「それは、そうかもしれないけど……」

うへえ。また移動するのかよ。

バス停に戻って路線図を見ると、ケヤキ製菓前というバス停が見つかった。このバス停からそのまま行けるようだ。待ち時間も十分ほど。ばあちゃんはやっぱり〔持ってる〕人らしい。教え子とのつながりの深さが、こういうところで体現されるのだろうか。

ケヤキ製菓本社は、本社ビルと本社工場が同じ敷地内にあるため、高いコンクリート塀が延々と続く要塞みたいだった。

正門ゲートを通ると、すぐに守衛所らしきところがあり、ガードマンから「こんにちは」と声をかけられ、氏名と訪問先の部課、相手名を記帳するよう言われた。使用したのはボールペンだったが、ばあちゃんが記入した、バランスのいい文字を見て、ガードマンが、おっ、という顔になった。そして、続いて記入した光一の文字を見て、少し複雑な表情に変わった。

訪問先として、園部監査役と記入したため、ガードマンは「あちらの本社ビル一階にある受付で再度、園部監査役への面会だということをお伝えください」と、右手の先にある、横に広い病院のような建物を指さした。

本社ビルの受付では、化粧がちょっと濃いめの女性二人から「園部との面会について、アポイントメントはお取りになってますでしょうか」と聞かれた。ばあちゃんが「ええと、アポ……」とつっかえたので、光一が「いいえ」と頭を振った。

「園部のご親族の方でしょうか」

「いいえ」

「申し訳ありませんが、ご親族でない方で、アポイントメントをお取りになってない場合、お取り次ぎは致しかねますが」と、女性の一人が言葉は丁寧だが、にこりともせずに言った。そんなラフな身なりでケヤキ製菓の監査役にアポなしで会おうなんて、どういうつもりなのよ、あんたたちは、という感じだった。

「お忙しいから、会えないということかしらね」とばあちゃんがにこにこしたまま尋ねると、受付女性は「ええ……」とあいまいにうなずいた。

「真崎ひかりが来てると、園部さんにお伝えいただけませんか」と光一が言った。「園部さんの古くからの知り合いなんです」

受付女性は顔を見合わせてから少し間ができ、言葉のやり取りなしに、あいまいにうなずき合って、一人が電話機に手を伸ばした。一応、内線電話で確認はしようか、ということになったらしい。

女性は「マザキヒカリ様という方が園部監査役への面会を希望なさってるのですが……いいえ、古いお知り合いだとおっしゃってます」と伝えた後、受話器を耳に当てたまま、しばらく無言だった。秘書か何かが確認しているのだろうか。

一分以上経ってから、受付女性は「はい。ではここでお待ちいただきます」と答えて受話器を戻し、「マザキ様、あちらでしばらくお待ちいただけますか」と、壁際の観葉植物横にあるソファを示した。

おお、何か、会えそうな雰囲気。

ばあちゃんと並んで座って待つこと約五分、開いたエレベーターから飛び出して来たスーツ姿の園部さんが、ばあちゃんを認めて「先生っ」と笑顔になって駆け寄って来た。

「先生、どうされたんですか、こんな暑いときに、わざわざおいでになるなんて」

「ごめんなさいね。電話番号をまた聞くのを忘れてたものだから。お宅を訪ねたんだけどお留守だったから、お邪魔だとは思いながらも、寄ってみたのよ」

「あー、すみません、私の方こそ、名刺ぐらいお渡ししておくべきでした」園部さんは恐縮した様子で頭を下げてから受付の方を向いて「君たち、このお方に失礼はなかっただろうね」と叱責するように言った。受付女性は二人揃って強張った表情になって席を立ったが、ばあちゃんは「いえいえ、とても親切にしていただきましたよ、ね」と光一に同意を求め、光一も作り笑顔でうなずいた。

「ならいいんですが……で、どうなさったんですか、今日は」

「お仕事中でしょ、話はまたあらためてということでいいから、これだけ渡して帰ろうと思って」

ばあちゃんが風呂敷包みを差し出す。受け取ってそれをひざの上で解《ほど》いた園部さんは、

「おお、小エビをボイルしたやつと、ショウガの漬け物じゃないですか。うわあ、うれしいなあ」と破顔した。

「荷物になっちゃって、ごめんなさいね。園部さんは確か、イワシのぬかみそ炊きの他に、これもお気に入りだったと思って」

「あー、今夜は楽しみだなあ。ショウガも、先生が漬けたやつはほんと、絶品ですからねえ。じゃ、先生、私の部屋へどうぞ。エレベーターで参りましょう」

「あら、お仕事中なんでしょ」

「平気、平気。今は閑職で、急用なんてありませんから。ささ、どうぞ」

園部さんは、ばあちゃんしか眼中にないようだったが、光一ももちろん一緒にエレベーターに乗った。

監査役室は、秘書室を通った奥にあった。秘書室にいる社員たちからうやうやしく礼をされて通ることになり、何だか居心地が悪い。ジャージではなくて、チノパンにポロシャツ姿だったことはせめてもの救いだが、作務衣に草履のばあちゃんは、社員たちにはどう映っているのかが少々心配だった。

監査役室は、一人で使うにはもったいない広さがあり、黒いソファも高級そうだった。広い窓からの眺めも、遠くに連なる山々や入道雲がよく見えて、ちょっとしたパノラマだった。

ソファに座らせてもらい、女性社員が紅茶を運んで来た。ばあちゃんが「ありがとうございます。お忙しいのにごめんなさいね」と礼を言ったので、女性社員は戸惑い顔で「あ、いいえ」と答えていた。向かいに座った園部さんはその女性社員に「君、これを冷蔵庫に入れといてくれ」と密閉容器を渡した。風呂敷はたたんで、「真崎先生、ありがとうございます」と、両手でうやうやしく返す。

「あ、それと先生。三日前にハガキをいただきました。その日の夜にさっそく、会社の後輩を連れて行かせていただきましたよ、［おぐら］に。落ち着いた感じのいい店ですね。先生のイワシのぬかみそ炊き、久しぶりに堪能致しました。あの店がある限り、いつでも先生の手料理を楽しめるわけですね。いやあ、すばらしくありがたいことです。連れて行った後輩も、家では子供の好みに合わせて洋食や中華ばかりだったとかで、先生の料理に大喜びして、これからは一人でも行くって言ってました。私も、時間を見つけて知り合いを連れてちょくちょく通わせていただきます」

「それはありがたいことだけど、奥様の手料理をないがしろにはしないでね」とばあちゃんはやんわり釘を刺した。

「いやいや、うちのは、私がいない方が、自分の口に合うものが作れて喜んでるぐらいですから。あっはっは」

園部さんは、何口か紅茶をすすってから、「で、先生。私なんかがお力になれることがあるのでしょうか」と、ティーカップを戻した。

「ええ、実は要次郎さんがリストラっていうの？　会社を辞めてくれと言われてるの。それで、新しい仕事を探してるんだけど、どうも見つからないままみたいで。あの人、私にはそういうこと何も話してくれないんだけど、光一さんが教えてくれてね」

ばあちゃんに振られて、光一は「ええ、まあ」とうなずいた。実際には、ばあちゃんに〔落とされた〕だけなのだが。

園部さんの表情から笑みが消えた。光一の方を向いて「要次郎さんは確か、上峰電工でしたよね」と聞くので、光一は「はい」とうなずいた。

「不祥事があったとか、そういう事情じゃないんですよね」

「ええ。会社自体が経営危機みたいな状態で、社員の何割かをリストラすることになったそうなんです」

「それで、園部さんに口を利いてもらって、どこか関連会社などで働かせていただくことはできないかと思って」とばあちゃんが後を引き取った。「いい年した息子のことで、老いた母ちゃんがでしゃばるのは格好悪いことだけど、これはあの人だけの問題じゃなくて、家族みんなに降りかかることだから、何もしないではいられなくてね。余計なお節介なのは重々承知してるし、園部さんに迷惑をかけるのは心苦しいんだけど、話だけでも聞いてもらえないかと思って」

「いえいえ、迷惑だなんて、とんでもない」園部さんは両手をひざに置いて、ばあちゃんの方に向き直った。「先生、恩返しのチャンスをくださって、こちらこそありがとうございます。つきましては、もう少し詳しく事情をお聞きしたいのですが」

おおっ、何だか、急転直下で問題が解決しそうな雰囲気になってきてるぞ。まじかー。

光一は、ほっぺたをつねりたい気分で、紅茶を口に運んだ。

十六

翌日の昼食は、そうめんと小エビの素揚げ、切り干し大根とフキの葉柄の煮つけだった。ばあちゃんだけは、冷たいものは食べない主義なので、丼鉢のにゅうめんである。

食事中、母ちゃんの携帯が鳴ったので、光一はもしや父ちゃんから再就職が決まったという報告ではと思って箸を持つ手を止めたが、画面を見た母ちゃんが「お義母さん。江口さんから、明日持って来てもらう魚の種類と分量の連絡が入りました。マイワシ一箱と小アジ一箱、あとアサリが安かったので一箱いかがですかって」と言い、ばあちゃんは「はい、じゃあ、それでお願いね」とうなずいた。光一は小さく溜息をついた。

園部さんが父ちゃんの再就職のために一肌脱いでくれることになったことは、今のところ光一とばあちゃんしか知らない。園部さんが、「さっそく動いてみますが、ちょっと思うところがあるので、要次郎さん本人には、このことは内緒にしておいていただけませんか」と言ったからだ。理由はよく判らなかったが、頼みの綱である園部さんの提案を拒否できるわけがないし、父ちゃんに内緒にしておくのなら、母ちゃんや光来にもまだ何も教えないでおいた方がいいだろうということになったのだった。

ばあちゃんと一瞬目が合い、笑ってうなずかれた。そんなにそわそわしちゃ駄目よ、と諭すような感じだった。

その直後、母ちゃんの携帯が再び鳴った。今度は違う着信音。電話らしい。

「はい」と出た母ちゃんは「あら、お父さん」と言った後、戸惑いと驚愕が入り交じった顔に変化した。光来が「どうしたの?」と聞いたが、母ちゃんは、父ちゃんの言葉を聞き漏らすまいとして、光来に対して片手で制する仕草をした。

「本当に、会社に残れることになったのね。えっ? うそっ……何で?……うん、うん、えっ、園部さん? 園部さんって、ケヤキ製菓の? うん、うん」

一方のばあちゃんは、光来から「お父さんのリストラ、取り消されたってこと?」と聞かれて「何だかそうみたいね、よく判らないけれど」と、にこにこ顔でうなずいていた。

「判った、みんなに伝える」と母ちゃんが続ける。「今夜は早く帰って来るの? えっ？　ああ、園部さんと一杯やってから。そう。じゃあ、こっちはこっちで、お寿司とか取ってもいい？……はい。できるだけ早くね」

母ちゃんはそう言ってから「あ、おめでと」と言いかけたが、既に電話が切られた後のようだった。

光来が再び「ねえ、お父さんのリストラ、なくなったの？　まじで？」と聞いた。リキの面倒をみるようになってから光来は、家の中でよくしゃべるようになった。

母ちゃんが、もったいつけるように、みんなを見回した。

「それどころか、部長代理に昇格だって」

「まじ？　何で？」

「詳しいことは帰ってから話すってお父さん言ってるんだけど、園部さんとちょっと飲んでから帰るからって」

「誰、園部さんて」

ばあちゃんが「要次郎さんが子供のときに、私がやってた書道教室に来てた人だと思うわよ。ケヤキ製菓で働いてる人」と説明した。

「その人と、お父さんのリストラがなくなったことと、何か関係あるの？」

「園部さんが午前中に会社に来たんだって」と母ちゃんが後を引き取った。「ケヤキ製菓の本社ビルや本社工場での照明や空調のメンテナンスを上峰電工さんに今後頼めないかと思うのだがどうかという話をした上で、実は資材管理課長の真崎さんとは昔からの知り合いで、特に真崎課長のお母様には、かつて大変世話になった、そのご縁もあるので、監査役という立場ながらケヤキ製菓を代表して自分がこうして出向いた、みたいな説明をしたらしいのよ」

光一は「それで」と、つい合いの手を入れた。てっきり、父ちゃんの再就職が何とかなりそうだという展開を予想していたので、訳が判らない。

「上峰電工の社長さん、かなりあわてたみたいよ。お父さんはリストラ対象になっていて、今月末で辞めてもらうことになってたから。それで、園部さんと社長さんとの間でどういうやり取りがあったのか判らないけれど、園部さんが帰った後で、お父さんが社長室に呼ばれて、リストラの撤回と、部長代理への昇進を打診されたんだって。そのときには人事部長と、お父さんの上司に当たる資材部長もいて、社長を含めて三人が揃って、申し訳なかったと言って頭を下げたって。お父さんは訳が判らずに、いったいどういうことですかって聞いてみたら、ケヤキ製菓からメンテナンス依頼の話が舞い込んだことや、それが真崎課長のコネによるものだという説明を受けて、ケヤキ製菓から受注できたらうちとしては大変助かる、このたびの仕打ちはどうか水に流して会社に残ってくれ、そんなふうに頼まれたらしいのよ。昇進のおまけがついたのは、お父さんの機嫌を取ろうってことみたいね」

光来が呟き込んでから「まじ？」と聞いた。「園部さんて、偉い人なの？」

「監査役。会社の帳簿とかをチェックする立場の人」と光一は説明してから、母ちゃんの方を向いた。「ケヤキ製菓みたいな大きな会社の方から、上峰電工に取り引きを打診するって、あんまりないことなんじゃない？」

「そりゃそうでしょ。常識的に考えたら、上峰電工の方が何度も足を運んで頭を下げても、ちょっとやそっとでは相手にしてもらえないっていう力関係なんじゃないの」

「園部さんは、父ちゃんがリストラされそうだった事情とか、知らないんでしょ」

「だと思うわよ」

「じゃあ園部さん、ばあちゃんにいろいろと恩義があるそうだから、その息子である父ちゃんのためにと思って上峰電工に取り引きを打診したんじゃないかな。そしたら何と、父ちゃんはリストラされてもうすぐ辞めることになってるって知らされて、あんなに真面目で実直な人をリストラとは信じられない、そういうことならこのたびの話はなかったことにさせてもらいますって言い放って席を立とうとする。すると上峰電工の社長はあわてて引き止め、真崎さんのリストラは撤回しますので何とぞって感じで、足にすがりつくようにして頼んだ、と。で、あっという間にリストラどころか、功労者として昇進が決まったわけだ」

「あんた、想像力たくまし過ぎるわよ。その場にいたわけじゃないのに、勝手なこと言わないの」

母ちゃんはそう言ってたしなめたが、顔は緩みまくっている。

「でも、人事部長や資材部長も一緒になって、すまなかったって、父ちゃんに頭を下げたんでしょ。俺が言ったことに近い出来事があったはずだよ」

光一はそう言ってから、ちらっとばあちゃんを見た。ばあちゃんは、いつものにこにこ顔で黙って相づちを打っているだけだったが、本当のことは言わないでね、という合図を送ってきたようでもあった。

「ね、何か取ろうよ」光来が言った。「お寿司がいいな。あと、お菓子とかジュースとか買っとくの。だって、うちにとって今日は、お父さんの大逆転記念日だよ、絶対に」

「そうねえ。こういうときこそ、奮発すべきかもね。でもお義母さんは生ものを召し上がらないから、お寿司じゃなくて、何か他のものを考えないとね」

光来が「えーっ」と口を尖らせたのとほとんど同時に、ばあちゃんが「私に遠慮しなくてもいいのよ。お寿司屋さんだったら、茶碗蒸しもあるかしらね」と言った。

「ええ、大丈夫だと思いますけど」

「おばあちゃん、茶碗蒸しが好きだったの?」と光来が聞いた。

「ええ、実はね」ばあちゃんは笑顔でうなずく。「こういうときだから、一ついただいちゃおうかしら」

「ばあちゃん、茶碗蒸しには鶏肉、入ってるんじゃないの」

「光一さん、私だって少しぐらい、肉類を口にすることはあるのよ。魚介類が好きだから普段はあまり食べてないってだけで」

「あら、そうだったんですか」と母親。「私てっきり、仏教の宗派の関係などで、肉類を口にされないのだと思ってました」

「あらあら、そんなふうに思わせちゃってたのね、ごめんなさい。私たちが子供の頃って、今ほどには肉を食べなかったし、うちは特にそうだったから、そういう口になっちゃっただけなのよ。でも、お正月なんかに母が作ってくれた茶碗蒸し、美味しくてね。今でも、おめでたいことがあると、何となく、いただきたくなっちゃうのよ。条件反射っていうのかしらね、そういうのって」

「茶碗蒸しだったらいつでも、うちでもお作りになってくださいよ」と母親が言った。

「蒸し鍋も蒸し茶碗もありますから」

するとと光来が「おばあちゃんに作れ、じゃなくてさ、お母さんが作ってあげるって言うとこでしょ、そこは」と口をはさんだ。母親が「私が作ったって、ひいおばあちゃんの茶碗蒸しにかなうわけないでしょ」と返し、光来は「確かに」と苦笑した。

「私にとって茶碗蒸しは、おめでたいときにいただくものだから、たまにでいいのよ」

ばあちゃんがそう言うと、みんな何となく、そうかー、という感じでうなずいた。

光一は、少女時代のばあちゃんが、茶碗蒸しのふたを開けるところを想像してみた。古い日本家屋の部屋で、柱時計がかちかち鳴っていて、ノイズ混じりのラジオ番組をやっている。ちゃぶ台を家族が囲み、少女は「いただきます」と手を合わせ、熱いのを我慢して茶碗蒸しのふたを外す。湯気が顔にかかり、出汁や卵、ミツバの香りが鼻腔をくすぐる。少女は、満面に笑みを浮かべ、匙ですくって口に運ぶ。お父さんから「ひかりは旨そうに食べるなあ」と言われ、ささやかな笑いが起きる。少女時代のばあちゃんの顔はよく判らないけれど、今と同じで、周りの人たちをほっとさせる笑顔だったことは間違いない。

あー、何か、食べたくなってきた、茶碗蒸し。

夕方にもう一度、父ちゃんから母ちゃんに連絡が入り、父ちゃんの昇進が間違いないことの他、ケヤキ製菓からの受注を見込んで他の社員に対するリストラ計画もいったん撤回されることになったと教えられた。父ちゃんは園部さんと「おぐら」で飲むことになったから、夕食の準備はしなくていい、とのことだった。

父ちゃんが今どんな表情をしているのか、見られるものなら見たい。

夕方に立禅をした後、光一はばあちゃんと一緒に散歩に出た。人通りが少ない場所を選んで光一が前を歩くばあちゃんに「園部さん、さすがばあちゃんの教え子だけあるね」と言うと、ばあちゃんはちらと笑顔で振り向いて「私の教え子とか、そういうことじゃなくて、あの人はそういう人なのよ」と答えた。

それだけのやり取りで光一には充分に判った。ばあちゃんから、父ちゃんの再就職の世話を頼まれた園部さんは、こう考えたのだ。自分が再就職先を世話してあげることはたやすい。それで済むのなら、喜んでやってあげたい。しかしそれでは、要次郎さんは感謝してくれるかもしれないが、心に負担をかけてしまう。大きな借りを作ってしまったというだけでなく、自分の問題なのに他人があっさり解決してしまったということが、後で要次郎さんに重くのしかかるのではないか。プライドが傷つくのではないか。だからこそ、こういう演出をしたのだ。真崎要次郎は、自身の人脈によって上峰電工を救い、リストラの危機も乗り越えた、という演出を。

それは、園部さんが子供の頃に、ばあちゃんから何度もやってもらって覚えた、優しいうそでもあった。

この日、ばあちゃんは野草も小エビも採らず、森林公園内の遊歩道を中心に、黙々と歩いた。後ろ姿を見ていると、ばあちゃんは木々や草や、道やすれ違う見知らぬ人や、沈んでゆく太陽や空や雲など、さまざまなものに心の中でお礼を言っているように思えた。

ばあちゃんが就寝した後、光一たちは、光来が買って来た菓子をつまみながら、何年ぶりだろうかというほどに久しぶりに三人で花札をしながら、父ちゃんの帰りを待っていた。ちなみに光来が買って来た菓子は、ケヤキ製菓のものが中心だった。

光一は、母ちゃんの許しを得て、缶入り発泡酒をちびちび飲んでいた。光一の方から飲みたいと言ったわけではなくて、母ちゃんが気を利かせて買って来たものだった。この日はリキの夕食も、いつもよりも上等のレトルトパック入りドッグフードとなった。

午後十時過ぎに、玄関ドアが開く気配がした。母ちゃんが「あ、帰って来た」と、手に持っていた花札を場に投げ捨てるようにして、部屋から出て行った。光来が「あんなに浮き浮きしてるお母さん、久しぶりだよ」と小声で言った。

父ちゃんは顔を赤くしながら、どこか上気した表情で「ただいまー」と入って来て、ソファにゆっくりと腰を下ろしてから言った。

「もう聞いてると思うが、おばあちゃんの教え子の園部さんて人のお陰で、失業を免れることができたよ」

母ちゃんが「それどころか昇進するのよ」と拍手してから、父ちゃんの隣に座った。まさか、父ちゃんのほっぺにチューとかしないだろうなと不安になったが、幸いそれはなかった。

光一は、どういう言葉を口にすれば、父ちゃんをねぎらうことができるのか、よく判らなくて、できるだけの笑顔を作ってうなずいた。光来も同じ心情だったのか、余計なことは言わなかった。

「園部さんがこのタイミングで上峰電工に取り引き話を持って来たのは、たまたまだったの？」

母ちゃんが尋ねると、父ちゃんはうなずいた。

「ケヤキ製菓は今までずっと、ポイント電機という会社に電気関係のメンテナンスを任せてたんだ。創業者同士が友人だったという事情もあるんだけど、ケヤキ製菓は製法などについて企業秘密にしてる工場ラインがいくつもあって、よその会社を入れたがらないそうでね。そのせいで、うちの営業の人間が何度出向いても、門前払いだったんだけど……最近になってそのポイント電機が数年前から水増し請求を続けてたことが発覚して、ケヤキ製菓は、切ることを決めたばかりだったそうなんだ」

「創業者同士が友達で、長いつき合いだったのに、水増し請求をしてたなんて、ひどいわね」と母ちゃんが言った。

「ポイント電機の方は、既に創業者一族が株式を手放していて、昔のような関係ではなくなってたそうだよ。だからこそ、切ることにもためらいはないんだろうけどね」

「そこで、上峰電工に頼もうってことになったの」と光来が聞いた。

「いや、そこはやはり、園部さんがいろいろと動いてくれた結果なんだと思う。他にもライバルはいるから。園部さんははっきり言わなかったけど、役員の中に園部さんの弟分みたいな人がいて、その人に働きかけてくれたんじゃないかな」

光来が「へえ、かっこいいー」と顔をほころばせた。

ポイント電機のことが本当だとしたら、園部さんはそれを実に上手く利用して、ばあちゃんからの頼みごとに、期待以上の形で応えたことになる。

母ちゃんが「お父さん、まだ飲む？　発泡酒ならあるけど」と尋ね、父ちゃんは「じゃあ、もらおうかな。明日は休むことにしたから」と応じた。

母ちゃんは冷蔵庫から取って来た発泡酒を父ちゃんに渡して、再び隣に座った。

「でも園部さん、律儀な方よね。お義母さんから昔いろいろと世話を焼いてもらったことを忘れないでいて、こういう形で恩返しをしようなんて」

「うん」父ちゃんは一口飲んでからうなずいた。「園部さんから言われたよ。要次郎さん、水臭いじゃないか。困ったことがあったら、相談してくれればいいのにって。こっちはもう、恐縮して、すみませんと言うしかなくてね。その後は、昔話に花が咲いたっていうか、懐かしいことをいろいろと思い出しながら、旨い酒を飲ませてもらったよ」

よほど楽しかったのか、父ちゃんはうれしそうに天井を見上げて溜息をついた。

「園部さんのお陰っていうか」と光来が言った。「もちろんそれもあるけど、たどっていけば、おばあちゃんのお陰だよね」

反論の余地がない意見だったので、みんな黙って、小さくうなずき合った。

光来が風呂に入って二階に上がり、それから母ちゃんが風呂に入った。結果、光一はダイニングで父ちゃんと二人で、ケヤキ製菓のエスニック風ポテトスティックをつまみに、しばらく飲む形になった。二人で飲むのは初めてのことだ。

「光一は以前、おばあちゃんが園部さんに会いに行ったときに、ついて行ったんだってな」

「うん。ばあちゃんが引っ越して来て、三日目ぐらいだったかな。同じ日に、空手の白壁さんのところにも行った」

「園部さんに会ったのは、そのときだけ?」

「うん」

少し返事をするのが早かったかな、と一瞬焦った。

「ちょっと聞くけど」父ちゃんはそう言うと、風呂場の方と、階段がある方を窺うようにしてから「おばあちゃんは、俺がリストラされそうなことは知らなかったよな」と、声を低くした。

「と思うけど」

「だからもちろん、園部さんも知らない」

「そりゃそうでしょ。そもそも、ばあちゃんが園部さんを訪ねたのは、父ちゃんがリストラされそうだって俺が聞かされたときよりも前なんだから。あのとき、ばあちゃんに久しぶりに会って園部さん、普通に喜んでただけだから。イワシのぬかみそ炊きとおにぎりが旨かったなあって、半分催促するみたいなことは言ってたけど」

「そうか、うん……」父ちゃんは発泡酒を飲み干して、小さくげっぷをしてから、「でも、おばあちゃんはやっぱり、気づいてたんだろ」と言った。

「何が」

「あの人は鈍感な人じゃない。それどころか、ほとんどの人たちが見過ごすようなことにも、抜け目なく気づくことができる人だ。なのに俺に何も聞いてこなかった。かえって不自然だよ。そうだろ」

無言で見つめられた。本当のことを教えてくれ、という目だった。

「父ちゃんの顔色が悪いとか、妙に明るく振る舞おうとしてることには、確かに気づいてたよ、ばあちゃんは」と光一は答えた。「でも、勘違いでよかったって」

父ちゃんの頭の周りに、はてなマークがいくつも浮かんだようで、戸惑い顔になった。

「それは、どういう意味だ?」

「今日の夕方、一緒に散歩してるときに、ばあちゃんが言ったんだ。要次郎さんは、ガンなどが進行していて余命があまりないんじゃないか、そのことを隠そうとして、ああいう態度を取ってるんじゃないかとばかり思ってたって。そのせいで、聞くに聞けず、どうすればいいのか勝手におろおろしてたって。だから、そういうんじゃなかったから、ほっとしたって」

父ちゃんは、ぽかんとした表情になった後、ふう、と溜息をついた。

「……それで、俺の態度がおかしいと気づいても、何も言わないでいたのか。俺はてっきり、リストラのことも見透かして、裏で園部さんに何か頼んだりしたんじゃないかと思ったりしたんだが」

「ばあちゃんも、そこまで千里眼じゃないでしょ」

互いに顔を見合った。父ちゃんの顔をまじまじと見るなんて、何年ぶりのことか。昔はもっと張りがあったほおが削られて、目尻にしわがいくつもあった。

「そりゃ、あれだな……あははは」父ちゃんは飲み干した発泡酒の缶をへこませる音をさせながら笑い出した。「心配かけちゃったな、おばあちゃんに。いい年して、親に心配かけて、申し訳ないことをしたよ」

「今度、温泉にでも連れて行ってあげたら?」

「ああ、そうだな、うん……やっぱり実の子ってこともあって、こんなおっさんになっても、誰よりも一番気がかりなんだろうな。しかし、俺の余命がもう短いかもしれないってか。参ったなあ」

父ちゃんはそう言ってから、また、ぐふふと笑い出した。いろんな感情が混じり合ってそうなっちゃったらしく、父ちゃんはその後も、指で目を拭いながら、声に出したり、噛み殺すようにしたりしながら、断続的に笑い続けた。

ばあちゃん、優しいうそ、使わせてもらいました。

十七

八月下旬のその日は、朝からセミがうるさく鳴いて残暑の厳しさを予感させたが、午後になると入道雲が上空を覆い、それが灰色に変化してゆき、雷を伴う大雨を降らせたため、湿度はともかく、気温は少し下がった。

そのとき光一は、二階の部屋にこもって参考書や問題集を広げていた。最近になってようやく、集中して勉強できるようになった。

途中、トイレに行ったついでにコーヒーでも淹れようとダイニングを覗いてみると、ばあちゃんと母ちゃんと光来の三人が、キッチンとダイニングに分かれて、イワシの内臓を取り出したり水道水で洗ったりといった作業を分担していた。

光一が「手伝ってんのか」と光来に聞くと、「バイト」との返答。「いくらもらえるんだ」とさらに聞いたが、「いいじゃん、別に」とかわされた。

そのとき、玄関チャイムが鳴り、母ちゃんが「光一、ちょっと出て。私は手が離せないから」と言われたので、何だよと軽く舌打ちしつつ玄関に向かった。ドアを開けると、そこに立っていたのは、ダークグレーのサマースーツを着て、髪をきれいに七三に分けた、愛想がよさそうなやせ形の中年男性だった。雨が降っているせいで、肩に少し、雨粒の染みができていた。片手に提げている高級そうなブリーフケースにも少し水滴がついている。その男性の肩越しに目をやると、敷地の外に白い乗用車が停まっていた。

「恐れ入ります」と中年男性は頭を下げてから、名刺入れから一枚を抜いて差し出した。

「私、百貨店の三根屋《みねや》で地下食品売り場を担当しております、坂口《さかぐち》と申します」

受け取った名刺には、三根屋食品部統括次長、という肩書きがついていた。

三根屋といえば、県内最大にして唯一の百貨店である。以前は他にも二店、大手百貨店が県内にあったが、大型スーパーやアウトレットモールなどの出店によって淘汰され、今では百貨店を名乗っているのは三根屋だけになっている。

「あの」と中年男性は続けた。「真崎ひかり様と真崎奈津美様はご在宅でしょうか」

光一は「あ、ちょっとお待ちください」と坂口氏に一応ドアの内側に入ってもらってから、ダイニングキッチンに戻った。

来客を告げると、母ちゃんは「三根屋？　何で」と言った。

「そんなこと、俺に聞かれても知らねえって」

「中に入れたの?」

「玄関の中にはね」

「うちみたいな貧乏家庭に何か売りつけようとしたって時間の無駄だってのよ、まったく」

母ちゃんがキッチンで手を洗い、玄関に向かったので、光一も少し興味を覚えてついて行った。ただし、坂口氏からは見えないよう、廊下の途中で立ち止まって、聞き耳を立てることにした。

母ちゃんが「はい」と玄関マットの手前に立って応対すると、坂口氏が「急に参りまして申し訳ございません。私、百貨店三根屋で地下食品売り場を担当しております坂口と申します」と言った。多分、うやうやしく頭を下げたのだろう。

「それは息子から伺ったところですが、いったいどういう……」

「真崎商店代表の真崎奈津美様でしょうか」

「ええ、まあ……」

「小料理屋〔おぐら〕に惣菜を納めておられる」

「そうですけど」

「私、知人に誘われてその〔おぐら〕に先日参りまして、イワシのぬかみそ炊き、フキの佃煮、ショウガの漬け物などをいただきました。いやあ、久しぶりに美味しくてほっとする味に出会えて、感激致しました」

「あ、それはどうも」

母ちゃんの姿は、壁の角から尻や背中だけが見えていた。その尻が突き出されたことで、母ちゃんがおじぎをしたことが判った。声も急に弾んだ感じになっている。

「それで、急にアポイントも取らずに参りまして大変恐縮でございますが」

「あの」と母ちゃんがそれを遮った。「真崎商店のことや、この家がここにあることは、どうやってお知りになったんでしょうか」

「あ、申し訳ございません。私、白壁流空手の白壁館長さんから誘われて〔おぐら〕に行ったんです。白壁さんのことは……」

「ええ、白壁さんは、母、真崎ひかりの知り合いです」

「それで、白壁さんから、真崎商店さんのことや、ご自宅の場所を教えていただいた次第でして。白壁さんからは、おおよその場所だけ聞かされただけでしたので、あとは住宅地図を見て参りました。勝手なことを致しまして、申し訳ありません」

「あ、いえいえ。母の知り合いのご紹介ということなら、いいんです。いきなり三根屋の方がいらして、ちょっとびっくりしたものですから」

「あー、それはどうも。大変失礼致しました」坂口さんがまた頭を下げたらしい間ができた。「今、少しお時間をいただいてもよろしいでしょうか」

「はあ。でも、家の中はちょっとむさくるしいというか、散らかっておりまして」

「いえいえ、ここで結構です。少しお話を聞いていただければありがたいのですが」

「はあ、何でしょうか」

「単刀直入に申しますと、三根屋の地下一階にある食品街に、真崎商店様の総菜店を出していただけないか、というご提案でございます。急な話で戸惑われるかもしれませんが、前向きにご検討いただければありがたいのですが」

母ちゃんが「へっ」と声を裏返らせた。

「具体的なことは今後の話し合いで詰めてゆきたいと考えておりますが」と坂口氏が続けた。「イワシのぬかみそ炊きなどの惣菜をパック詰めにして販売するという形式でいかがかと。それと合わせまして、年末のお歳暮商戦なども視野に、真空パックでの通信販売なども、一緒に手がけていければ、と考えているところでございます」

「真空パックって……うちは家の小さなキッチンで惣菜を作ってるだけなので、そんな機材というか機械類は……」

「三根屋の地下二階に、機材のそろった調理場がございます。普通のパックやラッピングだけでなく、真空パックの設備も備えておりますので、充分に対応できるのではないかと考えております。従業員を増やすなど、お手数をかけることになるとは思いますが、是非ご検討いただけないでしょうか。あの味なら、一度口にされたお客様の多くがリピーターとなって、固定客、常連客になってくださるはずだと私どもは確信しております」

母ちゃんは軽いパニック状態に陥ったのか「あ、えー」と発してからようやく「あの、母をちょっと呼んで参ります」と答え、廊下の壁際にいた光一のことなど全く目に入っていないかのように、横を素通りしてダイニングに戻った。

母ちゃんはばあちゃんを伴って戻り、坂口氏は同じような説明を、ばあちゃんにもした。

「坂口さんは、白壁さんのところの空手のお弟子さんなんですか」とばあちゃんが尋ねると、坂口氏は「いえ、私ではなく、息子と娘がお世話になってるんです。練習の見学や試合のつき添いなどで白壁先生とは知遇を得まして、ときどき飲み会に誘っていただいたりしております」と答えた。

「そうですか。あの人は大勢の人たちとお酒を飲んで、わいわいやるのが昔から好きみたいですからねえ」

「そうですね。いつも楽しいお酒のお供をさせていただいてます」

「白壁さんのお知り合いのご提案ということであれば、奈津美さんと相談させていただきたいと思いますけど、すぐにご返事をしないといけないのかしら」

「実は、撤退した、と申しますか、テナント契約を更新しないことになった店が一軒ございまして、十一月いっぱいで空くことになっております。新たにテナントとして入ることを希望している業者さんが少なからずいるのですが、私は是非、真崎商店さんに、と考えております。とりわけイワシのぬかみそ炊きとショウガの漬け物は常に販売していただければありがたく存じます。ご検討いただく時間としましては、九月中旬までとさせていただければ、と存じますが」

「そうですか。わざわざお越しいただいて、ありがとうございます。では、検討させていただきますね。白壁さんによろしくお伝えください。私の方からもお礼を言っておきます」

「はい、こちらこそありがとうございます。私が〔おぐら〕で真崎商店さんの惣菜を口にしたことは、何らかのご縁と申しますか、運命のようなものだと勝手に思っております。何とぞ、よろしくお願い致します。あ、これはご参考までに」ブリーフケースから書類か何かを出しているらしき気配があった。「三根屋地下食品街や、地下二階の厨房、テナント料などについての資料でございます。よいご返事をいただけますよう、重ねてお願い申し上げます」

坂口氏が帰った後、母ちゃんが二歩ほど、よろけるようにして後退した。

ダイニングで、さっそく三根屋についての話になった。

「デパ地下って、すごくない?」と光来が言った。「人気がある店にだけ声がかかるんでしょ、そういうのって。真崎商店が一気にメジャーになるチャンスじゃん。やっぱり、おばあちゃんの料理は本物だったってことね」

「光来、手がお留守になってるわよ」

イワシの内臓を取り出しながら、母ちゃんが注意した。光来は、母ちゃんがザルに入れたイワシの内側を水道水で洗う担当のようだった。

光来は「はいはい」と、再び手を動かしながら、「絶対にやるべきだよ、それってチャンスじゃん」と続けた。

「そんなに簡単に決められる話じゃないの。デパ地下に店を出すとなると、テナント料も高いし、内装工事とか、まとまったおカネがかかるんだから。アルバイトを雇ったりもしなきゃいけなくなるし、朝から夜まで働かなきゃいけないのよ」

「でも、上手くいくって、絶対に」

「その前に、おカネがかかるって言ってんの。三根屋さんだって、別に出資してくれるわけじゃないのよ。テナントに入ってくれって言ってるだけなんだから。現に、赤字になってたたんじゃうお店があるから、空きが出てんのよ、ですよね、お義母さん」

最近の母ちゃんは、何ごとにつけ「ね、お義母さん」と、ばあちゃんに同意や賛同を求めるような言い回しが目立つようになった。

「そうね」ばあちゃんは、光来が洗ったイワシの水気を布巾で吸い取り、大鍋に並べ入れている。「私と奈津美さんのどちらかが体調を崩したら、たちまち回らなくなると思うから、百貨店にお店を出すというのは、ちょっと難しいような気がするわね。〔おぐら〕さんに納める仕事とは較べ物にならないぐらい、仕事の量が増えて大変だと思うから。坂口さんには、考えさせていただくと返答はしたけど、お断りした方がいいみたいね」

「あら」母ちゃんが作業の手を止めた。「断るんですか」

母ちゃんは、口では否定的なことを言いながら、実際には舞い込んできた儲け話にかなり乗り気でいたらしい。自分が娘に対してマイナス点を口にし、ばあちゃんにプラスの言葉を口にしてもらうつもりでいたところ、当てが外れて困惑している、という感じだった。

「アルバイトを雇えば何とかなるんじゃないの」と光来がさらに大きな声になった。「おばあちゃんの料理だって、ちゃんと手順を教えたら覚えるはずだし。お母さんだって、ちゃんとできてるし」

「何よ、その言い方」母ちゃんが口をはさんだ。「あんたと違って、曲がりなりにも長年主婦業もして、総菜店でも働いてきた下地があるのよ、こっちは」

「まあまあ、そう怒らないで。とにかくチャンスなんだから、やるべきだよ、ね」光来は、母ちゃんを無視する形で、ダイニングのテーブルでマグカップのコーヒーをすっていた光一の方を振り返った。「真空パックにする施設もあるんでしょ。通販が評判になったら、日本じゅうの人を相手に商売できるし、そうやって広がっていったら、ひょっとしたら、ものすごいことになるかもしれないじゃん」

「母ちゃんが真崎商店の代表なの？」

光一が尋ねると、母ちゃんは「まあ、形の上ではそういうことになってるけど、お義母さんあっての真崎商店だから」と答えた。

「ああいうところに店を出してる業者って」と光一は言った。「売り上げ目標みたいなのを掲げて、それを達成しなきゃいけないんだろ。光来が言うように、ばあちゃんの料理だったら失敗はないと俺も思うけど、忙しくなって大変かもよ、確かに」

光来が「じゃあ私が進学しないで手伝うってのは？」と言うと、母ちゃんが「何言ってるの、高校ぐらい行っとかないと、後で苦労するのよ」と即座に切り捨てた。光来は、ちょっと、ぶすっとなって、イワシを扱う手つきが乱暴になった。

「忙しいという字はね」ばあちゃんが誰に語りかけるわけでもなく口を開いた。「りっしんべんに亡くなるって書くでしょ。忙し過ぎると、心の方がお留守になってしまうっていうことね。実際、人間の心は弱いもので、あまり欲を出すと、そのせいで見えなくなってしまうものが出てくるし、おカネはなければ困るけど、多ければ多いほどいいものでもないんじゃないかしら。家族が幸せでいられるさじ加減というのは、いっぺんにおカネ儲けをしたり、どんどん忙しくなることじゃなくて、何ごともちょっとずつ良くなっていくことだと思うのよね」

三人とも黙るしかなかった。確かに、まとまったカネがあると、その取り分や使い道を巡って対立が起きるのは、組織でも個人でもよくあることだし、製品がたくさん売れているはずの大手企業が、さらなる利益増加のために手を広げたことがあだとなって崩れ始める話もしょっちゅう耳にする。いい会社に入った人たちはいわゆる勝ち組のはずなのに、掲げられた売り上げ目標を達成するために働きづめで、その目標をやっと達成したと思ったら次にはさらに高い目標を達成せよと命じられ、それができなくなるとリストラ対象にされる。幸せな人生を目指しているのに、いつの間にか目標がそれてしまい、あっぷあっぷしてしまっている。

その日は夕方になっても雨が降り続いた。光一がばあちゃんの部屋の前に立って「ばあちゃん、散歩はどうする?」と声をかけたところ、中から「雨だから今日はお休みにしましょう」と返事があった。ふすまを開けないで声だけを返したところからすると、立禅の途中だったらしい。

二階に戻る前に、リキをなでに行くことにし、傘をさして外に出たが、犬小屋は空っぽだった。光来が散歩に連れ出したようだった。

家の中に戻ろうとしたときに、犬小屋の出入り口の上のところに〔RIKI〕と、木製の立体文字が貼りつけてあることに気づいた。百円ショップの木工コーナーなどにあるやつだ。さらによく見ると、犬小屋の中には玄関マットらしきものが敷いてあり、その上にたたんだバスタオルが載っていた。バスタオルは、使い古したもののようで、ピンク色がくすんでいた。

そのとき、合羽をかぶった光来がリキを連れて帰って来た。光一がわきにどくと、光来が「何?」と聞くので「別に。リキをなでてやろうと思って来たら、ちょうどお前が連れて帰って来たとこ」と答える。

「だったら、そこのタオルで拭いてやってくれない?」

「ああ……」

リードとバスタオルを渡され、リキを玄関ポーチに連れて行った。ごしごし拭いてやると、リキは気持ちよさそうに目を細めている。

「私、思ったんだけどさ」と光来も玄関ポーチにやって来てカッパのボタンを外し始めた。「おばあちゃん、もしかして私のためにリキを連れて来たのかな」

「何で」

「何となく。おばあちゃん、それらしいこと言ってなかった?」

「いや、聞いてない。江口さんの近所のお年寄りが入院して、その人に飼われてたリキの引き取り手がいなかったから、ばあちゃんが引き受けたってお前も聞いただろ」

「でも、それだったら、他に引き取ってくれる人を探せばいいじゃん。おばあちゃん、今でも知り合いっていうか、教え子だった人たちが何人かいるんでしょ。ケヤキ製菓の何とかさんとか、空手の先生とか、そういう人に頼んだら、飼ってくれる人ぐらいすぐに見つかるし。それをしなかったのは、私が動物好きだってことを覚えてたからだよ。だってこないだ、おばあちゃんが持ってるアルバムを見せてもらったら、私が小一ぐらいのときに、動物園でウサギを抱いてるときの写真があったもん。これどうしたのって聞いたら、お母さんが送ってくれたやつだって。そのページには、六年生のときの卒業文集のコピーもはさんであったんだ。それもお母さんが送ったそうだけど、盲導犬か警察犬の訓練をする人になりたいって書いてあったの。そんなこと書いたっけかって思ったけど、おばあちゃんはちゃんと覚えてたんだよ」

「ふーん。でも単なる偶然かもよ、リキを引き取ったのは」

「違うね」光来は脱いだ合羽を上下に振って水滴を落とした。「おばあちゃんは、家族の中で私のことを一番気にかけてくれてるんだよ。光来ちゃんが学校行ってるときにリキがくんくん鳴いてたよ、とか、干してあった光来ちゃんの靴下が落ちたのをリキがくわえて犬小屋の中に隠してたよ、とか言うのも、本当は私を喜ばせようとして言ってくれてるんだ。でも私がそのことに気づいてるって、おばあちゃんに言ったら駄目だよ。あんたも二十歳前になるんだから、それぐらい判るよね」

光来は、どや顔でそう言うと、光一の手からリキのリードを奪い取るようにして、犬小屋の方に連れて行った。

光来も、他の元教え子の人たちと同じく、自分こそが一番ばあちゃんにかわいがられてると信じてるようだった。

あんたとは何だ、という言葉は飲み込んで、先に家の中に戻った。

三根屋のテナントの件は翌日の午前中に母ちゃんが断りの電話を入れることとなったが、坂口氏は未練があったようで、その日の午後に飛んで来た。光一は二階で勉強していたため、やり取りを聞いていなかったが、後で母ちゃんから聞いたところによると、何とか翻意させようと坂口氏は、テナント料の引き下げや、アルバイトの手配などいくつかの条件を出し、それでも駄目だと判ると、かなりがっかりした様子で帰って行った、とのことだった。

しかし坂口氏はまだあきらめてはいなかったようで、九月上旬になって再びやって来て、新たな話を持ちかけてきた。

テナントに入ってもらうことはあきらめるので、既に地下街に入店している西島堂というカマボコなどを販売する店舗を使って、イワシのぬかみそ炊きなどの惣菜料理を真空パックにして販売したい、というものだった。対面販売は西島堂に委託して、通販事業は三根屋を通じて真崎商店として徐々に拡大してゆく方向で、とも提案されたという。

それなら、アルバイトを一人雇って手伝ってもらえば対応できそうだし、テナント料や内装などのリスクもかからない、ということで、ばあちゃんも反対せず、真崎商店の新規事業として動き出すこととなった。

バイト探しの手間もかからなかった。イワシなどを納めてくれている鮮魚仲卸の江口さんの短大生の娘さんがバイトを探していることを知って母ちゃんが打診したところ、あっさり決まった。江口さんは「うちの子が病気で寝込んだりしても、仲卸関係者から見繕ってすぐにピンチヒッターを送り込みますから」と言い、ばあちゃんの仕事を娘が手伝えることをとても喜んでいるらしい。

ばあちゃんがやって来てほんの四か月ほどの間に、真崎家が抱えていた数々の問題が解決されてしまった。

深夜帰宅が多くて母ちゃんに反抗的で家族と口をきこうとしなかった光来は、ばあちゃんがリキを連れて来たことがきっかけで、家の中での役割や居場所を見つけることができた。お陰で今ではせっせとリキの面倒をみて、散歩中の出来事や、リキの体調がどうだとか、伏せを覚えたといった話を毎日家族にするようになった。ばあちゃんがやって来る以前の光来とはほとんど別人の態度である。今のところ、まだ人生の目標みたいなものを見出すことができていないようだが、とりあえずは県立高校を目指してそれなりに勉強している様子でもある。

母ちゃんは大吉でのパート仕事を辞める羽目になったけれど、ばあちゃんの手料理を納める仕事を手伝うことになり、最初は小料理屋〔おぐら〕を通じて提供していただけだったが、百貨店の三根屋にも納めることとなり、徐々に取り引きが拡大している。

父ちゃんも、勤め先をリストラされそうになっていたが、ばあちゃんとその教え子である園部さんのお陰で、失業どころか昇進することになった。

光一は、ばあちゃんから特に何かをしてもらったわけではなかったが、それでも、自分こそがばあちゃんから最もたくさんのものをもらった、自分が一番ばあちゃんから目をかけてもらっていることを自覚していた。経済的な理由で進学できないかもしれないという不安も、ぎくしゃくしていた家族の関係も、ばあちゃんのお陰で消えてなくなったし、立禅も教わった。正しい米の研ぎ方をすれば美味しいご飯を食べることができる、当たり前のことを丁寧にやればそれなりの結果がもたらされる、だから大切なところで手を抜いてはならないということも気づかせてくれた。近所にもすばらしい食材がごろごろあるので、たとえおカネがなくなっても飢え死にすることもないのだということが判って、ちょっとした勇気と自信を得た。食事の前には「命をいただきます、決して無駄にはしません」と手を合わせ、知り合いとの関係を大切にし、毎日しっかりと身体を使う。思えば、わずかな期間でたくさんのことを吸収させてもらった。

それとあと、優しいうそのつき方も。

十八

九月中旬の、まだ残暑が厳しい土曜日の昼前。光一は手頃な問題集を探すために、自転車を漕いで市内の大型書店に向かっていたときに、国道沿いのコンビニから出て来る久間と出くわした。一緒に宅浪をしながら通信講座を受けようと持ちかけてきたくせに、ドタキャンして予備校に入った男である。その後ずっとメールも電話も寄越してこないのは、気まずい関係になったことをちゃんと自覚しているからだろう。

案の定、久間はしまったという表情になり、光一から目をそらした。気づかなかったことにして済まそうということらしい。相変わらずのにきび面だが、予備校通いで外出するせいか、陽に焼けている。

光一も、そのまま素通りしようとしたが、思い直してブレーキをかけた。ばあちゃんから教わったこと。

知り合いは大切にすべし。人脈は財産。

自転車にまたがったまま「よう」と声をかけると、久間は初めて気づいたかのように顔が強張ってるって。光一は噴き出しそうになった。

「おお、真崎。元気にしてたか」と軽く手を上げた。

「予備校はどうだ」

「思ったほどきついところじゃなくて、サボってる連中も多いよ。その分、たるんだ雰囲気があるっていうか、油断するとこっちもそういう感覚になっちゃうんで、教室入ったら前の方に座るようにしてる」

「そうか。俺は相変わらず宅浪生活だよ。最近やっとエンジンがかかってきた感じだけど、もっと頑張んないとな」

「センター試験まであと四か月だからな。お互い馬力をかけなきゃならんときだよな」

「ああ。お互い頑張ろうや」

光一がそう言って片手を振り、再び漕ぎ出そうとしたときに、久間が「あ、真崎」と止めた。

「一緒に宅浪する約束してたのに、ごめんな」

「いや、気にしてないって」

あまりじめついた雰囲気にしたくなかったので、光一は「じゃ」と振りきるようにしてペダルを漕ぎ出した。気温は高くて、もわっとする空気の中にいるはずだったが、顔に当たる風がちょっと涼しく感じた。

帰宅してダイニングに入ると、携帯電話で誰かと話をし終えた直後らしい母ちゃんが、奇妙ににやついていた。テーブルの上には大きなボウルがあり、ちらし寿司が入っていた。甘酢の香りが部屋に漂っている。

「何うれしそうにしてんの」と聞いてみると、母ちゃんは「真崎商店の評判を人づてに聞いたらしくて、馬場下さんが探りを入れてきたのよ。まだ準備してるところなのに、三根屋の地下で販売することも知ってたらしくて、よかったわね、真崎さんのことずっと心配してたのよ、だって」と、いかにも愉快そうに携帯をジーンズの尻ポケットにしまった。

「何て返事したの」

「忙しくなりそうで大変よって言っておいたわ。馬場下さんの方はその後どうかって聞こうと思ったけど、話が長くなったら嫌だからやめといたわ。なのにさ、バイトを雇うのか、とか、いろいろ聞いてくるのよ。もしかして雇ってくれってことなのかなと思ったけど、こっちから水を向けない態度でいたら、だんだん機嫌が悪くなってきて、三根屋の地下食品街では食中毒事件をしょっちゅうもみ消してるのよとか、知り合いが働いてる食品会社では通販の真空パック食品に異物混入事件があって営業禁止になったとか言い始めちゃって。笑っちゃうわよ、全く」

うわっ、おばさん同士のかまし合いかよ。光一は感心しなかったが、母ちゃんは自分の優位を確信しているのか、見るからに上機嫌である。

「昼飯はちらし？」

「そ。江口さんが昨日、いいサバを持って来てくれたから、しめサバを作ったのよ。それをどっさり載っけるから。光一、ちらしをうちわであおいで、熱を取ってくれない？」

「ああ、判った」

テーブルの上にあった、家電量販店でもらったうちわで、ボウルに入っているちらしをあおいだ。しゃもじを使って、ときどき寿司飯をひっくり返す。

「ばあちゃんは？」

「今は部屋にいるわよ。おばあちゃんもちらしだったら食べるって」

母ちゃんは、調理台でしめサバをまな板の上に置き、包丁で切り始めた。

「ねえ、私ちょっと思ったんだけど、おばあちゃんが〔おぐら〕に惣菜を納めるのを手伝ってって頼んできたの、もしかして私のためだったんじゃないかな」

「たまたまだろ。ばあちゃんの方からそういうことをしたいって言い出したわけじゃな

くて、江口さんが小倉さんを連れてやって来て、頼まれたもんだから、断りにくかった
ってだけで」
「きっかけはそうだったとしてもよ、おばあちゃん、本当なら別に乗り気じゃなかった
から断ってたはずだけど、私がパート仕事を失ったことを知って、つながりがある仕事
だからいいんじゃないかって、声をかけてくれたんだと思うのよね」
「じゃあ、そういうことにしとけば」
「昔の話になるけど、お父さんと婚約したとき、おばあちゃん、娘ができたって喜んで
くれてね。普通、姑って嫁に厳しいものだけど、あの人は今でも私のことを、実の娘み
たいに思ってくれてるんじゃないかしらね」
「母ちゃん、もしかして、家族の中で自分が一番、ばあちゃんにかわいがられてると思
ってるわけ？」
光一がうちわであおぐ手を止めて聞くと、母ちゃんは小さく何度もうなずいた。
「そりゃ、まあ、そうなんじゃないの？　誰が見ても」
「何でそんなことが言えるんだよ」
「だって、一緒に仕事をしたい、手伝って欲しいって誘ってきたのよ。同じ家に住んで
いて、普通の姑なら、嫁とそれ以上かかわりを持つなんて、まっぴらのはずなのによ。
あんたたち孫のことも、そりゃ気にかけてはいるんだろうけど、おばあちゃんのパート

ナーといえるのは私だけでしょ。単にかわいがられるっていうのとは違って、頼りにされてもいるんだから、私は」

よくもまあ、いけしゃあしゃあと。最初は、家の所有者名義がばあちゃんだから仕方なく引き取るんだ、みたいな態度だったくせに。

ほどなくして、しめサバちらしが完成した。ばあちゃんは釜でご飯を炊いた後、部屋で休憩しているというので光一が呼びに行った。

部屋の前に立つと、ニュースらしいテレビの音声が、かすかに聞こえた。

「ばあちゃん。昼ご飯だよ」

しかし、返事もなく、ふすまが開くこともなかったので、居眠りでもしているのだろうかと、光一は少しだけ開けてみた。

ばあちゃんは、座卓の前に正座をして、小さな画面の薄型テレビを見ていたが、ふすまが開く気配に、なぜかはっとしたように振り返った。

「ばあちゃん？　大丈夫？」

「あ、ごめんなさい。つい、ぼーっとしてて。何？」

テレビは、ローカルニュースをやっているところらしかった。地元の暴力団が今朝また抗争で発砲事件を起こし、流れ弾が近くにいた女児に当たったらしい。

「昼ご飯だよ」

「あら、そう。はいはい」

ばあちゃんは、いつもの笑顔になってうなずき、テレビを消すため、座卓の上にあったリモコンに手を伸ばした。

「流れ弾で小学生女児が怪我だって。ひどいね」

「幸い、命に別状はないらしいけど、肩に当たって救急車で運ばれたんですって」

「どこで？　市内？」

「中央公園近くのマンション前ですって」

「へえ。物騒だね」

ここからは五キロほど離れた場所だ。

ばあちゃんはテレビを消し、座卓に手をついて立ち上がった。

「かわいそうだね、その子」と光一は言った。「何の関係もないのに、そんなことに巻き込まれて。後遺症とか、なければいいんだけど」

ばあちゃんは「ほんとね」と答えたが、何だか妙に心ここにあらずというか、変な感じだった。光一は、もしかして急にぼけ始めたんじゃないかと一瞬不安になったが、そうじゃなくて、うとうとしているところを起こしてしまったせいだろうと解釈した。

母ちゃん、ばあちゃんと三人で、しめサバちらしを食べた。光来は、県立高校の受験希望者のための補習授業があるとかで、朝から学校に行っている。

「今朝、また発砲事件があったらしいよ」と光一は母ちゃんに教えた。「中央公園の近くだってさ。流れ弾が女の子に当たったって」

「えっ、本当？」母ちゃんはそのニュースを知らなかったらしく、食いつき気味に「当たったって、死んじゃったの？」と聞いてきた。

「いや、肩に当たったらしいよ。命に別状はなかったみたい」

「前から抗争してるっていう暴力団？　今朝って何時頃？」

「いや、俺もさっき、テレビでちらっと見ただけだから、よく判んないんだけど」

母ちゃんがテーブルの隅にあったリモコンに手を伸ばして、リビングのソファの向かいにあるテレビをつけた。しかし、既にローカルニュースの時間は過ぎてしまい、どのチャンネルも、芸能人の離婚や不倫騒動などのワイドショー番組と、バラエティ番組ばかりだった。

母ちゃんがテレビを消して、「スマホでちょっと調べてみてよ。〔おぐら〕から割と近いから、ちょっと気になるわ」と言った。

光一がニュースサイトの画面を呼び出すと、すぐに記事は見つかった。

今朝七時前、中央公園付近のマンションから出て来た地元の暴力団、不動山組《ふどうやまぐみ》の幹部が、フルフェイスのヘルメットをかぶってスクーターで接近して来た男から拳銃で数発撃たれ、うち一発がわき腹に当たって負傷。また、外れた一発がマンション外壁に当たって跳ね返り、付近を歩いていた近所の小学三年生女児の肩に当たった、というものだった。腹部を撃たれた不動山組幹部は重傷。小学生女児の怪我は比較的軽いものだったらしい。撃った男はそのままスクーターで逃走したが、警察は対立する暴力団、基山連《もとやまれん》合《ごう》の関係者によるものと見て緊急配備を敷き、周辺を警戒すると共に捜査を進めている。

それを伝えると、母ちゃんは「やるんなら、どっかの無人島に行ってやればいいのに、まったく」と吐き捨てるように言った。「みんなが住んでる街を何だと思ってるのよ」

ばあちゃんも珍しく、笑顔が消えて、黙って食べている。

「女の子の怪我、それほどでもなかったのは、不幸中の幸いだけどね」

「警察はどっちの組も全員逮捕すればいいのに。何でいつまでも暴力団がいるわけ？」

確かに、この街でじゃなくて、無人島とか、他人を巻き込まないところでやって欲しい。

午後、自分の部屋で勉強していると、外から「光一さん、ちょっといいかしら」というばあちゃんの小声が聞こえた。ばあちゃんは普段、下から呼びかけるだけで、階段を上がっては来ないので、光一は違和感を持った。

ドアを開けると、作務衣の上に割烹着、頭に手ぬぐいというういつもの格好でばあちゃんが立っていた。

「どうしたの？」

「今日は仕事があまりないから、ちょっと知り合いのところに行って来たいんだけど、光一さん、勉強中でしょ。わざわざついて来てもらうことはないと思うから、一人で行って来ようと思うのよね。一応、光一さんにそれだけ伝えておこうと思って」

「知り合いって、誰？」

「昔の知り合いで、光一さんは会ったことない人なのよ。ちょっとだけ行って来るから、買い物に出かけた奈津美さんが帰って来て、私のことを聞かれたら、すぐに戻って来るって言っといてくれないかしら」

「近所なの？　どこ？」

「割と近所だから。よろしくね」ばあちゃんは笑顔でそう言い、行こうとしたが、光一は「あ、待って。俺も行くよ」と止めた。ばあちゃんの笑顔が普段とちょっと違って、ぎこちない感じがするのが気になった。

「光一さん、私もたまには一人で出歩きたいのよ。駄目かしら」

「駄目ってわけじゃないけど……でも、やっぱり俺も行くよ。ほら、今朝も抗争事件があって、街全体が物騒な感じだから。もし、ばあちゃんに何かあったりしたら、俺の責任になっちゃうし。まだ暑いから、熱中症とかも心配だし」

「暑いのは平気だから、大丈夫よ。光一さんの勉強の邪魔をするのは申し訳ないし」

何だか変だぞ、やっぱり。

「いや、行くって。俺に気を遣うことなんてないから、ね」

光一はそう言うと、室内に戻って財布とスマホをジャージのポケットに突っ込んだ。

ばあちゃんは、あきらめたように溜息をついて、「ごめんなさいね、本当に一人でいいんだけど」と丁寧に頭を下げた。


二人でバスに乗った。ばあちゃんによると、駅前でいったん降りて、別路線のバスに乗り換えて十数分のところだという。

車内は空いており、光一はばあちゃんの後ろの席に座った。空は曇っていて、ときどき顔を覗かせる太陽も、さほど強い陽射しではない。ようやく秋になりつつあるようだったが、光一にとってそれは、受験までの時間が短くなっているということを実感させ、ちょっと焦りの気持ちが湧いてきたりもする。

「ばあちゃん、どういう知り合い?」

「えっ」とばあちゃんが横顔を向けた。

「昔の知り合いって言ったけど、書道教室の教え子じゃないの?」

「書道を教えた時期があることは確かなんだけど、こっちでじゃないのよ。栄一郎さんのところにいたときに、ボランティアで教えてたことがあってね、そのときの生徒さん。二十年近く前かしらね」

「ふーん、そうなんだ。その人、今はこっちに住んでるわけか」

「そう。同郷なんだけど、こっちで会ったことはなかったのよ」

「男の人？」

「そう。もう還暦を過ぎてるわね」

「え、そうなの？」

二十年近く前に書道を教えた人が、今はもう還暦を過ぎているということは、教わったのは四十ぐらいのときということか。

ばあちゃんが栄一郎さんのところにいたのは二十五年ぐらい前からだった。その間に向こうで、ばあちゃんから世話になった人たちが少なからずいたとしても、不思議はない。

ばあちゃんを慕う元教え子の人たちは、空手家とか、大企業の役員とか、雪だるまみたいな体型でだみ声を出すおばさんとか、個性的な人が結構いる。これから会いに行くのはどんな人だろうか。光一は、ちょっとわくわくしてきた。

駅前で降りるまでに、パトカーを三回も見かけた。発砲事件がらみで警戒しているようだ。

乗り換えのためにいったん降り、近くにある別のバス停に移動しようとしたときに、ばあちゃんが「できたら私一人で行きたいから、光一さんは喫茶店などでちょっと時間を潰しておいてもらえないかしら。すぐに戻って来るから」と言い出した。顔を見ると、笑顔がちょっとぎこちない。

どうも今日に限っては、最初から一人で出かけたがる素振りを見せている。おかしい。かなりおかしい。

「駄目だよ、ばあちゃん。外出するときには俺がお供をするってことになってるんだから。特に今日はほら」と駅の南口周辺に何人かいる警察官の方をあごでさす。「ヤクザがまた発砲事件起こしたから、お巡りさんも多いだろ。今日は特に物騒なんだから、一人で行かせるわけにはいかないよ。何で俺と一緒に行くのをそんなに嫌がるの」

「嫌がってるわけじゃないんだけど、光一さんがいたら、相手の人が話しにくいことがいろいろとあるかもしれないと思って」

て、どういうこと？　と聞こうとしたが、思いとどまった。何か訳ありかもしれない。

その人物が過去に、不名誉な何かがあったとか。

あるいは、ばあちゃんの不倫相手だったとか。

それはないか。その人物とつき合いがあった時期は、ばあちゃんはもう六十五ぐらいで、相手とは二十五も年が違う。いや、判らないぞ、そんなの。年の差を気にしない恋愛だってある。

「じゃあ、その近くまで行って、家を確かめたら、俺は外で待ってるってことでもいいよ。俺がいたら話しにくいことがあるっていうのなら」

「そう……じゃあ、もしかしたらそのときになってそういうお願いをするかもしれないけど、ごめんなさいね」

しかしばあちゃんは、あまりほっとしたようには見えなかった。どちらかというと、仕方がない、とあきらめたかのように、小さく息を吐いた。

十分ほど待って目的のバスがやって来た。こちらも空いており、座ることができた。

十数分揺られて到着したのは、丘陵地の高級住宅街だった。ばあちゃんは割烹着タイプのエプロンについているポケットからハガキを出して、民家の塀際にある番地表示の看板と照合し、「五丁目は……そっちの方みたいね」と、丘陵地の右斜め上の方を指さして、歩き始めた。

途中に児童公園があり、その前にワンボックスタイプの警察車両が停まっていた。防弾チョッキやヘルメットを身につけ、強化プラスチックの盾を持った警官が二人、その横に立っている。光一たちをじろじろ見ていたが、声はかけられなかった。

そういえば、園部さん宅に向かう途中に電車の窓から見た、四角い要塞みたいな建物もこの辺りにあるはずだと思い出した。ヤクザの事務所か何かがあるのだ。

妙に静かなのは、そのせいなんだろうか。

さらに先に進むと、曲がり角付近に今度はパトカーが停まっていた。光一たちがその横を通り過ぎようとすると、パトカーから、刑事らしきスーツ姿のごつい身体つきをした男性がドアを開けて降りてきた。

「すみません、この辺りにお住まいの方ですか」

短髪で、目つきが鋭い。耳にイヤホンを差し込み、片手に無線機らしきものを持っている。

「知り合いの家を訪ねるところなんですけど」とばあちゃんが答えた。

「この近くには、暴力団の会長宅があります。今朝、市内で発砲事件があった関係で、警戒しているところです。お訪ねになるお宅にまっすぐ行かれるよう、お願いしますね」

「はい、ご苦労様です」

不審人物には見えないからだろう、刑事の態度自体はやわらかなものだったので、ほっとした。

その後、角を右に曲がると、さらに警察のワンボックスカーが数台停まっていた。そして、防弾チョッキやヘルメットで武装した警官たちが、何人も立っている。その背後にあるのは、電車の中から見た覚えがある、四角い要塞みたいな建物だった。窓がほとんどなくて、周辺も高いコンクリート塀で囲まれている。

ばあちゃん、そっちはまずいよ。

光一は、あわててそう言おうとしたのだが、前を歩くばあちゃんは、全く迷いがない様子で、そちらに向かって進んでいた。

まじか。

ばあちゃんは、誰のところに行くのか、言いたがらない態度だった。一人だけで行こうともしていた。訪問先がここだったから。

でも、何でなんだよー。光一は、ちょっとしたパニックに陥っていた。

十九

警察車両の一台から、スーツ姿の刑事らしき男性が降りて「すみません」と声をかけて近づいて来た。警察手帳を広げてバッジを見せ、「どちらに行かれますか」と続ける。

さっきの人と同じく、体格がよくて、目つきが鋭い。坊主頭で、口の周りとあごに、きれいに刈ったひげ。暴力団担当の刑事は、見た目ヤクザみたいなのが多いと聞いたことがあるが、まさにそのとおりだった。

「西島《にしじま》さんに会いに来ました」ばあちゃんは立ち止まって、穏やかな口調で刑事に答えた。「今、ここにおられるかどうか、判らないんですけど、ちょっと用事があって」

刑事は最初、ぽかんとした表情で、ばあちゃんを見返し、それから光一に視線を移して、目を剝いた。

「西島って、そこの？」と刑事が親指で背後の建物をさした。

「はい。西島カズスケさんです」

「基山連合の会長の」

「団体の名称などはよく知りませんが、西島カズスケさんという人の住所がここだということは知ってます。ほら、背はあまり高くなくて、ちょっと眠たそうな顔で、片方の目尻に傷跡があって、頭をつるつるにしてる。ご存じかしら」

刑事は、何度かまばたきをして、しばらく考えるような顔をしていた。

「西島カズスケの親族の方か何かですか」

「いいえ」

「会う約束をしてるんですか」

「いいえ。電話番号を知らないもので、事前に連絡はしないで来てます」

刑事は、誰かに助けを求めるような感じで、後方の警察車両を振り返ったが、他には誰も近くにいない。

「おばあちゃん、どういう知り合い？　発砲事件があったので、警戒してるところなんです。あっちも」と再び背後の要塞を親指でさす。「かなりぴりぴりしていて、訪問客の対応をするような状態ではないと思います。どういうお知り合いなのか、ちょっと事情をお聞かせいただけませんか」

刑事はそう言ってから、手に持っていた無線機で「西島宅に訪問者。年輩の女性と、十代と思われる若い男性。事情を聞きます」と報告した。

「以前、西島さんが入っていた刑務所で私、ボランティアで書道を教えてたことがあるんですよ」ばあちゃんはいつもどおり、ゆっくりした話し方だった。「それでね、出所後に何度か訪ねて来てくれたりして、今でも年賀状のやり取りが続いてましてね。それと最近、私の身内が亡くなったことをハガキで伝えたら、香典を送っていただいたの。そのお礼も言いたくて」

ばあちゃんがそう説明すると、刑事は少し気を引き締めた表情になって、ポケットからメモ帳とペンを出し、いくつか質問した。ばあちゃんの名前と住所、いつどこの刑務所で西島会長と知り合ったのか、隣に立っている光一との関係など。

ばあちゃんがそれに答えている途中で、警察車両からさらにもう一人降りて来て、坊主頭の刑事の後ろに立った。長身で見た目は堅気風だが、こちらも顔つきは険しい。

光一は、ばあちゃんが引っ越して来て、元教え子の人たちに顔を見せに訪問して回ったときのことを思い出していた。今でも年賀状のやり取りがある元教え子は何人いるのか、みたいなことを尋ねたときに、ばあちゃんは確かに六人と答えたのだが、実際に訪問したのは、ホームセンターの東尾店長、農家の堤さん、鮮魚仲卸の江口さん、空手の白壁館長、ケヤキ製菓の園部さんの五人だけだった。そのときは、ばあちゃんの記憶違いか言い間違いで六人が五人になっただけだと解釈したのだが、事情があって訪問することを見合わせていた人がいた、ということだったのだ。

それにしても、抗争中のヤクザの親分が、ばあちゃんの教え子だったとは。光一は、事情が判ったことでパニック状態から脱することはできたが、別の不安が押し寄せていた。

ばあちゃんはその会長に、説教でもするつもりなのだろうか。元教え子といっても、相手が相手だ。いったんこの四角い要塞の中に入ったら、簡単には戻って来られないんじゃないか。ばあちゃんはともかく、自分はどうなる？

「おおよその事情は判りましたが」と刑事は書き留めたメモとばあちゃんを交互に見ながら言った。「さきほど申しましたように、こういう状態ですのでね、お帰りいただくしかありませんね。伺ったところ、どうしても会わなければならないようなご用向きではなさそうですから。我々の車で最寄りの駅までお送りしますので、お乗りください」

「刑事さんが止めようとなさるのはよく判ります」ばあちゃんは笑顔でうなずいた。

「ちょっと意地悪な質問ですけど、いいかしら」

「何ですか」刑事はメモ帳を内ポケットにしまい、両手を腰に当てた。

「法律的に、私があの建物のインターホンを鳴らすことを、刑事さんが止める権利というか、権限はあるのかしら」

刑事は困惑した表情になり、小さく舌打ちした。背後に立っていた長身の刑事が無線機で誰かから指示を受けたようで、坊主頭に耳打ちした。

「おばあちゃん、市民の安全を守るために、こういうことをやってるんです。ヤクザを守るためじゃありません。一般市民の方が近づいて来たら、遠慮してくださいとお願いするのも仕事の一つです」

「つまり、止める権限はないってことなのね」

刑事の顔が、少し赤らんできた。このババア、どういうつもりだ、みたいな表情である。

すると、長身の方の刑事が「西島カズスケは今、いませんよ」と言った。「インターホンを鳴らしても、応答はないだろうし、誰かが出たとしても、とっとと帰れと怒鳴られるだけです。我々がお帰りくださいと言っているのは、そうなることが判っているからなんですよ」

「ごめんなさいね、刑事さんの言葉を信用しないわけじゃないけど、せっかくここまで来たんだから、自分でインターホンを押してから引き返すことにしますね。すぐに終わると思いますから、どうぞよろしくお願いします」

ばあちゃんが丁寧に頭を下げると、二人の刑事は顔を見合わせ、再び長身の方が坊主頭に耳打ちした。

手招きで武装警官の一人が走って来た。片手に警棒とはまた別の、ガットを張ってない小型ラケットみたいなものを持っている。長身の刑事が「念のため、不審物をお持ちでないか検査させていただきます」と言い、ばあちゃんが同意する返答をしないうちに、その機械が身体の周辺を巡る。続いて光一も。金属探知器か何からしい。

「我々も同行させていただきます」と長身の方が言った。「少し後ろの方に立って、もしもの場合に備えさせていただきますよ」

「判りました。いろいろとお願いして、すみませんね」

ばあちゃんが刑事らに一礼して歩き出したので、光一もあわててついて行った。

要塞のコンクリート塀に近づいた。塀を背にして、数人の武装した警官がこちらを向いて並んで立っている。

塀のあちこちに監視カメラ。正面は黒っぽいグレーのシャッターが下りているが、覗き穴みたいな黒い模様がいくつかついている。あそこから銃口が出て、撃たれるところを想像し、心臓の鼓動が速くなってきた。

ばあちゃんが「インターホンのボタン、あるかしら」と聞いてきたので、光一は「ええと……あれかな」と、シャッターの右横にある装置を指さした。ばあちゃんが落ち着いているようなのに、自分の声が震えているのが、何だかむかついた。

ばあちゃんは、インターホンのすぐ近くに立っていた武装警官に「こんにちは。ご苦労様です」と一礼してから、手を伸ばしてボタンを押した。ブーッという、くぐもった音が聞こえた。

応答がないので、ばあちゃんはもう一度ボタンを押した。

「何じゃい」という、怒鳴るような声がスピーカーから聞こえた。

「こんにちは。私は真崎ひかりと申しますが、西島カズスケさん、いらっしゃるかしら」

しばらく間があり、相手が「何じゃ、ばあさん。何の用じゃ」と言った。監視カメラなどで見て、ばあちゃんの訪問に戸惑っているらしいことが判り、光一は少し緊張感を軽減することができた。扱いに困っているのは間違いない。

「書道を通じての知り合いなんですけど。西島さん、いらっしゃったら、真崎ひかりが来たとお伝えいただけませんか」

相手は黙り込み、いったんインターホンを切ったようだった。

十数秒後、「会長は不在じゃ、ばあさん、用件を言えや」と相手が言った。

本当に不在なのか、居留守なのか。いずれにしても光一は、助かったと思った。この流れは、要塞の中に入らずに済む方向だ。

「真崎ひかりが来たことを西島カズスケさんにお伝えいただくだけで結構ですよ。お忙しいところ、ごめんなさいね」

「判った。うろうろしてねえで、とっとと帰れ」

「ちゃんとお伝えしておいてね」

相手は「判っとるわい」と言い、舌打ちらしき音が聞こえた。

ばあちゃんが振り返った。

「光一さん、今日は無駄足につき合わせちゃって、ごめんなさいね」

「いや、いいよ」

ていうか、無駄足でよかったんですけど。

引き揚げようとしたが、さきほどの長身の刑事から「すみませんが、もう少し事情を聞きたいので、そちらの車にちょっとお乗りいただけませんか」と言われ、ワンボックスカーの後部席に入る羽目になった。

聞かれたのは、ばあちゃんや光一の身元についての再確認と、西島カズスケとの関係、そして、本当の訪問目的。刑事らは、何か別の目的があってやって来たと思い込んでいるようで、ばあちゃんと光一に所持品の提出を求めてきた。見られて困るものはないので、財布やスマホなどを見せると、財布の中身まで見られた。それでも、犯罪者に対するのとは違って、敬語を使っての、礼儀をわきまえた態度だったのは、ばあちゃんと光一の身元や刑務所でのボランティア活動についての照会に、間違いなし、との返答があったからなのだろう。

警察車両で駅まで送られた。ホームで電車を待っているときに、光一が「家族には内緒にしといた方がいい？」と聞くと、ばあちゃんはいつものにこにこ顔で「そうね。お願いしますね」と頭を下げた。

そりゃそうだろう。ていうか、話したってみんなが信じるかどうかも怪しい。

帰りの電車の中で光一は、隣に座ったばあちゃんに「ばあちゃん、刑務所で書道教えてたんだ」と言った。

「ええ、刑務所に出向いてたのは五年ほどだったかしらね。そのときにいた所長さんのアイデアで、そういうボランティア活動をさせていただいた時期があるのよ。近所に住んでた保護司の方から、やってもらえないかって頼まれたのがきっかけでね。栄一郎さんと住んでた家からは、歩いて行けるところにあったしね。五年で終わったのは、所長さんが替わって、また方針というか、やり方が元に戻ったせいみたいね」

「西島って人、何をして刑務所にいたの」

「詐欺と恐喝と傷害だったと思うけど、詳しいことは聞いてないわね」

殺人じゃなかったのか。考えてみれば、会長になるような人間なら、どっちかというと、カネがらみの犯罪で捕まる方が、確率としては高いのかもしれない。

「どんな人？」

「刑務所の中では、真面目にお務めをしてたみたい。出所した後、何度かうちを訪ねて来てくれたときには、子供の頃のことを面白おかしく話してくれて、楽しそうでしたよ。刑務所の中ではほら、笑っただけでも刑務官の人から怒られるから」

「何でわざわざ、ばあちゃんを訪ねて来たの？　住所とか教えたの？」

「刑務所で書道を教える最初の日に、簡単な自己紹介をしたら、先生、私も同郷ですと、手を上げたのが西島さんだったの。私語は基本的に禁止だったけどあの人、書道の練習にかこつけて、自分がどの辺りで育ったかとか、どこの中学を出たとか、そういうことを藁半紙で手紙文の練習をするふりをして教えてくれたから、私の方は朱を入れるふりをして、返事みたいなことを書いてね」

「じゃあ、文通か、メールの交換みたいなものだね」

「確かにそうね。西島さんの籍を入れてない奥さんが、刑務所で面会するために近くに引っ越したこととか、夜の仕事をしながら当時小学生だった息子さんを育ててることなども、その方法で知ったのよ。そうするうちに二年ぐらい経って、もうすぐ出所しますって教えてくれたから、うちを訪ねてらっしゃいって。西島さん、涙ぐんで、頭を下げてくれてね」

「住所を教えたの」

「西島さんに、というより、奥さんにね。書道教室の日に合わせて面会に来て、私にわざわざ丁寧なお礼を言ってくださったから。それがきっかけで、西島さんが出所する前に、奥さんと息子さんに、家に遊びに来ていただいたのよ」

その場面は、すぐに想像できた。

「イワシのぬかみそ炊きとか、おにぎりを振る舞ってあげたんだ。いや、帰るときに持たせてあげた。そうでしょ」

「あら、光一さん、どうしてそんなこと判るの？」

「そりゃ判るよ、ここ数か月、ばあちゃんを一番、身近で見てきたんだから。西島さんの奥さん、夜の仕事をしてたってことだったら、小学生の息子さんはアパートとかで独りぼっちになるじゃん。ばあちゃんがそれを放っておくわけないじゃん」

ばあちゃんが片手を口に当てて笑った。

「光一さん、見た目はちょっとぼーっとしてるところがあるけど、実はよく人を観察してるのね」

「ぼーっとしてて悪かったね」ばあちゃんから初めて、からかいじみたことを言われたのが、何だかうれしかった。「とすると……その息子さん、今は三十ぐらい？」

「たまに近況報告の手紙をくださるんだけど、水道関係の技術者になって、今はミャンマーに派遣されて、川の水を浄化する設備を造る事業にかかわってるんだって。奥さんは、残念ながら八年ほど前にガンで亡くなってねえ」

「そう。息子さんは堅気なんだ」

「西島さん、前から言ってたから。ヤクザは自分だけでいい、息子は世間の人たちから尊敬されるような人間になって欲しいって。籍は入れてなかったから、法律上は親子じゃないことになってるそうだけど、ときどき会ってるそうよ。学費や生活費もずっと工面し続けてたみたいね」

電車が停止し、赤ん坊を抱いた若い母親が乗って来て、向かいの席に座ったため、会話はそこで途切れた。ばあちゃんはさっそく、赤ん坊に笑いかけて「まあ、かわいい赤ちゃん」と声をかけ、「どうも」と会釈した母親に、自分が赤ん坊を産んだ頃の話を始めた。

ばあちゃんからいろいろ聞かせてもらったお陰で、西島という人物に対する恐怖心は、かなり減らすことができた。

ほっと一息ついて、何となく見上げると、中吊り広告に、宮浦めぐみの名前を見つけて目をこらした。

週刊誌の広告だった。その見出しの一つに、〔女子プロレス界のアイドル、宮浦めぐみが十九歳年上のIT社長と婚約、引退へ」とある。

えーっ、まじか。

スマホを取り出して、最近あまり訪問しなくなっていた、宮浦めぐみのブログを呼び出した。「婚約しましたー。」という見出しに続く文章に目を通す。

そのIT社長とやらは、もともと彼女のファンで、試合もしばしば観戦していたという。彼女のブログにも、ちょくちょく応援コメントを寄せ、試合会場に花束などを送ったりするうちに交際が始まった、みたいな経緯のようだった。

何だよー。応援コメント書き込んでたのは、IT社長だけじゃないぞー。浪人生のはスルーで、カネ持ちのだけ食いつくのかよ。

光一はため息をついて、スマホをしまった。

年の差、十九歳。

ばあちゃんに笑い返している、向かいの席の赤ん坊を見た。

この赤ちゃんと自分とが、それぐらいか……。

うわぁ。


その日の夜九時半頃、玄関チャイムが鳴った。応対に出た母ちゃんが戻って来て、

「おばあちゃんの知り合いだっていう男の人が来てるんだけど、さっき寝ちゃったわよ

ね」と戸惑い顔で言った。

ダイニングで風呂上がりのオレンジジュースを飲んでいた光一は、「もう十分以上前に、お休みって言って部屋に入ったから、眠ってると思うよ」と答えたが、ふと嫌な予感がして「何ていう人?」と聞いてみた。

「名前は言わなかったけど、昔の教え子から伝言を頼まれて来たって」

「知らない人だった?」

「私は見かけたことない人ね。何か、三十は越えてると思う人だけど陰気くさい感じっていうか、こう言っちゃ悪いけど、人相がよくない感じ。光一、おばあちゃんはもう寝てるからって言って来てくれない? 用件があったら、名前も含めて聞いといてよ」

何で俺が、と言いたいところだったが、光一は「判った」と答えて玄関に向かった。

訪問者はドアの外の玄関ポーチで待っていた。光一がドアを開けると、その男は「夜分に恐れ入ります」と低い声で頭を下げた。年は三十代半ばぐらい、色白でやせている。一見するとサラリーマンのようなスーツ姿だが、肝が据わった感じの顔つきをしている。

「真崎ひかりはもう寝てますので、代わりにご用件を伺いたいと思いますが」

何とか、声を震わせることなく言えた。

「今日、真崎先生と一緒に西島を訪ねていらっしゃった方でしょうか」

やっぱり基山連合の人間だったか。モニターで見た、ということだろう。

「そうです。真崎ひかりの孫です」

「お孫さん……失礼ですが、真崎先生にお孫さんはいらっしゃらないと伺ってましたが」

「そう言われても……俺、孫ですよ」

相手は少し思案するような顔になったが、「それは失礼致しました」と頭を下げた。

「他のご家族は、真崎先生が今日、西島を訪ねていらっしゃったことは、ご存じなのでしょうか」

「いいえ、家族には内緒です。知ってるのは俺だけで」

「そうですか。自分は西島の代理で参りました」男は、再び頭を下げた。「明々後日《しあさって》、火曜日の午前十一時、簑原《みのはら》神社の横を流れる簑原川沿いにある休憩所に行くので、できれば真崎先生に来ていただきたい、少しの時間でいいので、そこでお会いしたい、とのことです。それだけお伝えいただけますか」

「伝えるのは構いませんが……祖母が行くかどうか、約束はできませんよ」

「構いません。西島は二時間ぐらい待てると申しておりました。いらっしゃらなかったときは、そのまま帰ります」

男は三度目の深い礼をして行こうとしたので、光一は「あの」と呼び止めた。「仮にばあちゃんが、祖母が行くとしたら、俺が一緒だと思いますけど」

「判りました。西島にはそう伝えておきます」

近くに車を待たせていたらしく、男の姿がなくなった数秒後に、ドアが閉まる音がし、数軒向こうの民家がライトで照らされた。エンジン音が静かに遠ざかってゆく。

また、ちょっとやばいことになってきたかも。

いや、あの四角い要塞の中に入ることを思えば、外で会う方がずっといい。簑原神社といえば、中央警察署の目と鼻の先で、交番とも隣接している。その西島っていう人なりの配慮なのだろう。面会場所もそうだが、わざわざ使いの者を寄越すことなどからして、西島という人物がばあちゃんにかなり気を遣っているらしいことが窺えた。

じゃあ、まあ、大丈夫か。光一は心の中で自分に言い聞かせた。

火曜日は曇り空で、午前中のうちに上空は何層もの濃い灰色となって、誰かがくしゃみをしたり手を叩いたりするだけで、雨水が堰を切って降り出しそうな感じだった。天気予報を確認すると、昼前から夕方にかけて大雨になる、とのことで、市内には大雨注意報が出ていた。

ばあちゃんが外出するために用意した口実は、白壁流空手の演武会が近々行われることとなり、その練習会があるので、見物と応援を兼ねて、差し入れの食べ物を持って行きたい、というものだった。母ちゃんは、天気が崩れることは心配したが、ばあちゃんの方便を疑う様子はなく、同行する光一に「荷物はあんたが持つのよ。雨がひどくなったらタクシーで帰っていいからね」と言った。

荷物は、風呂敷でくくられた三段の重箱と、熱い番茶が入ったステンレスポットと、小皿、湯飲み、割り箸など。重箱に入っているのは、イワシのぬかみそ炊き、フキの佃煮、小エビの素揚げ、海苔を巻いたおにぎり、ショウガやキュウリの漬け物など。準備をするばあちゃんは淡々として、何の気負いもない感じだった。誰に会うときでも平常心でいられるというのは、長年の経験と、立禅という修行を積み重ねた結果なのだろう。

出かけるとき、ばあちゃんも荷物を持つと言ったけれど、傘もささなければならないので、光一は「大丈夫だから」とすべて自分で持った。荷物は、新聞紙でくるんだ小皿やステンレスポットを入れたデイパックと、重箱を包んだ風呂敷包み。行きは多少荷がかさむが、帰りは軽くなっているはずである。

空模様と関係あるのか、バスは案外、人が乗っていたが、離れて座る席はあった。ばあちゃんは前の方に座り、隣の中年女性にさっそく何か話しかけている。光一がそれを後方の席から見ているうちに、雨が降り出し、窓に水滴が流れ始めた。

ネットで検索して、西島和介のことを事前に調べておいた。得られた情報は、実話雑誌の記事を抜粋したものや、対立する立場にいる者によるものと思われる中傷の書き込みなどが多いようで、真否はよく判らないが、それでも多少の予備知識にはなった。

西島和介は、もともと不動山組の若頭補佐という立場にあり、自身も西島組という組を持っていた。若頭補佐というのは、会社でいえば取締役ぐらいの地位らしい。西島和介はいわゆる経済ヤクザとして業界では知られており、不動産や債務整理などにまつわるシノギが得意で、資金力があるためか、不動山組の中でも発言力を持っていたという。逮捕や起訴は過去に何度かあったが、実刑となって服役したのは、一つの事案で詐欺罪、恐喝罪、傷害罪に問われての一度だけ。ばあちゃんと出会ったのは、そのときである。

その西島和介が約二年前に、不動山組に背を向けた。先代組長の病死を受けて跡目争いが起き、若頭の市武修《いちたけおさむ》が新組長になったことに反発する一派から担がれる形で西島和介が基山連合を起こして大量離脱、事実上の分裂となり、それを許さない不動山組との間で抗争が続いている……。

バスが簑原神社前に到着した頃には、かなり雨が強くなっていた。幸い風は吹いていないので横殴りではなかったが、傘をさしても足もとはかなり濡れることになりそうだった。

二十

光一は、デイパックを背負い、重箱が入った風呂敷包みを左手で抱え、右手で傘をさす状態でバスから降りた。先に傘をさして降りたばあちゃんが「ごめんなさいね、こんな天気になっちゃって」と言うので、光一は「天気は、ばあちゃんのせいじゃないよ」と苦笑した。数分前から緊張感が増していたため、苦笑というより引きつっていることを自覚した。

簑原神社の中を通って、横を流れる簑原川沿いの遊歩道を少し進むと、屋根つきの休憩所がある。十メートル間隔ぐらいで三か所。無人だった一番手前の休憩所に入り、傘をたたんだ。コンクリートのテーブルにコンクリートのベンチ。デザイン的には殺風景な休憩所だが、天気のいい休日には家族連れや若者たちが、テイクアウトしたファストフードや弁当などを食べる、憩いの場所である。すぐ横をゆっくりと流れる簑原川には錦ゴイが泳いでおり、光一も子供の頃は、ここに来るたびにパンの耳をちぎって投げ込み、集まって来る色とりどりのコイを見て喜んだものだ。あの頃は、近くにある商店街も人通りが多く、映画館もあったのだが、今はシャッター通りとなっている。今日は雨のせいで歩行者の姿もなく、遊歩道と並行している車道をたまに車が通るだけだった。

デイパックから、まずはポリ袋に入れておいた布巾を出して、テーブルを拭いた。ばあちゃんが、小皿や湯飲みを新聞紙から出して並べる。

「コイにやるえさを持ってくればよかったね」

ばあちゃんが笑って言った。雨音が少々強いので、やや大きな声だった。

「誰がやるの?」

「光一さんが」

「子供じゃないんだから」光一は脱力して笑ったが、「でも、見たらやりたくなってくるもんだね」とつけ加えた。

腕時計を見た。午前十時五十分。約束の時間までまだ十分ある。あらためて周辺を見回した。シャッターが下りたままの小型スーパー、書店、ラーメン屋。今も営業しているライブハウスがあるが、この時間は開いていない。付近を探したが、不審な人物も停まっている車も見当たらなかった。

「西島さん、一人で来るんだよね」

「そう言ってたんでしょ」

「はっきりとそう言ってはいなかったような……それより、警察に監視されてるから、刑事とかが尾行して来るかもよ。もしかしたら露骨について来るかも」

「そう」

内心、その方がいいと思っていた。警察官がいれば、不動山組の人間が襲撃して来る危険性はかなり低くなる。

「ばあちゃん、西島さんに何を言うの?」

「そうねえ。今のところ、何も考えてないんだけどね。まあ、久しぶりに顔を見て、それからでいいんじゃないの」

「西島さんも、イワシのぬかみそ炊きとか、ばあちゃんの料理のファンなんでしょ」

「昔は、喜んでくれたけど、今はどうかしらね」

午前十一時になったが、西島和介は姿を現さなかった。五分経ち、十分経ち、警察のマークが厳しいとか、別件で引っ張られたとか、不動山組のヒットマンが狙ってるとか、何らかの事情があったのかもしれないなと思い始めたときに、不意に軽のワンボックスカーが接近して来た。かなり使い込まれた車のようで、白だったらしい車体はくすみ、前方ライト付近には白いテープで補修したあとがあった。横には、塩田興産という、業種のよく判らない社名が入っている。

その車が横を通り過ぎずに静かに停止した。運転席にいる作業服の男は、前方を見たまま。すると、横のドアがスライドして開き、青い作業服に同色の作業帽、銀縁メガネという格好の男が降りて来た。男がドアを閉めると、車はすぐさま走り去り、残された男は、雨に濡れたままその場でこちらに一礼してから、辺りを警戒するように見回しながら近づいて来た。ばあちゃんが「あらまあ、あんな格好で」と口に手を当てて笑った。

「真崎先生、ご無沙汰しております。こちらからいらしてくださいとお願いしておきながら、遅れてしまい、申し訳ありません」

男は屋根の下に入る手前で、帽子と銀縁メガネを取って、もう一度頭を下げた。頭はスキンヘッドで、口周りとあごに短いひげ。髪形のせいか、全体につるんとしていて、年齢が判りにくい。目尻と口もとに切り傷の跡が見える。目つきは意外と柔和な感じだったが、普段はきっと、もっといかつい表情になるのだろう。

ばあちゃんが腰を浮かせて「いいから、早く屋根の下にお入りなさいな、西島さん」と手招きすると、男は帽子をかぶり直し、メガネもかけて「失礼します」と、テーブルの向かいにやって来た。

「先生、お元気そうで何よりです。土曜日にはわざわざお越しくださったのに、無礼な対応をしたようで、申し訳ありません。また、ご子息、栄一郎様のこと、あらためてお悔やみ申し上げます」

西島和介は、またも深々と頭を下げた。

「こちらこそ、香典ありがとうございました。さ、堅苦しいあいさつはもう終わりにして、お座りなさいな。別に私のおうちじゃないんだけどね」

ばあちゃんはそう言って笑い、先に腰を下ろしたが、西島和介はまだ立ったまま「こちらが、お孫さんですか」と聞いた。

光一が軽く会釈すると、西島和介は深いおじぎを返した。

「ええ、十八歳で受験浪人中なのよ。栄一郎さんの弟の、要次郎さんの息子」

「そうですか……いや、参ったなあ」西島和介はそう言うなり破顔して、首の後ろをかいた。「先生もお人が悪い。お孫さんはいないとおっしゃってたじゃないですか」

「あら、そうだったかしら」

「そうですよ。でも判ります」西島和介はようやく向かいに座った。「カズアキのことを、孫ができたみたいだとおっしゃって、かわいがってくださったのも、孫がいないと言っておいた方が口実になるとお考えになったからなんでしょう。先生らしいご配慮、痛み入ります」

カズアキというのはどうやら、西島和介の息子のことらしい。

ヤクザを長年やっている習慣と関係あるのか、西島和介は両脚を極端に開く座り方だった。両手の指を見てみたが、小指も他の指も、ちゃんと揃っているようだった。

そのとき、白い大型車が接近して来た。西島和介はそれを横目で見ていたが、車がそのまま遠ざかり、ふうと息を吐いた。

「こんな格好ですみません」西島和介は両手をひざに置いて、また頭を下げた。「警察に四六時中見張られてるので、誤魔化すのに苦労しました。ダンボール箱に入って、リサイクル業者の車の荷台に乗って家を出て、リサイクル業者の倉庫で今度は配管設備会社のワンボックスカーに乗り込んで、ここに来たんです。途中で、尾行されてないかどうか確かめる必要もあって、同じ場所を回ったりもしたせいで、時間を食ってしまいまして。でもお陰で上手くいったようです」

「元気そうだけど、お酒、飲み過ぎてない？　煙草はやめたって書いてたわね」

「はい、煙草はやめてます。酒は……まあ、飲み過ぎないようにしとります」

「そう。身体は大切にね。まだ昼前だけど、食べ物持ってきたから、召し上がる？」

「あの、それなんですが」西島和介は片手を上げて止めるような仕草をした。「実は、イチタケの兄貴にもここに来るよう、伝えてあるんです。断りなく勝手なことをしてすみません」

西島和介は、頭を下げ過ぎて、帽子のつばがコンクリートテーブルにこつんとぶつかった。

イチタケという名前は、ネットで調べたときに見た記憶がある。不動山組の市武なんとかという組長だ。

「あら、市武さんて、西島さんが出所した後で、一度うちに連れてらっしゃった、関西弁の方？」

「はい、あのときのあの男です。先生の手料理を口にして、感激しまくっていたの、覚えてらっしゃいますか」

「ええ、覚えてるわよ。大袈裟にお世辞を言ってくださったわよね」

「あの男は、子供のときに、父親から虐待されて、母親にも見捨てられて育ったんです。そのせいもあって、おふくろの味みたいなのに飢えてたんでしょうね。あの後、何回も、また先生のところに連れてって欲しい、みたいなことを言っとりましたよ」

「あら、だったら連れて来ればよかったのに」

「私一人だけでも迷惑なのに、そんなことはできません。それにあの男は当時から敵が多かったので、そうそう先生に会わせるわけにもいかなくて」

「それは残念ね。でも西島さんは今も仲よしなのね」

「いや、それが、いろいろとしがらみと申しますか、互いの立場などもありまして、ここ数年はそうはいかなくなっておりまして。今日は、先生の手料理をいただきながら、久しぶりに腹を割って話すことができれば、と企んでいるところでして。あちらには十二時前ぐらいに、と言ってありますので、来るかどうか判りませんが、いただくのはもう少し後で、ということにさせていただければ、ありがたいのですが」

「そう。じゃあ、お茶だけでも」ばあちゃんはうなずき、ステンレスポットを手にして、三つの湯飲みに番茶を注いだ。

光一は、ためらいを感じつつも、好奇心に負けて口を開いた。

「あの、市武という人は、不動山組の組長の」

「よくご存じですね」西島和介は一瞬、鋭い目つきになったが、すぐに口もとを緩めてうなずいた。「おっしゃるとおりです。昔はよくつるんでましてね。私を理不尽に殴った他の兄貴分を、あの人が代わりに殴り返してくれたこともありましたよ」

へえ、そうだったのか。対立の背後には、いろいろと複雑な事情があるらしい。

湯飲みから湯気が上がり、番茶の香りが漂っていた。西島和介は「いただきます」と、両手で湯飲みを持ってすすり、「あー、旨い」と笑った。笑うと口もとの傷跡が、もう一つの口みたいに曲がる。

「真崎先生には本当に世話になりました」西島和介は、光一に顔を向けた。「お聞き及びかもしれませんが、刑務所に入っているときに、先生はボランティアで書道を教えに来てくださってたんです。私は、作業場での仕事を減らせるからというだけの理由で参加したんですが、先生の丁寧で優しい指導が心地よくて、いつの間にかのめり込みましてね。しかも同郷ということもあって、親戚のおばさんのように思って勝手に馴れ馴れしくさせていただきましたよ。今でも、その刑務所の作業場には、私が書いた〔整理整頓〕〔安全確認〕などの札が貼ってあるんです」

「所長さんが、ほめてらしたわよね。西島さんの字は、気持ちが入ってるって」

「はい。弟子の一人にしていただいたばかりか、女房や息子にも何度も差し入れまでしてくださって。先生はそのときも、息子さんが残業で外食をして来ることが多くて、夕食が余ってしまって困ってるからと、こちらが気を遣わずに済むような口実をわざわざご用意くださって……ほんと、言葉では表せないほどのご恩を受けました」

「カズアキさんは、ときどき帰ってらっしゃるの？」

「はい。年に二回ぐらいは帰国してますが、私のところには来なくていいと言ってあります。あいつも所帯を持つ身なので、その方がいいと思いまして」

「じゃあ、もしかしてお孫さんも？」

「いや、それはまだなんですが……今、嫁のおなかにはいるそうです」

「そう。赤ちゃん、かわいいわよ。見ないで我慢できるの？」

「先生、また厳しいことを……」

しばらく間ができた後、西島和介は突然、腰を浮かせて帽子とメガネを取ったので、光一は反射的にのけぞってしまった。そのままコンクリートのテーブルに両手をついて、頭を下げる。額がぶつかり、鈍い音を響かせた。

「このたびは、ご心配をおかけするようなことをしてしまいまして、誠に申し訳ありません。下の者がやったこととはいえ、堅気の方の大切なお子さんを傷つけてしまったことは、申し開きのできないことです。自分の腹でも切ってお詫びをして、それで済むのならすぐにでもそうしたい気持ちです。先生も心中、実のところはらわたが煮えくり返っておられることと、お察しします」

ばあちゃんはすぐには返事をしなかった。雨音は相変わらずだったが、それがかえって静寂を感じさせた。

頭をコンクリートテーブルにこすりつけた状態の西島和介に、ばあちゃんは静かな口調で言った。

「世間様にご迷惑をかけるのは、よくないことよね」

「はい。返す言葉がございません。もうすぐ、こんな私も孫を持つ身ですが、そういうこととは関係なく、巻き込まれて怪我をされた子供さんの親御さんや祖父母の方々などの気持ちを考えると、自分はいつ地獄に堕ちても仕方がないと思います」

「冷めてしまいますよ」

西島和介が「は？」と顔を上げた。額がうっすらと赤くなっている。

「お茶。温かいうちに飲んでくださいな」

「あ、はい」西島和介は、手を出しかけて、ためらったようだったが、ぺこりと頭を下げて番茶をすすった。ついでに洟《はな》もすすった。

そのとき、荷を積んでいない中型トラックがやって来て近くに停まり、助手席から青い作業服で頭に白いタオルを巻いた男が降り立った。片手に白いポリ袋。ビールか何かの缶がいくつか入っているようだった。トラックはすぐに走り去り、男は片手でひさしを作って、小走りでこちらにやって来る。西島和介が「何だよ、同じような手ぇ使って。芸のない」と軽く舌打ちした。

男は、白いひげをたくわえて、よく陽に焼けた顔に黒いサングラスをかけていた。目の前まで来て立ち止まり、サングラスを取って、昔のヤクザが仁義を切るときのような中腰姿勢になった。目がぎょろっとした感じで、眉が濃い。両ひざに置いた手を見ると、どちらも小指の第一関節から先がなかった。

「先生、お久しぶりです、市武ですわ。覚えておられまっか」

「もちろん、覚えてるわよ。それより、濡れるから中に入って」

「はい、ありがとうございます。ほな失礼します」

すると西島和介が立ち上がり、同じような中腰姿勢で頭を下げた。

「兄貴、わざわざご足労いただきまして、ありがとうござんす」

市武修は「おう」と片手を上げて応じ、目を合わせないまま、少し離れて腰を下ろした。西島和介も、さきほどまでと違って、表情が硬くなっている。

「西島、あんたも同じような手で、ここまで来たみたいやな」

「はいな。しかしまあ、作業服の色まで同じとは」

「まあ、ええがな。その方が、遠目からは不自然さがないやろしな。ええと、こちらのお若い人は」

「先生のお孫さんです。おばあちゃん思いの優しい人で、お供として来ておられます」

「あー、そうでっか。それはご苦労さんです」

互いに会釈をした。小指がないことによる先入観かもしれないが、ささいなことでキレて急に凶暴になりそうな雰囲気を感じ、光一は再び脈が速まるのを感じた。

ばあちゃんが市武修に番茶を出した。

「先生、このたびはご心配かけるようなことをしてしまいまして、ほんまにすんません」市武修が、居住まいを正して両手をひざに置き、深々と頭を下げた。「西島から連絡をもろて、先生も今回のことについては怒ってはるんやと思いました。今日は、それなりの覚悟を決めて、ここに来たつもりです」

どういう覚悟なのかが気になったが、ばあちゃんはそのことについて聞かず、「お昼どきだからと思って、おにぎりと、ちょっとした食べ物を持って来たのよ。みんなでいただきましょう」と、重箱の風呂敷包みを解いた。

「えっ、ほんまですか。西島、お前の言うとおりやったな」

「兄貴、言っちゃ駄目でしょうが」

「いやね、先生がまた手料理を持って来てくれるはずやから絶対に来いと、こう言いよったんですわ。今回この機会を逃したら、もう死ぬまで口にできまへんで、と。なあ」

「そんな言い方はしてません」

「これがなかったら、わしは来てませんわ」市武修はそう言い、初めて笑顔らしい表情を見せた。「あの後、いろいろと旨いもんを食いはしたけど、先生の料理は格別ですわ。おにぎりが、ただのおにぎりやない。米の研ぎ方、炊き方、握り方、すべてにおいて、心を込めてはるからやと思います」

「西島さんもだけど、市武さんも大袈裟なことばっかり言って」

ばあちゃんが重箱のふたを外すと、市武修が「おーっ」と目を剝いた。「イワシのぬかみそ炊きですがな。感謝感激やなあ、ほんま、おおきにありがとうございます」

その下の段には、フキの佃煮と小エビの素揚げ、ショウガとキュウリの漬け物、さらに下の段には、海苔を巻いた塩おにぎり。市武修も、西島和介も、重箱の中を見るたびに、子供みたいに「おー」「旨そー」と歓声を上げた。

「西島、お前、頭が赤うなっとるやないか。どないした」

「さっき、先生に謝ったときに、このテーブルにぶつけてしまいまして」

「先生、こいつは芸が細かいんですわ。そういうことをして、堪忍してもらおうっちゅう魂胆ですわ」

「兄貴、相変わらず口が悪い。それより、ビール分けてくださいよ」

「おお、そやった、そやった。先生はいかがですか」

「私はいいから、お二人でお飲みなさいな」

「あ、そうでっか。そしたらお孫さん、お一つどうぞ」

市武修はそう言って、光一の前にレギュラー缶を一つ置いた。

ついさっきは、互いに目を合わせず、いつでも斬る、みたいな雰囲気を漂わせていたのに、今はもう、そんなことなどなかったかのように、笑顔を向け合っていた。お陰で光一も、緊張感が一気に軽減した。

食べている間、二人のヤクザは、業界の話を一切せず、ばあちゃんの手料理を食べた二十年ほど前の思い出や、イワシに豊富に含まれているDHAがどうのこうのとか、アルツハイマー病を予防する効果があるとか、最近はひざが痛むのでショウガエキスの錠剤を飲んでいるがショウガの漬け物の方が効くに違いないとか、食べ物や健康にまつわる話をした。ときおり二人は、ばあちゃんと同居している家族のことなどを、差し障りのない程度に尋ね、ばあちゃんは笑顔で答えた。そういった会話をはさみつつ二人は「あー、旨い」「この山椒がぴりっと効いてるのがたまらんなあ」「この年になると、上等のステーキなんかより、先生のこういう手料理の旨さが断然上やと、なおさら思います」などと言い、箸も口も休む暇がなかった。ビールもぐいぐいやっている。

重箱の中身が完全になくなるまで、二人は食べ続けた。缶ビールもそれぞれ二本ずつ飲んだようだった。光一も、リラックスしたくて、もらった一本を飲んだが、酔いが回る感覚にはならなかった。

後片づけを、西島和介らも手伝い、口々に「先生、ご馳走様でした」「旨かったー。ありがとうございました。幸せやー」と礼を言った。

「私はこの後、ちょっと用事があるから、申し訳ないけど、先に失礼するわね」

ばあちゃんがそう言うと、西島和介が「えーっ、先生、もうお帰りになるんですか」と言い、市武修も「ほんまです。もっと話さしてくださいよ」と同調した。

「ごめんなさいね。でも、二人だけで話したいこともあるんでしょ。私のこんな田舎料理でよかったら、いつでも用意させてもらいますよ」

光一は何となく、次の機会があるかどうかは、あなたたち次第よ、というメッセージが込められてるような気がした。

西島和介がスマホを取り出して、それではタクシーを呼びます、と言い出し、ばあちゃんはバスを使うからいいと断ったのだが、そうはいきません、とやや強引にタクシー会社に連絡を入れた。

待つ間に、西島和介が腰を浮かせて光一の方に回り込み、一万円札を無理矢理握らせてきて「先生を大事にされてください」と小声で言った。光一が「こんなに要りませんから」と、返そうとしたが、市武修が「受け取ってやったってください。わしらの世界の人間は、相手が迷惑しても、義理は通さなあかんのですわ」と言い、ばあちゃんが「お小遣いをもらったってことにすれば?」と笑ってうなずいたので、「どうも」と会釈して、ジャージのポケットにねじ込んだ。

近くを流していた車両が営業所から連絡を受けたらしく、タクシーは予想外に早くやって来た。それを認めた二人は、それぞれが仁義を切るときの中腰姿勢になり「先生、今日はありがとうございました」「ほんま、ご馳走になりました」「この後、二人でじっくり話し合います」「お孫さん、先生をよろしゅうお願いします」と交互にドスの利いた声で言い、光一たちを送り出した。

タクシーに乗り込んでからも、二人は同じ姿勢で頭を下げていた。

二人が見えなくなってから、光一は「どんな話をするんだろうね」と言ってみたが、ばあちゃんは「そうね、どんな話をするんでしょうね」と曖昧に笑っただけだった。

雨はまだまだ強く降り続きそうだった。

二十一

不動山組長と基山連合会長の両者が、引退と抗争終結表明したということが地元のローカルニュースで流れたのは、その三日後のことだった。同じ日に、不動山組の幹部を狙撃して流れ弾で女児を怪我させた基山連合側の組員が自首。また双方がそれぞれ弁護士を通じて、女児の家族に充分な治療費と賠償金を支払うことや、引退する組長と会長を狙わないことなどを表明した。あの日の〔首脳会談〕で、手打ちの話がまとまった、ということらしい。

その日の夕方、県警本部から来たというスーツ姿の男二人の訪問を受けた。ばあちゃんと光一は、散歩と野草採取を終えてちょうど帰宅したところで、母ちゃんが応対中だった。

「お義母さん、県警の方が、ちょっと話を伺いたいとおっしゃってるんですけど」

母ちゃんはいかにも不審そうに言い、光一に、どういうこと？　と問いたげな顔を向けた。光一は、とっさの機転が利かず、さあ、と首をすくめることしかできなかった。

ばあちゃんは落ち着いた態度で「あら、そう？」と笑顔で応じ、「奈津美さん、ありがとう。縁側の方でお相手をしますから、いいですよ」と、刑事らを玄関からではなく、外から縁側の方に誘導して座らせた。母ちゃんから盗み聞きされないように、ということなのか、サッシ戸は閉めたまま、ばあちゃんも刑事らと並んで腰を下ろした。光一は、刑事とは反対側の、ばあちゃんの隣に座った。

ばあちゃんが「お茶を淹れましょうかね」と腰を浮かせかけると、刑事たちは「いえ、結構です」「お構いなく。すぐにお暇しますから」と、二人とも頭を振った。

刑事たち二人とも、見るからに暴力団担当という感じの強面だった。一人は四角い赤ら顔で首が太く、いかつい顔つきだった。もう一人はやや下膨れの顔で目が細く、声がしわがれている。どちらも黒っぽいスーツで、四角い顔の方はノーネクタイだった。
「そちらは、お孫さんでしょうか」と四角い顔の方が尋ね、光一が「はい」とうなずく
と、名前を聞かれたり席を外してくれと言われたりせず、小さくうなずいてから、ばあ
ちゃんに「真崎さん、先週の土曜日、基山連合の会長、西島和介宅を訪問されましたよ
ね、そこのお孫さんと一緒に」と質問した。
「はい」ばあちゃんは穏やかな声でうなずいた。「でも、家には入らず、応対に出た方
に、私が訪ねたことだけを告げて帰りました」
「知っています。あの日、西島和介を訪ねた理由について、お聞かせいただけますか」
「昔、あの人が刑務所でお務めをしていたときに、書道を教えていたことがあるんです。
同郷だということもあり、出所後にあいさつに来てくれて、その後も年賀状のやり取り
が続いてました。最近、私がこちらに引っ越して来たものですから、ちょっと顔を見せ
に行こうかと思い立って、孫にお供をしてもらって出向いた次第です」
「刑務所のお話は伺っております。受刑者の更生にお力添えをいただいたそうで、あり
がとうございます」
「いえいえ。刑事さんからお礼を言われることではありませんから」
四角い顔の刑事は、ちょっとむっとなったようだった。
「基山連合と不動山組が抗争中だったことはご存じですよね」

「はい。テレビや新聞などで」

「そのさなかに訪ねられたわけですよね。何か目的があったんでしょうか」

「会いに行ったのは本当に思いつきですけど、街のみなさんに迷惑をかけちゃいけない、ということを伝えるつもりはありました。結局、会ってないんですけどね」

「本当に会ってないんですか」四角い顔の刑事が、うそじゃないか、という感じで、ばあちゃんの顔をまじまじと見た。「最後に会ったのは、いつ頃ですか」

「あの人が出所して、数か月の間に、何度か訪問を受けました。私が作るご飯を気に入ってくれていたみたいで」

二人の刑事は顔を見合わせた。

下膨れの方が「基山連合と不動山組が手打ちをしたこともご存じですよね」と聞いた。

「ええ、新聞で読みました」

「真崎さんは、そのことに関係してはおられませんか」

ばあちゃんは、片手を口に当てて短く笑った。

「刑事さん、本気でおっしゃってるのかしら。誰かがそんなことを言ってるの？」

「いえ、そういうわけでは」下膨れの刑事は困惑した表情で、人さし指で鼻の頭をかいた。「ただ、真崎さんが西島宅に行った直後に、狙撃した組員が自首し、抗争していた暴力団が急に方向転換して手打ちをしましたのでね、我々としては、そこに何の因果関係もないと決めてかかるわけにもいかんもんですから、念のために参ったわけでして」

「それはどうも、ご苦労様です」

「西島とは、ここ二十年ほどの間、直接会ったことはないのですね」

「ええ。この年ですので、もの忘れもするようになりましたけど、最後にお会いしてから、それぐらい経つかしらね」

「最近、電話がかかってきたりは？」

「いいえ。私、あの人の住所しか知らないので、電話で話をしたことはありませんね」

「携帯電話をお持ちじゃないんですか」と四角い顔の刑事が聞いた。

「お恥ずかしいのですが、携帯電話は触ったこともなくて、使い方も知らないんです」

二人の刑事から視線を向けられ、光一がうなずいて返すと、相手もそれにつられるようにうなずき合った。そりゃそうだよな、こんなばあさんがヤクザの手打ちに関係しているなんて、こっちだって本気で思ってねえよ、あくまで念のための確認だ、という感じだった。

「いやどうも、お邪魔しました」

下膨れの刑事が言い、四角い顔の方が「真崎さん、反社会的勢力との接触は、トラブルに巻き込まれるきっかけになります。昔の知り合いだとしても、どうか自重されますように」とつけ加えて、腰を浮かせた。

「光一さん、刑事さんたちをお見送りしてくれる?」

「うん」

ばあちゃんは「どうもご苦労様です」ともう一度言い、刑事たちに頭を下げた。

敷地の外まで見送ったときに、四角い顔の刑事が小声で「おばあちゃんが暴力団の人間と接点があることは、知ってましたか」と聞いてきた。

「いいえ。土曜日も、訪問先があそこだとは知らなかったので、びっくりしました」

「最近、ぼけてきたり、ということは?」

「さあ……今のところ、そういう感じはないみたいですけど」

「そうですか。私の母親はまだ七十代だけど、アルツハイマー病が進行しちゃいましてね。会いに行くたびに、どちらさんですかと言われちゃって……。いや、変な話をしてすみません。どうか、おばあちゃんを大切にしてあげてください」

互いに礼をして別れた。光一は心の中で、大切にするよりも、何倍も大切にされてますから、と応じた。


ダイニングに入ると、ばあちゃんがテーブルで母ちゃんに説明しているところだった。

「へえ、県警にも教え子だった方が」と母ちゃんがうなずいている。

「そうなのよ」とばあちゃんがにこにこ顔でうなずく。「それで、感謝状の清書を頼まれたわけなんだけど、真崎商店のお仕事に力を入れたいから、申し訳ないけどって言ってお断りしたのよ」

「あら、感謝状を書くぐらいなら、それほど時間を取られることもないんじゃないですか」

ばあちゃんが、少し間を取った。適当な理由を考えているらしい。

「まあ、そうなんだけど……」

「感謝状はさ」と光一が口をはさんだ。「急に頼まれるのが普通だから、場合によっては対応できないだろ。ばあちゃんはそれを気にして断ったんだよ」

「あ、そうか、なるほど」

母ちゃんは納得した様子でうなずいた。

ばあちゃんと視線が合った。目で、ありがとね、と言われ、どういたしまして、と小さくうなずいた。

ノックの音が聞こえたが、光一は立禅をしている途中だったので、返事をしないでおいた。するとドアが開く気配があり、「あ」という光来の声が聞こえた。

「何か用か」と、姿勢はそのままで尋ねた。

「お母さん、三根屋での打ち合わせが予定よりも長引いてるんだって。まだ帰れそうにないから、代わりに江口さんの娘さんが迎えに行くって。その車に乗せてもらって、帰りはタクシーを使えってさ」

「わざわざ俺たちを会場に送るために江口さんに来てもらうのは悪いじゃないか。行きもタクシーで行くからって言っといてくれ」

「知らないわよ、そんなの。お母さんが電話でそう言ってたんだから。文句があるんだったら、自分でかければいいじゃないの」

光来はそう言うなり、ドアを閉めた。

くそ。立禅を始めてしばらく経ったところでスマホが鳴っていたのは、母ちゃんからの電話だったのか。

母ちゃんは最近、忙しい。〔おぐら〕に惣菜を納める方は安定供給できているのだが、三根屋の地下食品店で販売している真空パック入りイワシのぬかみそ炊きとショウガの漬け物の売れ行きが伸びており、三根屋側から、新商品の開発や通販事業の本格始動を要請されているのだ。どれぐらいの利益が真崎商店に入っているのか、詳しいことは聞いていないが、母ちゃんが「忙しい、忙しい」と言いながらも、結構楽しそうにやっているところからすると、かなり家計を潤してくれているようである。

徐々に両脚が、がくがくと細かく震え始めていた。両肩も重くなっていたが、最近はこの苦痛が、全身の筋肉と神経が連絡を取り合っている証拠だと思い、いいぞ、もっとだ、という気持ちで受け入れることができるようになった。

立禅は、中腰姿勢で立つので、大腿四頭筋（大腿部の前面）やカーフ（ふくらはぎ）などの伸筋群だけを使っているように見えるが、実は、両足の指で地面をぎゅっとつかむ感覚で力を入れることで、ハムストリングス（大腿部の裏側）や大臀筋（尻）も緊張させてるところがミソとなる。これにより姿勢はより安定し、伸筋と屈筋の連携力を高め、いざというときに爆発的な力を発揮するための待機電力を蓄えることにつながるのだ。

この考え方は、上半身の姿勢にも当てはまる。背骨は横から見ると緩やかなS字を描いており、このことでバネのように頭と上半身を支え、背骨を取り巻く筋肉の負担を減らしているのだが、立禅では背骨をあえて直線に保つことで、脊柱起立筋（下背部）や僧帽筋（首の横と後ろ）などの伸筋群だけでなく、腹筋などの屈筋群も同時に緊張させ、全身の連携機能を高めようとする。気の力を溜めるとは、科学的には、筋肉の神経支配力を高めて、反射神経的な火事場の馬鹿力を任意に発揮できるようにするための訓練ともいえる。ネット上の情報だけではそういうことは理解できなかったのだが、ばあちゃんから直接教えてもらって、ようやくその辺のことが理解できるようになった。もちろん、ばあちゃんは、脊柱起立筋とかハムストリングスなどという用語は知らない。「腰の後ろのところ」「ももの裏側」「重力に逆らう筋肉とその裏側の筋肉」といったばあちゃんの言葉で説明してもらったことを、あらためて自分なりに整理して理解したのである。

両脚がますます震えてきて、制御することが難しくなってきた。正面のスチールラックに取りつけてあるマグネット式キッチンタイマーの表示を見る。あと一分とちょっと。最近はようやく、十三分できるようになった。まだまだ、ばあちゃんの半分もできていないが、こつこつ続けていれば少しずつ限界は伸び、いつか追いつけると思えるようになった。

汗が額ににじんでいた。光一は、誰かに肩をぐいと押されたり、背中からどんとぶつかられても、バランスを崩さないで姿勢を保っているさまを想像して、さらに耐えた。呼吸は腹式。速めに息を吸って腹に溜め、それをゆっくりと吐き出す。人間は、息を吸っているときに全身が弛緩しやすくなり、逆に吐くときに力を発揮できるので、武道や格闘技の世界では、息を素早く静かに吸って、ゆっくりと吐き出すのが基本である。

ようやく終了を告げるアラームが鳴り、自然体に戻って呼吸を整えた。上半身をひねったり、深い四股立ちになるほどのストレッチをして全身をほぐしてから、階段を下りた。

ばあちゃんの部屋の前に立ち、「ばあちゃん、いる?」と尋ねると、「はい」という返事があった。返事が「はい」だけで、声に緊張感があるところからすると、ばあちゃんも立禅をやっているところなのだと判る。今日は、農林水産まつりに出かけることになっており、帰宅は夕方になるので、ばあちゃんも出かける前に立禅を済ませることにしたらしい。

「もうちょっとしたら、江口さんの娘さんが迎えに来てくれるって。母ちゃん、三根屋の打ち合わせが長引いてるからって」

「はい、判りました。あと十分ほど待ってね」

「うん」

光一が外に出ると、光来が粘着テープをちぎっては、リキの頭や背中などをぺたぺたやって、抜け毛を取っているところだった。リキはブラシをかけると嫌がるのだが、粘着テープは気持ちがいいらしく、ちょこんと座ったまま、目を細くしておとなしくしている。

快晴だった。上空に雲はほんの少し。暑くもなく肌寒くもなく、風も吹いておらず、何とも心地いい天気だった。

「ほら、こんなに抜けるんだよ」と光来がテープの粘着面を見せた。白い毛がびっしりついている。「抜け替わる時期って、いつもこんなならしいね」

「リキの飼い主の人、もうすぐ退院だってさ」

「知ってるよ」

「そうなったら、リキとはお別れだな」

「バーカ、そんな手に引っかかるかっての。退院しても、リキの面倒はもうみられないから、そのまま飼って欲しいって、江口さん経由で聞いたもんね」

「何だ、知ってたのか」

「馬鹿丸出しー」

「馬鹿って言うな。お前、農林水産まつりは行かないのか」

「私はいいよ。友達と一緒に、リキをドッグランに連れて行く約束してるから」

「ああ、サービスエリアの近くに最近できたっていう」

「そ」光来は粘着テープのぺたぺたを続けている。「立禅て、本当に効果あんの？」

「あるんじゃねえの？　ばあちゃんが車にぶつけられそうになって、一瞬のうちにそれをかわした話、しただろ」

「おばあちゃんに聞いて確かめたら、そんな覚えないって言ってたよ。ただの健康法だって」

「じゃあ、そういうことにしとけば？」

光来は、毛をたくさんつけた粘着テープを丸めた。そしてそれを突然、光一目がけて投げつけた。

「わっ」と叫んだと同時に頭に当たった。

「駄目じゃん。全然よけられてないし。一瞬のうちに身体が即座に反応する、とか偉そうに言ってたくせに」

「だーかーらーっ、俺はまだまだ初心者なの」

光一が粘着テープのボールを拾い上げて投げるふりをすると、光来が避《よ》けようとしてあわてたようで、その場に尻餅をついた。リキがきょとんとして光来の顔を覗き込む。

「つまんねえことしてんじゃねえよ、馬鹿浪人」

「投げてねえだろうが」

「うっさいんだよ」光来は舌打ちして身体を起こし、「ねー、リキちゃん。こういう馬鹿がいるんだよ。ほんと馬鹿だよねー」と言いながらなでた。

家の中に戻ろうとしたときに、光来が言葉をかけてきた。

「私ね、最近思ったんだ。おばあちゃんて、誰かの生まれ変わりなんじゃないかって」

「は？　どういうことよ」

「アニメの『もののけ姫』ってあるじゃん。あれの最初の方に、長老のおばあさんが出てたでしょ。もの知りでさ、主人公の若者に、これから何が起こるか、何をすべきかみたいなことを告げるの。昔はああいうおばあさんがいて、人々を正しい方向に導いてたんだよ。でも、女の人が誰でもなれるわけじゃないんだ。生まれつき特殊能力を持ってないと駄目。予知能力とか、霊的な能力とか、直感でトラブル解決法を見つける能力とか。弥生時代の卑弥呼みたいな人。それ以前の、男が支配者だったときは、戦争ばかりやってたけど、卑弥呼が女王になって、神様からのお告げを聞いて国のまつりごとを決めるようになったら、戦争もかなり減ったっていうじゃん」

「お前、また変な話を始めてくれるじゃねえの。ばあちゃんが卑弥呼の生まれ変わりだってのかよ」

「卑弥呼だとは言ってないよ。でも、そういう人たちが昔からある程度の数いて、死んだらまた生まれ変わるのよ。これまでの歴史の表舞台には出てないけれど、戦争とか飢饉とかを防いだ女性とか、解決した女性が実はたくさんいるんじゃないかと思う。でも、目立つのは好きじゃない人が多いから、知られてないの。で、そういう女性はさ、密かに献身的な弟子や家来がいるの。ね、ばあちゃんもそういうところ、あるじゃん」

「だからって、生まれ変わるって……ダライ・ラマじゃねえんだから」

光一はそう言いながらも、もしかしたらそうかもしれない、という気持ちがじわじわと拡散してくるのを感じていた。ばあちゃんは、うちにやって来て、光来をちょっとはかわいげのある妹に変身させ、母ちゃんに生き甲斐を提供し、父ちゃんの失業の危機(すなわち光一の進学の危機)を回避させ、暴力団の抗争まで終結させた。でも、知らないところでもっとたくさんの奇跡を起こしている可能性がある。何しろ、この半年弱の間に、これだけのことが起きてるのだ。探せばこれまでに、たくさんの働きがあったはずだ。

そのとき、赤い軽自動車が敷地の外に停まり、軽くクラクションが鳴った。江口しおりさんが中から手を振ったので、光一も会釈と共に振り返す。江口しおりさんは、キングサイズの母親とは違って、光一好みのぽっちゃり体型で、顔も結構かわいい。おしゃべり好きなところは母親に似ているけれど、だみ声じゃないし、がはははと笑ったりもしない。母ちゃんによると、三根屋で販売している真空パック商品の手伝いを、要領よくやってくれているという。

その江口しおりさんが車から降りて、「こんにちは」と声をかけてきた。光一よりも先に光来が「こんちはーっ、おばあちゃん呼んで来ますね」と応じて、玄関に向かう。

短い、二人だけの時間が手に入った。何を話しかけようか。

「しおりさん、ごめんね」光一は申し訳なさそうに両手を合わせた。「タクシーで行くつもりだったのに、母ちゃんに頼まれたんでしょ」

「ううん、全然」しおりさんは片手で短い髪をかき上げた。「会場で母の手伝いに行くことになってるから、ついでなのよ」

「あ、そうなの」

農林水産まつりには、地元の関係者によるテントでの地産品販売が行われる。江口さんが所属する仲卸組合も水産物のコーナーに出店することは聞いていた。

ばあちゃんが、光来と共に出て来た。

作務衣の上に割烹着タイプのエプロン、姉さんかぶりの手ぬぐい、地下足袋というい つもの格好。

ばあちゃんがほほえんでいる。気のせいか、なんだかまぶしい。

二十二

農林水産まつりは、家から車で二十分ほどの、県南部にある空港に隣接する、空港公園の広場で行われている。公園の駐車場は既に満杯で、係員に誘導されて水路沿いの臨時駐車場へと回り、そこから江口しおりさんと共に会場へ向かった。光一は、何か話をしようと思ったのだが、しおりさんはばあちゃんにばかり話しかけていて、口をはさむチャンスがないまま、芝生広場に設営された地産品販売のテントが並ぶコーナーにたどり着いてしまった。

土曜日の午後で、天気もいいせいか、会場にはおばさんのグループや子供を連れた母親の姿が多い。東側には、空気で膨らませた巨大な恐竜がテントの上から見えている。子供たちが中に入って、飛び跳ねたりして遊ぶやつだ。北側にはステージがあり、二百席ほどありそうなパイプ椅子がほぼ埋まっている。会場内放送が、間もなく戦隊ヒーローショーが始まることを告げている。確か、その後で、白壁流空手による演武が行われるはずだ。

「先生っ、真崎先生っ」という声がした方向を見ると、十メートルほど先にあるテントから、白いトレーナーに白いエプロンをつけた雪だるまみたいな江口さんが両手を振った。しおりさんも、あと二十年もしたら、こんなふうになるのだろうか。ちょっと心配だ。

水産物の仲卸組合だから、鮮魚の直売をしているのだろうと思っていたが、江口さんがいるテントでは、焼きイカを鉄板で焼いて販売していた。しょう油が焦げる香りが鼻をくすぐる。

「先生、来てくださって、ありがとうございます」江口さんはテントの裏から回って出て来て、ばあちゃんをハグした。

「しおりさんに連れて来ていただいたのよ。ありがとうね」

「いえいえ、ついででしたから。帰るときも声かけてくださいね。また送らせますから。しおり、焼きイカ用の皿がなくなりかけてるから取りに行ってくれる？　関係者駐車場にある軽トラに積んであるから」

えーっ、しおりさん、もういなくなるのか。このおばさん、邪魔。

しおりさんは「はーい」と答え、「真崎先生、帰りも送りますからね」と声をかけてきびすを返した。その後ろ姿を見送る。水色のパーカーに黒いジャージ。太り気味、と感じるぎりぎり手前ぐらいの、ちょうどいいぐらいのぽっちゃり体型。世界中の女性がみんなこれぐらいの感じだったら、どれほどすばらしい世の中だろう。

江口さんから何か言われていることに気づいて「は？　何ですか、しおりさん」と、つい言ってしまった。江口さんが、がはははと笑い、光一の肩を叩いた。

「何を間違えてんのよ。そんなに似てる？　勉強のし過ぎで疲れてるんじゃないの？」

「……すみません。何ですか」

「これで写真撮ってよ」

「あ、はい、いいですよ」

江口さんが差し出した携帯電話を受け取る。江口さんは、ばあちゃんの後ろから両肩に手を当てて、顔を寄せる。

「はい、チーズ」と撮影しながら、しおりさんがいたら、ついでに一緒に写真を撮れたかもしれないなと気づいた。このおばさんのせいで、それができなくなったのだ、くそ。

さらに江口さんから催促されて、ポーズを変えて数枚撮った。

「堤さんもいるのよね、会場のどこかに」とばあちゃんが尋ね、江口さんは「向こうの農産物コーナーのテントにいましたよ。まあ、顔だけ出してやってください」と指さした。この会場には他に、ホームセンター、グッジョブの店長、東尾さんも、森林組合とタイアップしての、お子様工作大会のスタッフとして来ていると聞いている。

「ところで先生、焼きイカ、いかがですか」

「私はまだおなか空いてないから」ばあちゃんは笑いながら答える。「光一さん、食べる?」

「いや、俺もまだそれほど腹は減ってないから」

しかし江口さんは「遠慮しなくていいわよ。美味しいのよ。私のおごりだから」と、四角い発泡スチロールの容器と割り箸を寄越した。

結局、江口さんとばあちゃんがおしゃべりをしている間に、その場に立ったまま食べることになった。確かに旨いけれど、イカの筋みたいな部分が右上の奥歯に挟まって、舌で取ろうとするのだが上手くいかない。

その後、ばあちゃんと一緒に、堤さんがいるというテントの方に向かった。一夜干しやスルメ、ウニせんべい、塩辛の瓶詰め、野菜の直売、漬け物、さまざまなテントが並んでいる。ずっと進んでゆくうちに、ほどなくして堤さんがいるテントが見つかった。

堤さんは、他の人と一緒にゆでトウモロコシを売っていた。ばあちゃんを見つけて、「あーっ、先生、わざわざありがとうございます」と出て来て頭を下げた。

「堤さん、いつもお野菜を届けてくださって、ありがとうね」

「何をおっしゃいますか。こちらこそ、ありがとうございます。この前、農協の知り合いと一緒に［おぐら］に行ったんですよ。他のお客さんが、ショウガの漬け物を、美味しいって言いながら食べてたので、つい、それ俺が作ったショウガなんですって言っちゃいましたよ。人が喜んで食べてるのを見ると、何かこう、俺がやってきた仕事も結構いけてるかも、若い頃からずっと、仕方なくやってたようなところがあったけど、胸張っていいんじゃないかって思いました」

「堤さんがなさってるのは、他の人たちを幸せにする素敵なお仕事よ」

「ええ、先生のお陰で、この年になってそういうことに気がつきました。あ、光一さん、せっかくだから、ちょっとこれで俺と先生を撮ってもらえるかな」

堤さんは作業服のポケットから携帯電話を出した。江口さんと何かと張り合うところがあるだけに、やることも似てる。

数枚撮影して携帯を返すと、堤さんは、光一さんも撮ろうか、と言うことはなく、「どうもね」と受け取って、ポケットにしまった。

「先生、ゆでトウモロコシいかがですか。甘くて美味しいですよ」

「私はまだおなか減ってないから」ばあちゃんは笑って答える。「でも、光一さんにあげてくれるかしら」

おいおい、ばあちゃん、本人の意思を確認してからにしてくれよ。

堤さんが「はいどうぞ。おごりだから」と、茎の部分がついた、湯気が上がるトウモロコシを差し出した。

「先生、話は変わりますけど」堤さんは辺りを見回してから、なぜか声を低くした。

「あそこの、ほら、〔おぐら〕の女将さん、もしかして独身なんでしょうか」

「ええ、そう聞いてるわよ」

「バツ一か何かですか」

「私の口からは言いにくいけれど、そうだったかしらね」

ばあちゃんがこちらを見たので、トウモロコシをかじりながら光一は「うん」とうなずいた。

「そうかあ……」

堤さんはそう言って腕組みをし、妙に顔をほころばせた。

堤さん、ばあちゃんに仲介してもらって、小倉さんに接近する気か？　上手くいったら、ますますばあちゃんの信者化が進むんだろうな。

トウモロコシも旨かったが、皮の固い部分か何かが今度は左上の奥歯にはさまって取れない。さっきのイカの筋も取れていない。

続いて、ホームセンター店長の東尾さんがいるテントを訪ねた。折りたたみ机やパイプ椅子が並ぶコーナーには、木ぎれを使って作られたロボットや船が置かれ、〔お子様工作大会は終了致しました。ご参加ありがとうございました。〕と書かれた小さなホワイトボードが立っていた。

東尾さんはその隣のテントの、バーベキューコンロの前にいた。ホームセンターから持ち出したらしいキャンプ用テントが三つほど並んでおり、子供たちがその中に入ったり出て来たりして遊んでいる。

「ああ、先生、これはどうもわざわざ」ばあちゃんに気づいた東尾さんは、手に持っていた肉をはさむ道具を隣のスタッフに渡して、出て来て頭を下げた。「光一さん、こんにちは。あ、そうだ、ブロシェットはいかがですか」

バーベキューコンロ上で焼かれている、お化けサイズの焼き鳥のことらしい。菜箸ぐらいの串に、唐揚げサイズの鶏肉が四つほど刺さって、炙られ、いい匂いをさせている。しかし、これ以上食べたくはなかった。

「いえいえ、お気持ちだけで。さっき昼飯食ったばかりなんで」

「若い人が何言ってんの。こういうのは別腹。おごりだから心配しないで」

心配してないってば。しかし東尾さんから串を持たされてしまい、仕方なくいただくことにした。

炭火で焼かれたブロシェットは外側がカリカリ、咬むと肉汁があふれ出て実に旨く、確かに別腹だったが、嫌な予感は的中し、鶏肉の筋みたいな部分が、下の左右の奥歯にはさまって取れなくなった。

ほどなくして、ステージで白壁流空手の演武が始まることを知らせる放送が流れた。農林水産まつりの関係者やその家族に練習生がいる関係だろう、この催しの中で演武をすることは、毎年の恒例らしい。

パイプ椅子に座る人々は、戦隊ヒーローショーのときと較べると減ったようだが、それでも七割ぐらいは埋まっていた。その中には、さまざまな色の帯をつけた道着姿の子供とその家族の姿もある。光一とばあちゃんは、後ろの方の席に並んで座った。

「ばあちゃん、ここからで見える?」

「私は目はいいのよ。近いものはちょっと見えにくいけど」

演武はまず、園児ぐらいの小さな子たちが二十人ほどステージ上に登場しての、突きや蹴りなどの基本動作から始まり、それから緑帯や茶帯の子供たちによる、飛び後ろ回し蹴りのようなアクロバティックな技の披露があった。会場からはそのたびに拍手が起きていた。

続いて、中学生ぐらいの茶帯の子たちが出て来ての板割り。一人が板を持ち、別の子がそれを突いたり蹴ったりして割っている。女の子も一人いて、三方の板を次々と蹴り技で割って、ひときわ大きな拍手を得ていた。

次に登場したのは、大人の黒帯男性二人と白壁館長。いずれも指導員か師範代なのだろう。道着の上腕部辺りに四角いワッペンみたいなのがついている。

白壁館長が審判となり、黒帯二人の組み手が始まった。ガチの組み手のようで、回し蹴りを脚や腕で受けるときの鈍い音が聞こえてくる。パンチによる顔面攻撃は禁止だが掌底なら許されるルールらしく、途中で強烈な張り手気味の掌底打ちをもらった方が、鼻血を出した。しかしひるむ様子はなく、逆にローキックや接近してのひざ蹴りを見舞い返している。近くに座っていた中学生ぐらいの男子たちから「すげー」「やば」などという声が漏れ聞こえた。

実力者同士だからか、決着はつかず、白壁館長の「やめっ」のかけ声と共に組み手は終了、三人とも観客に向かって「押忍」と礼をし、大きな歓声と拍手を受けた。

これで終わりかな、と思っていたが、別の練習生たちがコンクリートブロックや木材を運んで来た。木材二本を敷いた上にコンクリートブロックが二段重ねにされ、白壁館長がその向こう側に立った。

白壁館長は、くおおおっ、という迫力のある呼吸法と共に両手を下にゆっくり下ろしてから、コンクリートブロックに拳を当てた。分厚い身体を包んでいる道着の袖から見える前腕部は丸太のように太い。

何度か、ゆっくりした動作で拳が上下した後、かけ声も何もないまま、無造作な感じで拳が急降下し、次の瞬間にはブロックが粉砕されていた。セメントの粉が少し舞い、ブロック片の一部が少し遅れて崩れ落ちている。

人間技じゃない。あんなのをもらったら、えらいことだ。光一は寒気を覚えた直後、急に吐き気を覚えて、あわてて両手で口を塞いだ。イカ焼きとゆでトウモロコシとブロシェットが口の近くまでせり上がるのが判ったが、何とかこらえた。

白壁館長は無表情なまま、「押忍」と十字を切って一礼。どよめきや歓声が入り交じった拍手が湧いて、それがしばらく鳴りやまなかった。

いったん引っ込んだ白壁館長が、マイクを持って再びステージ上に現れた。そのせいで、席を立ちかけていた観客らも座り直した。

「えー、私が尊敬する先生が観客席に来ておられます。事前にお願いしてなかったので申し訳ありませんが、みなさんに是非紹介させていただきたいと思います。真崎先生、こちらにいらしていただけませんか」

「あらあら、白壁さんたら、急にそんなことを」

ばあちゃんは手を振って、嫌だという気持ちを表したようだったが、白壁館長は「先生、そうおっしゃらずに、是非」と言い、観客席の人たちが振り返った。え？　このおばあさんのこと？　みたいな視線が集まっていた。

「白壁さん、何を企んでるのかしら。光一さん、じゃあ、一緒に来てもらえる？」

光一は両手で口を塞いだまま、頭を振った。まだ吐き気が。今しゃべるとやばい。

「あら、大丈夫？」と言われてうなずき、「どこか具合が悪いの？」と聞かれて頭を振った。いいから構わないでよ、と心の中で叫んだのが通じたのかどうか判らないが、ばあちゃんは「ちょっとだけ行って来るわね、仕方ないから」と席を立った。

ばあちゃんがステージに上がった頃には、吐き気がいくらか収まった。座ったままじっとしていれば何とかなりそうだった。

「私が子供の頃から思春期にかけて、正しい生き方を教えてくださった真崎ひかり先生です」白壁館長がそう言うと、ぱらぱらと拍手が起きた。「真崎先生は武道家ではなく、書道の先生です。しかしただの書道家ではありません。大勢の子供たちの潜在能力を引き出してくださった魔法使いのような方で、大人になっても先生を慕っている教え子たちがたくさんいます」

隣に立ったばあちゃんは、白壁館長とのギャップで、まるで捕まった小柄な宇宙人みたいだった。作務衣に割烹着タイプのエプロン、姉さんかぶりの手ぬぐいという格好は、かなり奇異に映っているはずだ。

白壁館長がマイクを下に下ろしてばあちゃんに何か言ったが、ばあちゃんは片手を振り、さらに頭も振った。しかし白壁館長がマイクの電源を切って下に置き、両手を合わせて何か頼んでいるような仕草を見せると、ばあちゃんは溜息をついたようだった。

白壁館長がステージの袖に向かって何か指示を出してから、マイクの電源を入れた。

一瞬だけ、黒板を引っかくようなハウリングの音が響いた。

「真崎先生は八十五歳になられますが、毎日、立禅というものを続けておられます。空手の稽古などは全くされていませんが、ここでちょっと、立禅によって気の力を溜めてこられた成果を披露していただきたいと思います」

練習生たちが木片を二本、床に置いて、その上に木の板を渡した。演武の中で試割《しわ》りに使われたものと同じもののようだった。厚さは二センチぐらいあるだろうか。

白壁館長が「これは試割り用の杉板です。大の男でも、ちょっとやそっとでは割れません。みなさん、ご注目を」と言い、ばあちゃんは板の向こう側に立った。にこにこしたままで、これからその板を割ってやろう、という雰囲気ではなかった。さきほど組み手を見て「すげー」と言っていた少年たちの間から「まじか」「無理じゃね？」との声が聞こえた。

ばあちゃんは中腰になって、右の手のひらを板に近づけた。と思ったら、本当に無造作に、ひょいと板を押すようにして、手のひらを下ろした。

乾いた音と共に、板は割れていた。手を振り下ろしたわけでもなく、近づけて、軽く押すようにしただけだったのに、見事に真っ二つ。光一は、吐き気のことも忘れて立ち上がり、「ばあちゃん、すごいっ」と叫んで拍手をした。他の観客たちも次々と立ち上がって拍手。ばあちゃんは恥ずかしそうに笑いながら一礼したが、白壁館長から促されて両手を振った。観客はそれに呼応して、歓声とさらなる拍手を送った。

帰る前に、子供たちが遊ぶコーナーにも足を向けてみましょうか、とばあちゃんから言われ、光一は並んで歩いた。

途中で何度か、「あっ、白壁館長の先生だ」と空手着の子供から指をさされたり、興味と敬意が混じった視線を向けられたりした。光一は、恥ずかしいような、誇らしいような、複雑な気分だった。

「ばあちゃん、すごかったよ。あれが気の力というものなんだね」

「ものを壊すためのものじゃないのよ、本当は。白壁さんたら、急に人前に呼び出すんだから。あんなに意地の悪い人だとは思わなかったわ」

ばあちゃんはそう言ったが、表情はほころんでいた。不本意ではあったけれど、教え子が喜んでくれたことには満足しているのだろう。

「白壁館長から、何て言われてたの？　ステージで」

「子供たちをびっくりさせたいから是非お願いしますって」

なるほど。そういうふうに言われると、ばあちゃんも断りにくいだろう。

「前から板とか割ったりしてたの？」

「もうずっと前に、ちょっとだけね。立禅を始めて五年ぐらい経った頃に、後頭部を誰かの大きな手でつかまれて、楽に立っているような感覚になったり、立っているのかどうなのかさえ判らないような奇妙な状態になったりしたので、白壁さんに手紙でそのことを知らせたのよ。そしたら白壁さん、杉板を何枚も送って来て、一緒に入ってた手紙に、割れるかもしれませんから、やってみてくださいって」

「そしたら割れたの？」

「割れちゃったのよ」

ばあちゃんは口に手を当てて短く笑った。

「前に、車が急に横から出て来て、ぶつかりそうになったけど、ばあちゃん、それをさっと避けたよね」

「さあ、そんなことあったかしら」

「あったじゃん。東尾さんのホームセンターに向かって歩いてたとき」

「ぶつかりそうなほど危ない目には遭ってないと思うわよ」

「えーっ、普通の人だったらぶつかってたよ、あれは。ばあちゃん、無意識にさっと避けたんでしょ、気の力で」

「さあ、どうかしらね」ばあちゃんは、にこにこしながら「最近、もの忘れが多くなったみたいだから、思い出せないわね」と、あいまいに答えるのみだった。

この日のイベントはそろそろ終了の時間になったようで、子供たちが中に入って遊ぶ巨大な恐竜の前でスタッフらが「本日は終了致しました」と、近づいて来る家族連れなどに告げていた。他に、ボールがいっぱい入った網のテントや、エアマットのすべり台などもあったが、もう誰も並んでいなかった。

その向こうに、茶色の大きな馬が一頭いた。最初は作り物かと思ったが、作業服姿の男性が手綱を持っており、馬にブラシをかけている。馬はときおり尻尾を振っていた。近づいてみると、［乗馬体験コーナー］というプレートが立っていた。馬に乗るためのものらしい簡易な階段もある。

「ばあちゃん、ちょっと待っててくれる？」

光一はそう言い置いて、馬と一緒にいる男性の方に走った。

これはきっと、ばあちゃんへの贈り物だと思った。ばあちゃんは子供の頃、馬に乗りたかったのに、大人から女の子は駄目だと言われて、かなわなかったと言っていた。もっと早く気づいてあげなきゃいけなかったんだ。最寄りの乗馬クラブに問い合わせてみるとかすれば、実現できてたかもしれないのに。今頃になって、こういうことにやっと気づいている。駄目な孫だ。

「すみませーん」と光一は作業服のおじさんに声をかけた。「うちのばあちゃんを乗せてあげてもらえませんか」

「悪いけど、さっき終わったんだよ」

振り返ったおじさんは、ちょっと険しい顔でそう答えた。

「明日もあるんですか」

「いや、乗馬体験は今日だけ。明日はヤギとウサギを連れて来て、ふれあいコーナーやるんだ」

「あのばあちゃん、馬に乗るのが子供の頃からの夢だったんですけど、まだ実現できてないんです。おカネ、言われただけ払いますから、ちょっとだけお願いします」

光一は頭を下げたが、おじさんは「駄目駄目。金額の問題じゃないって。今日はもう終わったんだから」とにべもない。

あきらめかけたが、すぐに思い直した。簡単にあきらめちゃいけない。自分の悪いところだ。

「俺のばあちゃん、八十五なんです。若いときに旦那さんを亡くして、女手一つで書道教室とか裁縫仕事をしながら二人の子供を育てたんです。今でもご飯を釜で炊いて、ものすごく美味しいおにぎりとか、漬け物とか、イワシのぬかみそ炊きを作ったりできるんです。書道教室の教え子だった人たちはみんな立派な人になって、空手の先生とか、ケヤキ製菓の重役とか、社会で活躍してるんです。でもばあちゃんは、ちっともそれを鼻にかけたり自慢したりしないで、つつましく暮らしてて、いつもにこにこして……」

相手にとっては支離滅裂で、説明にも何にもなってないことは自覚していたが、言わないではいられなかった。言っているうちに光一は途中で涙声になり、目からとうとう涙があふれ出た。

ばあちゃんのささやかな願いぐらい、かなえてあげないと、駄目なんだ、絶対に！

おじさんは、何だこいつ、みたいな顔だったが、やがてそれが苦笑に変わった。

「判ったよ、別に泣くことねえじゃねえか。じゃあ、ちょっとだけ乗っけてやるから、すぐに連れて来い」

「ありがとうございます」

光一は頭を下げて、ばあちゃんの方に駆け戻った。後ろからおじさんの「ちょっとだけだぞ」という声が追いかけてきた。

ばあちゃんは「無理にお願いしたの？　いいのよ、私は」と言ったけれど、光一は
「まあまあ、そう言わないでよ。せっかくオッケーしてもらったんだから」と、ばあちゃんの手を引いた。そういえば、ばあちゃんと手をつなぐのは初めてだ。ちょっとかさついていて、細い指だったけれど、底力がありそうな感触があった。

おじさんが「はいはい、じゃあ、この階段からね。早くしてよ」と言い、ばあちゃんは「すみません。無理にお願いしたみたいで」と頭を下げた。

ばあちゃんは、おじさんの指示に従って鞍の上をつかみ、足をかけて、またがった。

「君はここで待っててね。他の人間が近くを歩くの、この馬は嫌うから」

おじさんはそう言い置いて、「じゃ、行きますよー」と手綱を引いて歩き出した。

馬がゆっくりと進む。一足踏み出すたびに、ばあちゃんの後頭部が、おもちゃの人形みたいに揺れた。

馬に乗ったばあちゃんが、徐々に遠ざかってゆく。芝生広場の百メートルほど先には、草スキー場が見える。その向こうは……何だったっけか。

空はまだ明るかったが、いつの間にかすじ雲が多くなっていた。高いところを旋回しているあの鳥は、トンビだろうか。

ばあちゃんがますます遠ざかってゆく。おじさんは、ちょっとだけだと言ったけれど、見ているうちに不安になってきた。

ばあちゃんはこのまま、見えなくなるぐらい遠くに行ってしまって、もう帰って来ないんじゃないか。

んなわけはない。でも、この場面って……あれじゃね?

『シェーン』だ!

『シェーン』だ!

光一はその場で万歳して飛び跳ねた。

シェーンだ、シェーンだ!

ばあちゃんがシェーンになった!

やったぞー。
いいぞー。
馬に乗ったばあちゃんは、振り返ることなく、小さく揺れていた。

・この物語はフィクションです。
実在の人物、団体などには一切関係ありません。
・本書は二〇一四年三月に小社より刊行された単行本を文庫化したものです。

双葉文庫

や-26-03

ひかりの魔女《まじょ》

2016年10月16日　第１刷発行
2018年４月13日　第20刷発行

【著者】
山本甲士《やまもとこうし》

【発行者】
稲垣潔
【発行所】
株式会社双葉社
〒162-8540 東京都新宿区東五軒町3番28号
［電話］03-5261-4818(営業)　03-5261-4831(編集)
www.futabasha.co.jp
(双葉社の書籍・コミックが買えます)
【印刷所】
三晃印刷株式会社
【製本所】
大和製本株式会社

【表紙・扉絵】南伸坊
【フォーマット・デザイン】日下潤一
【フォーマットデジタル印字】恒和プロセス

ISBN978-4-575-51935-8 C0193
Printed in Japan